Aos meus amigos

MARIA ADELAIDE AMARAL nasceu na cidade do Porto, Portugal, em 1942. Mudou-se para o Brasil ainda na infância, vindo a se tornar uma das mais consagradas escritoras do país. Em 1978, formou-se em jornalismo e, de 1970 a 1986, trabalhou na editora Abril Cultural. Sua carreira de dramaturga começou em 1978, com a peça *Bodas de papel* (prêmio Molière). Dos temas sociais característicos dos anos 1970, passa então para os relacionamentos conjugais e familiares nos anos 1980 e 1990. Celebrizando-se como autora de peças de teatro, novelas e minisséries de TV, é também romancista. É coautora, entre outras, das novelas *Meu bem meu mal* (1990-1991), *Deus nos acuda* (1992-1993), *O mapa da mina* (1993), *Sonho meu* (1993-1994), *A próxima vítima* (1995) e *Anjo mau* (1997-1998), todas pela TV Globo, além de autora das minisséries *JK*, *Um só coração*, *A casa das sete mulheres*, *Os Maias*, *A muralha* e *Queridos amigos*. No teatro, suas peças incluem *A resistência*, *Ossos do ofício* e *De braços abertos*, tendo recebido o prêmio Mambembe, além do Molière por três vezes. Sua contribuição à dramaturgia brasileira também inclui alguns importantes trabalhos em tradução e adaptação, como *A última gravação de Krapp*, de Samuel

Beckett (1988); *Kean*, de Jean-Paul Sartre (1994); *Três mulheres altas*, de Edward Albee (1994); *Cenas de um casamento*, de Ingmar Bergman (1996); *Decadência*, de Steven Berkoff (1997). Pela Editora Globo publicou *Dercy de cabo a rabo*, biografia da atriz, os romances *Luísa – quase uma história de amor*, *O Bruxo* e *Aos meus amigos*, e as peças *Mademoiselle Chanel* e *Tarsila*.

MARIA ADELAIDE AMARAL

Aos meus amigos

EDITORA GLOBO

Texto fixado conforme as regras do novo Acordo Ortográfico da Língua Portuguesa (Decreto Legislativo nº 54, de 1995)

Revisão: Michele Strzoda, Maria Sylvia Corrêa e Valquíria Della Pozza
Suplemento de leitura: Ricardo Lísias
Projeto gráfico de miolo: Marina Mayumi Watanabe
Edição de imagem e arte-final de capa: Andrea Vilela de Almeida
Imagem da capa: We the Peoples... (1984), de Ron Waddams, acrílico sobre tela. Private Collection/ The Bridgeman Art Library Nationality © The Bridgeman Art Library

Dados Internacionais da Catalogação na Publicação (CIP)
(Câmara Brasileira do Livro, SP, Brasil)

Amaral, Maria Adelaide.
Aos meus amigos / Maria Adelaide Amaral. — São Paulo: Globo, 2009. — (Coleção Globo de bolso)

ISBN 978-85-250-4684-0

1. Romance brasileiro I. Título. II. Série.

09-03190 CDD-869.93

Índice para catálogo sistemático:
1. Romances : Literatura brasileira 869.93

Direitos de edição em língua portuguesa para o Brasil adquiridos por Editora Globo S.A.
Av. Jaguaré, 1485 — 05346-902 — São Paulo — SP
www.globolivros.com.br

À memória de Décio Bar

Matou-se e não morreu.

Pedro Paulo de Sena Madureira

1

— Lu? É a Bia. Tou ligando pra você pra te dar uma notícia muito triste...

— Alô?

— ...

— Bia? (Será que a linha caiu?)

— Não...

— O que é que está acontecendo?

— Eu não consigo parar de chorar!

— Pelo amor de Deus! Quer me dizer de uma vez o que foi que aconteceu?

— O Leo morreu.

— Como assim, morreu?

— Morreu, se matou, se jogou da janela da casa dele!

— Quando é que foi isso, como é que foi, como é que...

— Hoje cedo, Lu. Foi hoje cedo.

— Eu não sabia que ele estava tão mal.

— Tava. Muito mal, Lu.

— Bia...? Onde é que você está?

— Na minha sala na faculdade, mas já tou saindo daqui. Eu não vou conseguir dar aula, eu não consigo parar de chorar, eu estou chorando desde que a Flora me ligou.

— Que merda!

— Eu estou arrasada, Lu. Arrasada...

— Eu também... te vejo mais tarde. Ah! Onde vai ser o velório?

— Parece que no Araçá. A Flora está no IML com o irmão, eles estão fazendo o diabo pra liberar o corpo e enterrar o Leo ainda hoje.

— Ivan? É a Lu...

— Que Lu?

— Como que Lu? A Lúcia Ferraz. Não se lembra mais de mim?

— Claro que me lembro! Por que é que não falou de uma vez que era a Lúcia?

— Pensei que você ainda se lembrasse da minha voz, pô!

— Como é que eu vou lembrar assim, de repente, se faz mais de dez anos que a gente não se fala?

— Tudo isso?

— Ou mais. Você nunca mais me procurou.

— E você por acaso ligou pra mim?

— Teu marido não vai com a minha cara, e eu fico meio sem graça de ligar pra tua casa.

— Podia ter ligado pelo menos pro meu consultório.

— Eu não tenho o número do seu consultório.

— Tá na lista.

— Você sabe como é a vida da gente...

— Escuta, eu tou te ligando pra dar uma péssima notícia.

— Quem morreu?

— O Leo.

— Como é que foi? Se deu um tiro, cortou os pulsos, encheu a cara de barbitúricos?

— Vamos lá, Ivan. Não era tão previsível.

— Você ainda não me disse como é que foi.

— Se jogou pela janela.

— Por que é que um cara faz uma coisa dessas? Por que não escolhe um negócio mais limpo, merda? Será que o sujeito não pensa que pode machucar alguém?

— Muito bem: você está avisado, eu acho que...

— Tou falando sério! Outro dia um cara se jogou de um prédio na rua São Luís e matou uma mulher que estava passando na calçada.

— O Leo não matou ninguém.

— Mas deve ter virado uma pasta. Ainda bem que não me chamaram para reconhecer o corpo.

— Eu acho que você seria a última pessoa a quem se pediria esse tipo de favor.

— Onde vai ser o velório?

— No Araçá.

— Por que no Araçá? Ele não é judeu?

— Eu não sei por que vai ser no Araçá, tá bom?

— Alô...? Pronto. Ficou puta e desligou.

— Lena?

— Não, não é a Lena. É a filha dela. Quem está falando?

— Um amigo.

— A minha mãe não está. Quer deixar recado?

— Eu estou ligando para avisar que um amigo dela morreu...

— Se você está ligando por causa do Leo, ela já está sabendo.

— OK, então eu...

— Como é mesmo o seu nome?

— Ivan.

— Eu sempre escuto falar de você.

— Bem, eu espero.

— Tá bom, então eu digo pra minha mãe que você ligou...

— "Você ligou para a casa do Pedro Novais. No momento estou impossibilitado de atender. Após o sinal do *bip*, deixe seu recado que ligarei logo que for possível."

— Pedro, é Adonis. Estou ligando para avisar que o Leo faleceu. Se você puder, liga pra mim ou pra Bia até uma da tarde.

— Beny? É a Lena.

— Que horas são, porra?

— Quase onze, escuta: estou ligando do IML!

— De onde?!

— Do Instituto Médico Legal, Beny! Agora quer deixar eu falar?

— O que é que você está fazendo aí?

— O Leo se matou.

— O quêêêê?

— O Leo se matou, Beny. Cansou, ficou de saco cheio, eu acho que isso até demorou para acontecer.

— Tá legal. O Leo morreu. O que é que você quer que eu faça?

— Ele gostava de você, seu pústula! A Flora pediu pra eu ligar pros amigos, e é isso que estou fazendo! O velório vai ser no Araçá.

— Peraí, eu... A vaca desligou!

— Beny? É o Tito.

— Já sei, o Leo se matou!

— Você tem o telefone do Pingo?

— Pelo amor de Deus, o Pingo mora em Campinas, vocês não vão chamar o cara pra esse enterro!

— Você tem ou não tem o telefone dele?

— Liga pro Caio que ele deve ter.

— Ele ainda trabalha naquela editora?

— Não sei, deve trabalhar.

— Ucha, é a Bia. A Bia, amiga do Leo.

— Oi, como vai? Outro dia mesmo eu perguntei ao Leo de...

— Ucha, o Leo morreu.

— O Leo o quê?

— Ele tinha se afastado de todo mundo, você sabe.

— Todo mundo se afastou de todo mundo, Flora.

— Por quê, hein? Por quê?

— O Davi ficou com quem? — perguntou Lena.

— Com a minha mãe — disse Flora.

— Ele está sabendo do Leo?

— Sabe que morreu. Depois penso num jeito de lhe contar que o pai se matou.

— Diga que foi um acidente. Caiu da janela, pronto! Isso acontece.

— Vai ter sempre um pentelho na família comentando que o Leo se suicidou. E a gente sabe que não foi acidente. Ele tava mal, Lena. Muito deprimido. Me ligou ontem péssimo, reclamando que o Davi nunca ligava pra ele, quase nenhum amigo ligava mais pra ele, só o Adonis, você, a Bia, essa Ucha...

Lena estendeu o maço de cigarros, mas Flora recusou. Tinha parado de fumar havia mais de dois anos, estava enjoada com o cheiro acre da barraquinha de cachorro-quente, olhava para um velho sentado no meio-fio que a intervalos regulares acariciava sua perna doente, e sentiu vontade de vomitar. *Regettare*, como dizia seu avô. Rejeitava a morte de Leo, os fedores, a sujeira, a doença, a cidade putrefata, a impiedade de seu olhar, a distância que a separava daquelas pobres pessoas, o confronto com a miséria, a sua e a dos outros, o pensamento imediatamente reprimido de tirar o passaporte italiano e se mudar para a Europa para se conceder e conceder ao seu filho uma paisagem menos deprimente.

— Este lugar é medonho... — observou Lena, apagando o cigarro.

Tudo era medonho: o IML, o Hospital das Clínicas, e tudo o mais até onde sua vista alcançava. "Salvam-se os jardins da Faculdade de Higiene", Lena pensou confortada. Evocava uma imagem de verão sentada à sombra das árvores daquele jardim com a filha no colo. Seria incapaz de dizer que árvores eram aquelas porque não tinha a menor familiaridade com o mundo vegetal. Nos anos 70, quando as samambaias-de-metro estavam na moda, Lena não tinha plantas dentro de casa.

— O Leo não devia ter parado de beber — disse Flora.

— Ele estaria acabado de uma maneira ou de outra.

— Mas ele era mais feliz quando bebia. Era sim, Lena. O Leo não era um bêbado deprimido.

— O Leo era um chato quando bebia.

— Mas não enchia o saco de ninguém.

— O meu enchia. Ligava no meio da noite, recitava poesia, repetia sempre as mesmas coisas.

— Você tem ideia de como era importante pra ele soltar esse lado romântico?

— Tá se culpando do quê, Flora?

— Eu pressionei tanto para que ele deixasse de beber!

— Se ele tivesse continuado a beber, iria morrer de cirrose, e você se culparia da mesma maneira.

— É inevitável, Lena. Eu *não* tenho como não me sentir culpada.

Flora olhou para a porta do IML na esperança de ver seu irmão sair e dizer "pronto, o corpo foi liberado". Estava cansada, os ombros tensos, com uma ponta de dor de cabeça e, provavelmente, com mau hálito. Observava o homem com elefantíase, que continuava a acariciar a gaze esverdeada pela supuração da perna ferida, e pensou que preferia ter uma perna amputada a assistir à sua lenta putrefação.

— Eu ainda não chorei. Estranho, não é? — perguntou Flora.

— Na hora em que você relaxar, vai sentir vontade de chorar.

— Eu não tenho vontade de chorar. No fundo, no fundo, acho que ele fez o que tinha que fazer... Você chorou?

— Chorei na hora que estava vindo pra cá. De raiva, de pena, sei lá...

— Pensa bem, Lena, qual era a opção que ele tinha?

— Ele tinha muitas opções, sempre teve.

— Você sabia que o avô do Leo também se matou?

— E daí, Flora? O Leo não era o avô, não era um judeu fodido da Bielo-Rússia, ele tinha talento, saúde, inteligência, um texto do cacete, entendia de tudo, podia escrever uma enciclopédia sozinho se quisesse.

— Ele não queria. Vivia ironizando todo mundo que escrevia, não poupava nem a coitada da Bia, que só cometeu uma peça infantil. No fundo talvez fosse inveja, porque os outros conseguiam e ele não, não por falta de talento, mas por absoluta falta de humildade.

— O Pedro também acha isso — disse Lena.

— Às vezes eu penso: se o caso com aquela namorada, a Ucha, tivesse dado certo...

— O Leo não daria certo com mulher nenhuma.

— Mas se eu tivesse continuado ao lado dele, Lena. Eu e o Davi, sei lá!... Um filho segura uma decisão como essa.

— Segura nada. Ninguém ia impedir o Leo de se matar.

— Você está muito irritada, não é, Lena?

— Estou puta da vida, se você quer saber.

— Você era muito ligada ao Leo. Eu entendo.

— Nós fomos muito, muito ligados, desde o ginásio...

— O Leo gostava muito de você. Ele te poupava... eu sabia quando ele gostava mesmo de alguém porque desculpava, justificava, não era implacável como costumava ser com a maioria das pessoas...

Lena sorriu inundada de um pensamento terno, o primeiro que tivera em relação a Leo desde que fora despertada pelo telefonema de Flora avisando que ele tinha morrido.

— Quando a gente estava no colégio ele quis me namorar, não é engraçado? O Leo transava com uma escultora, uma mulher incrível, muito mais velha do que ele, um mulherão... e queria me namorar.

— Eu conheci a escultora — disse Flora.

Flora se lembrava de uma mulher muito alta e muito magra, de cabelos grisalhos e rosto jovial, servindo-lhe uma xícara de chá em meio ao cenário extraordinariamente belo de seu ateliê. "Esta é minha noiva, Dedé" — e Dedé sorrindo cúmplice: "Espero que você saiba o que a espera". Flora não sabia.

— Marina me comunicou que vai casar — disse Lena, desanimada. — Não é que seja a causa única da minha irritação, mas é responsável por uma boa parte. Não fez vinte anos e diz que vai casar.

— Quem é o cara?

— Isso não importa! Ela não pode se casar agora, não pode jogar na latrina a juventude dela! O pai ofereceu uma viagem a Paris se ela mudar de ideia. Paris, Flora! Quando eu tinha a idade dela não pensava em outra coisa senão ir pra Europa, mas ela não quer ir pra Europa! Nem Londres, nem Paris, nem lugar nenhum! Ela não se liga em viajar, pode? Eu fui pra Europa em 68 com quinhentos dólares no bolso, dormi nas piores espeluncas, mas estava na Europa! Esse pessoal vai à Disney aos dez anos, pra Bariloche aos quinze e depois acabou.

— Ela deve estar muito apaixonada, Lena.

— Por que não vai morar junto? Por que não vão passar uma temporada fora? O pai do cara tem dinheiro pra pagar a passagem dele, o Guto compra a dela, que mais eles querem?

Flora olhou novamente para a porta do IML na esperança de ver Renato, e suspirou impaciente. Lena acendia mais um cigarro, e ela pensou com alívio que não dependia mais do cigarro e que as pessoas, afinal, tinham razão quando falavam dos malefícios do tabaco. A pele de Lena estava envelhecida e baça, os olhos sem brilho, a fisionomia cansada.

— Você precisa arrumar um namorado — observou Flora.

— É a última coisa que me passa pela cabeça neste momento.

— Você fica mais bonita e mais amena quando está namorando.

— Hoje de manhã levei o maior susto quando me olhei no espelho. Não só por causa da minha aparência, mas porque me dei conta de que há muito tempo não me via, apenas olhava, distraída. Você sabe o que significa quando a gente se desinteressa do corpo — disse Lena, que não se afligia tanto com a própria decadência física, mas com a desoladora sensação de desistência.

— Por que é que, ao menos, você não tenta parar de fumar? Ajuda tanto...

— Eu sei... — disse Lena apagando o cigarro. — Sem falar do cheiro que a gente exala — completou, pensando em Ivan, que iria encontrar no velório. Não gostaria de se apresentar diante dele assim. Sentia-se feia, azeda, abatida. Sua única vontade naquele momento era entrar embaixo do chuveiro e ficar ali horas e horas.

— Nunca mais você viu o Ivan?

— A última vez foi há uns seis anos mais ou menos. Eu estava jantando com um cliente, e ele entrou com uma horda de bárbaros. Foi na época em que era assessor político daquele cara — completou Lena com voz cansada.

— O Leo morria de ciúme do Ivan.

— O Leo fazia algumas restrições ao Ivan — corrigiu Lena. — Questão de caráter. Tinha toda a razão. Mas você me conhece... eu sempre tive um fraco por cafajestes...

— Comigo o Ivan sempre foi um *gentleman*.

— Você nunca foi pra cama com ele.

— Não... — disse Flora. — Eu fui pra cama com pouquíssimos homens.

— O Leo e quem mais?

— Houve um cara antes do Leo e tem agora esse cara com quem estou saindo há dois anos...

— Eu também não fui pra cama com muitos homens — observou Lena —, seis, sete no máximo.

— É bastante! — disse Flora, admirada.

— É nada. Outro dia, falando com a Bia, ela comentou que entre 69 e 79 tinha dormido com 36 caras e considerava o *score* bem modesto comparado ao de outras mulheres da nossa geração.

Flora pensou no absurdo daquela conversa. Trocar confidências sobre sexo em frente ao IML, com as ambulâncias e viaturas da polícia chegando e partindo, a histeria das pessoas que procuravam seus mortos e desaparecidos, a quantidade absurda de terminais de ônibus, o excesso de monóxido de carbono, o mau cheiro e a imundície circundantes.

— Por que será que está demorando tanto, Lena?

Leo tinha se suicidado às 6h15 da manhã, segundo o vigia e faxineiro do edifício. A polícia técnica só chegara às 10h30. Flora confiava na promessa de seu irmão de que Leo seria enterrado naquela tarde. Pensando bem, era uma sorte Renato ser amigo do legista-chefe; de outra maneira o corpo só seria liberado no dia seguinte.

— Você transava bem com o Leo? — perguntou Lena.

— Ele não era um grande amante, se é isso que você quer saber...

— Eu sei.

— Como é que você sabe?

— O álcool, Flora.

— Era um problema.

— Foi por isso que você insistiu para que ele parasse de beber?

— Também. Eu ficava muito aflita, Lena! Você nunca passou por isso.

— Claro que passei! Quando o Guto bebia um pouco mais.

— O Guto era um puta marido. Eu nunca entendi por que você se separou.

— Excesso de idealismo, eu acho. Aquela história de imaginar que uma outra relação pode ser diferente. No fim dá tudo na mesma, você sabe.

— A relação que estou tendo com esse cara é totalmente diferente da relação que eu tinha com o Leo.

— Casa pra você ver o que acontece. No fim acaba tudo em pizza.

"Literalmente", disse Lena para si. Acaba tudo num domingo à noite em torno de uma pizza e em frente à televisão que transmite os gols da rodada. Foi num domingo assim que Lena decidiu se separar de Guto. Lembrava-se do marido com a boca entreaberta, os lábios engordurados, o garfo detido subitamente no ar pela expectativa do pênalti, e a filha sonolenta perguntando: "Por que é que a gente tem que comer pizza todo domingo, hein?". Não é que fosse tão exigente. Simplesmente preferia hambúrguer. Mas, de alguma maneira, a pergunta da garota fazia sentido. Por que tinham que repetir sempre os mesmos rituais? Os amigos na sexta, o pôquer no sábado, o clube no domingo. Lena sabia que ia ser assim quando se casou. Guto e seu futuro eram perfeitamente previsíveis. Mas aquele domingo tinha sido demais. Pensou em falar: "Eu vou me separar de você porque não estou inteira nesta relação", mas a frase não fazia sentido, soaria irreal naquele ambiente impregnado dos odores de azeite, mussarela, xampu de limão e loção hidratante. Passou insone aquela noite pensando no que iria dizer ao marido. Na segunda, quando ele chegou do trabalho, seguiu-o até o banheiro e disse apenas: "Guto, eu quero me separar de você". Ele voltou o rosto atônito para Lena e continuou urinando. Tinha a exata sensação de estar sendo atraiçoado: "Ninguém comunica uma coisa dessas a um homem numa situação tão indefesa! Não podia, ao menos, ter esperado que eu acabasse de mijar, porra?".

Guto estava estupefato. Pensava que Lena era feliz. "Sim, eu sou muito feliz quando estou longe de você", ela disse de um só fôlego. Só não acrescentou "com o meu amante", porque havia rompido com Ivan. A verdade saiu assim, pela metade. Ela também não disse "Eu sou muito feliz quando me apaixono", porque não queria magoar Guto, embora ele já estivesse magoado. "Eu não queria jogar a pá de cal, é isso", explicaria mais tarde a Raquel. Mesmo na época em que todo mundo contava tudo para o parceiro, Lena achava a prática extremamente cruel.

— De alguma maneira eu gostava da minha vida com o Leo, gostava de ser casada, Lena.

— Teu casamento era um horror, Flora.

— Horror é ficar só.

— Nos últimos anos, dei para gostar da minha companhia — disse Lena. — O próximo passo é me dedicar à jardinagem.

— Você está tão amarga, Lena...

— Esse filho-da-puta do Leo não tinha o direito de aprontar tamanha sacanagem com a gente!

Lena creditava a amargura à morte de Leo, mas tinha plena consciência de sua digressão. Flora estava certa sobre seu azedume, que não era consequência do suicídio de Leo nem do seu rompimento com Ivan, nem do inverno que se aproximava, nem da possibilidade do casamento da filha. Tinha aderido à sua estrutura, havia se tornado um componente da sua personalidade. "Você não era assim", lhe dizia Caio, que também a conhecera no colégio. "Eu sei", respondia Lena, desanimada. "Sempre fui um pouco mal-humorada, mas vocês sempre acharam engraçado", observou, aludindo ao fato de que seus amigos nunca levavam a sério suas repentinas crises de impaciência e irritação. Agora, porém, ninguém mais se divertia, não era mais um estado temporário, mas permanente, porque as verdadeiras causas de seu azedume, sua solidão e seu desencanto só tinham se agravado. "Eu perdi a capacidade de me maravilhar", costumava dizer. Também dizia: "Não vejo graça em nada", o que era apenas uma maneira mais simples de dizer a mesma coisa.

— E esse cara que você está namorando? A Raquel me falou que é diretor da escola onde você leciona.

— Foi promovido agora. Lecionou durante anos na rede pública. Geografia — acrescentou. — Claro que não ganha o que ganhava um diretor do colégio de vocês. Naquela época o ensino público tinha dignidade.

— Todo mundo queria que os filhos estudassem nos colégios estaduais.

— Imagina se passa pela minha cabeça colocar o Davi numa escola do governo!...

— Mas e esse seu namorado, Flora? Ele ganha pouco, e que mais?

— É casado.

— Tem algumas vantagens. A principal é que esse tipo de sujeito nunca se separa da mulher, e assim você não vai nunca correr o risco de descobrir o bosta que ele é.

— Ainda bem que tenho esse cara, Lena. Ele vai me ajudar a segurar a morte do Leo.

— Esses caras não ajudam a segurar nada.

— O Oscar é uma pessoa muito delicada.

Flora abaixou o rosto e começou a chorar. Lena passou o braço em torno dos ombros dela, ensaiou algumas palavras de conforto, mas resolveu não dizer nada. O avô de Leo se matara e o pai também. Flora só sabia do avô porque o Leo nunca comentava sobre o suicídio de seu pai, e agora não restava mais ninguém da família que lhe pudesse dar essa informação. A família de Leo reduzia-se a ele. Claro, havia o Davi, mas as pessoas sempre se esqueciam de que o Davi era filho de Leo, porque ele era moreno, a cara de Flora. Os Rosemberg eram claros de pele, tinham o cabelo avermelhado e os olhos cinza-esverdeados. Lena se lembrava do velho Davi, na sua pequena oficina de peleteiro, que funcionava na frente da casa, na rua da Graça. Lembrava-se também de quando Leo lhe contou que o pai tinha se enforcado. Entrara no banheiro e o vira pendurado, imóvel, os olhos esbugalhados, o rosto cianótico, a língua tumefata projetando-se obscenamente para fora. Leo lhe contou isso no pátio da escola, entre uma aula e outra, quase sem emoção. Só estava perplexo com o suicídio do pai. Falou do avô e da possibilidade de essa tendência ser hereditária. "É a maldita genética, Lena. Isso ainda vai explicar uma porrada de coisas, vai sepultar o Freud, escreve o que estou dizendo."

— Flora, eu preciso te falar uma coisa, pra você acabar com essa bobagem de se sentir culpada em relação ao Leo: o pai dele também se matou.

Flora ergueu o olhar para Lena, atônita. Não percebeu quando seu irmão se aproximou para lhe dizer que, finalmente, o corpo tinha sido liberado.

— Pois é. Mais um que se vai — disse Adonis.

— É a vida — sentenciou Ivan, olhando para as pessoas que tinham ido reverenciar os outros mortos. A câmara-ardente reservada a Leo ainda estava vazia.

— Você continuava mantendo contato com ele? — perguntou Ivan.

— A gente se falava toda semana. Pelo telefone — Adonis esclareceu.

— Eu tentei falar uma ou duas vezes com o Leo, mas ele me tratou muito mal.

— Era assim mesmo.

— Como é que você aguentava?

— Era amigo dele.

— Mas tudo tem limite, não tem? — perguntou Ivan.

— Os meus são muito flexíveis.

— Você é mesmo um cara especial. O Leo botava todo mundo pra correr.

Adonis deu de ombros, alheio. Tinha o olhar fixo num ponto qualquer, e Ivan começava a suspeitar que Adonis fora internado recentemente, porque era assim que ele costumava ficar todas as vezes que saía da clínica. Pensou em lhe fazer uma pergunta direta, mas receou obter como resposta um grande tratado sobre a loucura. Adonis havia sido internado muitas vezes, chegara a escrever um livro a respeito, uma narrativa desapaixonada sobre sua doença e os diversos tratamentos a que fora submetido. Dedicara-se ao estudo de seu problema como ao estudo dos idiomas russo, chinês e árabe. Profundamente. No momento aprendia turco e escrevia um romance que pretendia que fosse a súmula de todo o conhecimento inútil — *A história mais chata do mundo* —, "absolutamente ilegível", ele dizia. Representava-se no romance como uma professora de fagote, obesa e assexuada, como ele.

— Continua lendo o *Pravda*? — perguntou Ivan.

— Não — respondeu Adonis. — O meu interlocutor não lê mais o *Pravda* — acrescentou, referindo-se a Tito.

— Ele ainda não se recuperou da hecatombe que aconteceu no Leste?

— Não — disse Adonis, pensando na amargura de Tito quando Boris Ieltsin assumiu o comando da situação. Toda a sua vida dedicara à causa do Partido e, de repente, sentira-se sem chão, sem base, sem pai. "Você vê que merda? A CIA arma aquele teatro na Praça Vermelha, e a imprensa capitalista sai anunciando que o povo soviético quer a liberdade!", argumentara, num esforço patético de fazer acreditar que o comunismo não tinha acabado por força da vontade popular. Adonis não discutia, limitava-se a escutar, e por isso se tornara "o único cara com quem a gente pode conversar". Tito sempre superestimava o marxismo de Adonis, porque ele estudara russo e na universidade costumava se alinhar aos mais extremistas, jamais recusava nenhum tipo de tarefa, levar e trazer mensagens, dormir na sede do grêmio durante as ocupações, dar cobertura a um companheiro mais fraco, constituir a vanguarda de uma passeata. Tito não sabia que Adonis enfrentava indiferente qualquer tipo de privação e apoiava sem hesitar as propostas radicais porque se entediava mortalmente com as longas e estéreis discussões nas assembleias. Tampouco sabia que o maior prazer de Adonis não era a faculdade, mas as imediações. A maior parte do tempo passava num bar da rua Cesário Mota, tomando cachaça e se deleitando com as conversas dos bêbados, vendedores de pipocas, prostitutas e dos mecânicos de uma oficina próxima. Embora tivesse consciência da distância que o separava daquelas pessoas, sentia que eram personagens verdadeiros. "Eles vivem, não ficam encaminhando questões de ordem", confessara a Leo, que na época se distanciara da política para pintar. "Por que é que você não diz o que pensa para o Tito?", perguntara Leo.

"Porque ele vai ficar magoado, vai pensar que é uma questão pessoal, e você sabe que não é..."

— Continua no jornal? — perguntou Ivan.

— Das quatro às dez. Faço o fechamento. De manhã escrevo meu livro.

— Aquele?

— É — respondeu Adonis. — Aquele de que você não gostou.

— Eu não disse que não gostei — esclareceu Ivan.

— Ninguém gostou. Nenhum editor, ninguém, nem minha mãe. Eu não fico chateado.

— Eu ainda acho que você devia mudar o título.

— Posso mudar o título, mas não vou mudar o fato de que se trata realmente da história mais chata do mundo.

— Mas tem coisas muito boas. Quando você fala de botequim, por exemplo, das comidas de botequim, dos ovos cozidos boiando em líquido turvo, as batatinhas envoltas pela salsa amarelada, as linguiças imersas na gordura do molho acebolado...

— Salsichas — corrigiu Adonis.

— É impressão minha ou você tem uma certa má vontade contra mim?

— Por que teria? — perguntou Adonis.

— Você sabe... desde que aceitei assessorar o candidato da direita naquelas eleições, os amigos viraram as costas.

— Todos?

— A maior parte — respondeu Ivan, pensando na indignação de Lena. "Um notório corrupto, Ivan! Um cara ligado a grupos militares!!!" Ivan defendera-se alegando que era um trabalho como qualquer outro, ele tinha três filhos para criar e, afinal, precisava comer. "Se é esse o problema, pode vir comer em minha casa todos os dias", dissera Tito. Mas o problema não era apenas comer, e sim abandonar o jornalismo para se tornar assessor político, ou assumir outra função, desde que fosse bem remunerada. "Será que é tão difícil entender por que eu preciso mudar de ramo?", perguntava exibindo o holerite. Afinal, não mudou. O máximo que conseguiu foi o cargo de assessor de imprensa em uma estatal, pois o candidato, embora derrotado, mantinha relações excelentes em todos os partidos. Era o que Ivan tentara em vão explicar. Política não tem nada a ver com ética, a não ser na cabeça dos fundamentalistas e dos ingênuos.

— Está um dia lindo... — disse Ivan, olhando para o céu intensamente azul. Adonis concordou com um movimento de cabeça.

Respirava com dificuldade, como se estivesse permanentemente cansado. Descortinava através da janela cabeças e pernas, pinçando figuras que depois descreveria com todas as minúcias em seus romances. Tinha especial predileção pelo insólito, os muito gordos ou muito magros, mancos, albinos, os que se assemelhavam a animais, suaves passarinhos, sapos, símios e leões, diretos descendentes de Neandertal, pilosos e glabros, seres de pele muito clara ou muito negra, mulatos de pele azeitonada que mais pareciam hindus, japoneses que pareciam malaios, rostos bexigosos, narizes excrescentes, feições angelicais e demoníacas. Colecionava multidões ternamente para descrevê-las.

— Acho que o corpo está chegando — disse Adonis.

Ivan olhou para a entrada e viu Flora caminhar em sua direção. Ela fitava Adonis muito emocionada, mas Adonis não se moveu porque sentia grande dificuldade em se locomover. Ao caminhar, seu corpo se ressentia do esforço de vencer a resistência do ar. O contato de seus pés com o chão era doloroso, e ele procurava falar o mínimo para não causar aos pulmões mais incômodo do que o obrigatório exercício de inspirar e expirar. Plantara-se num canto da sala e ficaria ali, pesadamente fincado, a boca entreaberta, o lábio inferior descaído, os braços pendentes, até que o enterro saísse. "Ele me lembra um baobá", comparava Raquel. "Ele me transmite uma paz incrível", dizia Bia, que gostava de ficar a seu lado em silêncio, ainda que fosse para olhar o mesmo ponto no infinito.

— Obrigada por você ter vindo — disse Flora, estendendo a mão a Ivan.

Depois foi até Adonis e o abraçou.

— Tudo bem? — ele perguntou.

Flora assentiu. Era grata à lealdade de Adonis a Leo e tentava expressar esse sentimento no longo abraço que Adonis retribuía embaraçado. O contato físico com as pessoas sempre o deixava constrangido.

— O Leo chegou — disse ela.

Adonis tirou o lenço do bolso e assoou ruidosamente o nariz. Estava chorando.

— Eu liguei hoje de manhã. O telefone chamou, chamou, e ninguém atendeu. Achei que ele tinha tomado um porre e estivesse dormindo.

— O Leo tinha parado de beber.

— Eu já parei de beber uma porção de vezes, mas sempre acabo voltando.

Flora apertou a mão de Adonis ternamente e entrou na câmara-ardente. Seu irmão e os funcionários da Prefeitura já haviam colocado o esquife no catafalco.

— Pode levar — pediu Flora a um dos funcionários, indicando o crucifixo atrás do caixão. — Ele não era cristão.

— Bom, eu tenho que ir — disse seu irmão e a beijou no rosto.

— Você já fez demais...

— Se eu não tivesse essa cirurgia marcada...

— Eu sei — adiantou-se Flora, abraçando-o.

Renato saiu, e ela colocou-se diante do caixão fechado. Estaria fechado de qualquer maneira, mesmo que Leo tivesse morrido de morte natural. Ateu ou não, era judeu, e ela pedira ao irmão que o deixasse nu e o envolvesse num lençol, para que ele retornasse ao pó, como seus ancestrais. Talvez o mais correto tivesse sido procurar um rabino, mas ela temia que as circunstâncias da morte o privassem da cerimônia religiosa e Leo fosse banido para a ala dos suicidas do cemitério judeu. Seria enterrado sem pompas fúnebres no jazigo da família Dalcoleto, no próprio Cemitério do Araçá. Ela, Flora Dalcoleto, não lhe faria companhia. Renato sabia que era sua vontade ser cremada, após ele dispor de todos os seus órgãos aproveitáveis. Seria uma forma de se redimir. Flora acreditava vagamente em vida eterna.

— Sinto muito — disse Lúcia, abraçando-a fortemente.

— Que bom que você está aqui — disse Flora com sinceridade.

Ivan olhou para as duas se abraçando e para Adonis, que ainda assoava o nariz, e pensou que não sentira nada desde que soubera da morte de Leo. Nada, dizia para si mesmo. Nenhuma lágrima, nenhum lamento, nenhum pesar. Leo trabalhara com ele diversas vezes na mesma redação, fora seu colega de bebedeiras, confidente na época de seu romance com Lena. Lembrava-se dos dois no Quincas Borba, Leo perguntando: "O que é que você está esperando para casar com a Lena?", e ele confessando o medo que sentia: "Já imaginou se eu me separo, e ela se apaixona por outro?". Leo fazendo um discurso sobre a excelência dos riscos, "Eu arriscaria qualquer coisa por causa dela, você não arrisca nada porque é um pulha, Ivan".

Saíam com o dia claro, Leo cambaleando e, como sempre, incapaz de dirigir. Ivan colocava-o no banco de trás e o levava para sua casa ou para a casa dele, dependendo do próprio nível de embriaguez. Às vezes, Leo desfalecia, e Ivan o pegava no colo, colocava-o na cama e o cobria, como fazia com os filhos quando eram pequenos. De sua amizade com Leo restavam apenas essas breves imagens de solidariedade e a sensação de jamais ter sido inteiramente compreendido. Olhava para Adonis, visivelmente emocionado, e sentia-se culpado por sua indiferença. Sentia-se logrado, entediado, quase arrependido de estar ali. Sua compunção era falsa, e ele suspeitava que todos soubessem disso. Mesmo assim, estendeu a mão a Beny e lamentou a morte de Leo.

— Você viu que merda?

— Merda, por quê? Eu não tenho nada contra o suicídio, você tem? Eu mesmo já tentei me matar uma porção de vezes. Comprimidos, porque há sempre a possibilidade de alguém chegar e te salvar. Uma coisa mais efetiva nunca arrisquei.

Adonis pigarreou e sacudiu a caspa da camisa. Jamais pensara em se matar, nem remotamente, nem mesmo quando fora submetido a eletrochoques e se escondera apavorado atrás de um arquivo, temendo que lhe fizessem uma lobotomia.

— Apesar de tudo, não rejeito a ideia absolutamente — continuou Beny. — Há algo de grandioso no suicídio. Claro, eu jamais me jogaria pela janela. Há sempre o risco de você se arrepender no meio do caminho e aí não dá para voltar. Depois, o estrago é muito grande, e sou um esteta.

— Eu talvez preferisse cortar os pulsos — disse Ivan, que só pensara em se matar uma única vez, ao perceber que Lena não tinha blefado quando declarou: "Acabou, meu velho. Eu cansei".

— Cortar os pulsos, não — considerou Adonis. — Eu desmaio toda vez que vejo sangue.

— Gás é interessante. Já contei a história da Bia? — perguntou Beny. — Tentou se matar uma vez. Ela não vai admitir, claro. Essa história deve ter pelo menos uns quinze anos. Enfiou a cabeça dentro do forno e ligou o gás. O botijão estava no fim.

Ivan começou a rir. Ele sabia de outra tentativa frustrada envolvendo Bia. Tomara um vidro inteiro de aspirinas e só conseguira uma gastrite. "Da próxima vez tome com leite", tinha dito Lena, maldosamente.

— Tem escrito? — perguntou Adonis a Beny.

— Escrevi um poema longo na semana passada que vou mandar imprimir e distribuir como panfleto.

— Onde? — perguntou Ivan.

— Na praça da Sé, mas não pense que se dirige à classe operária.

— Nem por um momento isso me ocorreu. Eu sei que sua causa é a infância abandonada — rebateu Ivan mordaz.

— Há mais poesia no cu de um garoto de rua do que em toda a lírica de Camões.

— Eu particularmente prefiro a lírica de Camões — disse Adonis mansamente.

— Um cu é a boca do céu e do inferno, é o jardim das delícias, é um túnel de mel.

— Tem certeza? — perguntou Ivan zombeteiro.

— Vocês nunca vão entender — Beny retrucou irritado.

— Não — respondeu Adonis. — Mas gostaria. Evidentemente o meu interesse é puramente teórico, mas talvez fosse legal incluir um capítulo sobre pedofilia em meu romance.

"Que merda estou fazendo aqui?", Beny pensou. Fazia ao menos cinco anos que não via Leo. No último encontro tinham se envolvido numa discussão sobre literatura que acabou em insultos e ofensas pessoais. Leo chamara-o de "água de calça" e Beny começou a rir. Lembrava-se de alguém o ter chamado assim nos idos de 68. "Água de calça, é? Não vai também me chamar de fruta, seu brocha?" Estavam no Riviera, Leo muito bêbado jogou o copo de chope na cara dele. Beny, que não estava tão bêbado, disse: "Este chope está uma merda", enquanto lambia as gotas que lhe escorriam pelo rosto. O bar inteiro irrompera numa gargalhada, mas Leo não riu. A bebida o deixava muito vulnerável, e ele se retirou ultrajado. Nunca mais se reconciliaram. Beny não entendeu por que Tito se dera ao trabalho de telefonar para lhe informar sobre a morte de Leo. Teve vontade de dizer: "Sabe quantas vezes tentei fazer as pazes com aquele filho-da-puta?", mas não falou nada. Após desligar o telefone, vieram à sua memória algumas cenas. Ele e Leo debruçados no viaduto do Chá, falando de Rimbaud. Leo recitando Kerouac e Burroughs em inglês. Leo anunciando-lhe que encontrara um editor para seu primeiro livro de poemas. Começou a chorar. Sentia que uma parte da sua história havia morrido com Leo, estava morrendo todos os dias com todas as mortes ocorrendo à sua volta. Só nos últimos dez dias tinha ido a três velórios. Não aguentava mais. Queria se aninhar no colo de Lúcia, mas ela estava ocupada em consolar Flora. "Se ela não sair em cinco minutos, vou lá."

— Eu sei que ele era judeu, mas Deus não tem religião — disse Ucha. — A gente reza do jeito que sabe, e eu sou luterana. Quer dizer, fui, agora acho que não sou mais nada.

Pedro Novais aproximou-se e abraçou Flora, que sorriu grata, embora pouco à vontade. Sentia-se investida de um papel que não lhe pertencia. Não era exatamente a viúva, apenas a ex-mulher, tinha vontade de dizer. Se estava ali recebendo as condolências era mais por compaixão.

Afinal, um morto deve ter uma família, alguém a quem se possa chegar e lamentar a perda irreparável. Pouco a pouco as pessoas chegavam, "meia dúzia de gatos-pingados", pensou Flora, desejando apenas que houvesse braços suficientes para segurar as alças do caixão.

— Você está bem? — perguntou Pedro, abraçando Lúcia longamente.

Ela assentiu.

— Estava com saudade — disse, apertando-a com força.

Lúcia beijou-o no rosto e o fez sentar-se entre ela e Flora. Pedro olhou para Ucha, que ainda rezava, e lembrou-se de tê-la visto em algum lugar.

— Você a conhece? — perguntou a Lúcia.

— Quem não conhece? É a Ucha.

— Claro, a modelo — disse Pedro, associando-a à imagem de uma mulher bem-sucedida que veiculava alguma marca de cigarros e recordando-se de a ter encontrado duas ou três vezes, muito tempo atrás.

— Você está bem mesmo, Lu? — ele perguntou enquanto acariciava-lhe a mão.

— Sim — respondeu Lúcia, retraindo-se ao contato de Pedro e reconhecendo nesse movimento que a relação dos dois perdera a naturalidade. Preferia que tivessem continuado apenas amigos, sem a expectativa de qualquer outro sentimento entre ambos senão aquele tipo de camaradagem que haviam desfrutado durante tantos anos. Idealizava uma relação fraternal, esquecendo-se de que Pedro lhe fizera a corte desde o dia em que se conheceram na casa de Leo. Lúcia grávida de Camila, a barriga de seis meses, e ele perguntando discretamente: "Quer casar comigo?".

Estavam no jardim da casa da Granja Viana, e Lúcia rira muito. Seu marido também. Recebera a atitude de Pedro como uma lisonja. "Sinto muito, mas ela já está comprometida." Lúcia tinha certeza de que a proposta de Pedro se devia à evidente felicidade de seu casamento. Naquele tempo, ela era absolutamente feliz.

— Totalmente recuperada?

— Eu não quero falar sobre minha doença, Pedro.

— Mas já está tudo bem, não está? — ele insistiu.

Lúcia assentiu e baixou os olhos. De repente, ficara muito emocionada e não queria que ele percebesse.

— Você está chateada comigo?

— Por que estaria? — disse ela ainda de olhos baixos.

— Nunca mais você me ligou... — sussurrou.

— Eu ressurgi dos mortos, Pedro. Já está tudo bem.

Pedro sentia-a esquiva, perguntava-se se as suas evasivas se deviam a ele ou às circunstâncias, estava revendo Lúcia depois de dois anos, e era impossível ignorar o que havia acontecido no seu último encontro.

— O Rui vem? — perguntou.

— Não, está viajando.

Ucha aproximou-se, e Pedro levantou-se para lhe ceder o lugar.

— Não precisava, eu... — disse Ucha, encantada com a gentileza e desconfiando imediatamente de que talvez tivesse sido apenas uma forma gentil de Pedro se livrar dela. Nos últimos tempos suspeitava que todas as pessoas procuravam evitá-la, sobretudo as que mais admirava, como Pedro Novais.

— Eu era amiga do Leo.

— Eu sei — disse Flora.

— Você é a Lúcia, não é? — perguntou Ucha, estendendo-lhe a mão. — A gente se cruzou uma vez na casa do Leo, muito tempo atrás...

Lúcia sorriu. Fora num aniversário de Leo, logo depois de Flora o ter deixado. Recordava-se de Ucha infinitamente mais jovem e bem tratada, dançando *rock* com um homem muito bonito e provavelmente homossexual. "Quem são essas pessoas?", perguntara Rui. Lúcia não fazia a menor ideia. Se Ucha, ao abrir a porta, não tivesse dito que Leo estava no escritório, podia jurar que tocara a campainha do apartamento errado. Encontrara Leo deitado no sofá, entrincheirado atrás dos fones de ouvido, escutando o *Réquiem* de Boccherini. "O que é que está acontecendo na tua casa?", perguntara. "É uma amiga minha meio piradinha..." e contou a invasão. Tinham chegado com champanhe e *sushi*. Ele não conhecia quase ninguém, odiava *rock* e comida japonesa, mas desculpara Ucha ternamente. Ucha estava apenas tentando fazê-lo feliz. "Mas quem são essas pessoas?", insistira Rui. "Modelos, produtores de moda, veados, acho que tem um cara que pinta, eu não sei." Rui olhou para Lúcia, perplexo. Em casa comentou: "Que turminha estranha está frequentando a casa do Leo!".

— Eu estou arrasada, arrasada — disse Ucha. — Não consigo parar de pensar no desespero do Leo. Um cara tão sensível, tão genial, um homem com o talento dele! Eu preciso fumar um cigarro — comunicou dramática. — Alguém me acompanha?

— Não, obrigada. Eu não fumo mais — respondeu Flora.

— Se eu tirar o cigarro da minha vida, não vai sobrar nada — disse Ucha, já com o cigarro e o isqueiro na mão. Flora sorriu educadamente e não fez nenhuma observação. Não sabia quase nada sobre ela, exceto que era modelo e publicara um livro de poemas muito ruim chamado *Cama desfeita*.

— O Leo se divertia muito com ela, muito mais do que comigo — disse Flora, enquanto observava Ucha se afastar. — Ela foi lindíssima, lembra?

— Ainda é muito bonita — disse Lúcia, generosa, pensando em quanto a beleza era fugaz. Flora tinha sido o que se chamava de uma linda morena brejeira, agora era apenas morena, a brejeirice havia se apagado. Ela mesma, tão orgulhosa dos seus olhos claros, quando se olhava no espelho via dois pontos desbotados e sem brilho. Até seu porte sobranceiro e os movimentos suaves de quem estudou balé a maior parte da vida refletiam seu abatimento.

— Não admira que Leo tenha se encantado tanto com ela — continuou Flora, referindo-se a Ucha. — Parece tão interessante, uma cabeça tão diferente da minha...

— Acho que você devia fazer uma boa terapia depois de tudo isso que está vivendo. Você vai precisar. Você e o Davi.

— Eu já fiz uma vez. O cara me deu alta. Ou melhor, eu quis parar e ele concordou. Disse que eu sou uma pessoa muito sensata, você acredita? A maior prova era eu ter me separado do Leo durante a terapia. Sou uma pessoa sensata — repetiu Flora.

— Isso custa muito caro a você?

Flora deu de ombros. Gostaria de ver tudo arrumadinho, a sua vida, a vida dos amigos, a cidade.

Lúcia olhou para Beny e sorriu. Ele conversava com Adonis, mas Adonis olhava para fora e parecia não escutá-lo. "O que estará vendo, como será o ponto de vista de Adonis?", perguntava-se. E então se lembrou de um comentário que ele fizera muito tempo atrás. A principal diferença entre a clínica e o mundo exterior eram as cores e o relevo. Pessoas e coisas apareciam recortadas, destacadas e coloridas, ao contrário dos borrões indistintos e chapados que divisava no hospital.

Adonis se comprazia em contemplar o mundo, embora estivesse separado da maior parte das pessoas, como numa redoma, mas não imune ao suor e à emoção dos outros.

— Quanto tempo! — disse Beny, colocando-se na frente de Lúcia.

— Muito tempo — respondeu ela, enquanto se levantava para abraçá-lo.

— Você, também, nunca mais ligou...

— Eu tive problemas.

— E eu estou puto da vida de ter sido posto à margem dos seus problemas.

— Não fica bravo comigo — disse Lúcia, passando a mão na cabeça de Beny. — Eu te amo.

— E o seu marido?

— No Canadá. Deve voltar na semana que vem.

— Vocês continuam juntos, pelo jeito.

— Para você ver como resistimos.

— E as crianças?

— O mais novo está com dezessete.

— A minha idade favorita é entre os doze e os dezesseis...

— OK, desculpe — disse Beny. — Não quis desrespeitar você nem ele — enfatizou, apontando o caixão. — Talvez você não acredite, mas o extinto gozava de toda a minha estima e consideração.

— Vamos dar uma volta — disse Lúcia, levantando-se, ao mesmo tempo que pegava Beny pelo braço e o conduzia para fora.

Flora não compreendia por que Lúcia era tão ligada a Beny: "É do tipo que não dá nada pra ninguém, só toma, como tomou do Leo, que foi tão bom, tão tolerante com esse filho-da-puta". Culpava-se de não o ter colocado para fora, de não ter dito o que pensava, de não ter dito quanto Leo estava magoado com ele, no momento em que Beny ousou afirmar que o extinto gozava de toda a sua estima e consideração. "Extinto." Isso não era forma de se referir a um cara como Leo, que tinha sido mais que um amigo, fora um irmão mais velho, um pai. Perdera a conta das vezes em que Beny, vítima da violência dos seus garotos, ligara no meio da noite pedindo socorro. E Leo sempre cuidara dele, pagara suas contas, levara-o para o hospital e tratara de suas feridas. Flora culpava-se de não ter tido uma atitude digna e corajosa. Gostaria de ter a firmeza branda de Lúcia ou, ao menos, a agressividade de Lena, mas nem era tão segura nem tão rude, não era nada, "nada", repetia. Flora olhou para Adonis, que conversava com Pedro, "certamente sobre o Leo". Gostava de Pedro, do modo educado como ele tratava todas as pessoas, inclusive ela. Não a acolhera deferente, ou distante, como os outros. Sua delicadeza não era desprovida de calor, era o único dos homens que se aproximava espontaneamente nas reuniões e dizia: "Você está muito bonita, Flora", e perguntava sobre seu trabalho, o insignificante trabalho de lecionar português num colégio da rede estadual. "Não era melhor você trabalhar como secretária?", indagara Caio certa vez. Às vezes tinha a impressão de que era invisível para a maior parte dos amigos de Leo.

— O Tito está mal, Pedro. Você devia procurá-lo mais.

Pedro ouvia Adonis, balançando o pé impaciente, enquanto observava Lúcia e Beny atravessando a rua. "Por que ela, que mal falou comigo, está agora paparicando esse bosta?", perguntava-se, apreendendo uma ou outra palavra do monótono discurso de Adonis sobre a crise política e existencial de Tito. Estava farto de política, de literatura, pensava obsessivamente em Lúcia e em seus problemas pessoais.

— Como vai sua literatura? — perguntou Adonis.

— Palavras ao vento. A gente escreve já sabendo que ninguém vai ler. Para ser bem franco com você, não escrevo uma palavra há mais de uma semana. Quer dizer, fora da redação.

— Como é que está lá?

— Uma merda — respondeu Pedro, com vontade de acrescentar: "Está muito difícil pra mim. Pelo menos não vou ter que voltar pra redação. Para alguma coisa serviu o Leo se matar". Não havia nada mais angustiante que voltar a sentar-se na mesma cadeira — e era literalmente a mesma cadeira. Nada tinha mudado, exceto a máquina de escrever, agora substituída por um anacrônico computador, que lhe havia sido apontado pelo diretor como um marco histórico na vida da empresa: "Como você pode ver, já entramos na era da informatização!". Nada havia mudado, tudo apenas tinha ficado mais velho e decadente. "Como eu."

— Você também conheceu o Leo no colégio? — perguntou Ucha.

— Não, não sou da turma do Roosevelt do Parque D. Pedro, eu estudei no Roosevelt da São Joaquim — explicou Ivan. — A gente se cruzou muito mais tarde, numa reunião política, mas só fomos ficar amigos pra valer em 77, quando trabalhamos juntos na mesma redação.

— Vocês todos parecem ter tido uma vida tão interessante...

— Não mais que a sua, tenho certeza — disse ele, galanteador.

Ivan conversava com Ucha junto à janela e discretamente a examinava de alto a baixo.

— Eu sou uma amiga recente do Leo. Ou melhor, era. A gente se conheceu num vernissage da Dedé. Eles eram muito amigos, a Dedé era superamiga do Raul, um amigo meu que infelizmente já faleceu. De Aids — explicou. — Isso foi antes de a Dedé se mudar para a Europa, ela era suíça, uma suíça atípica, uma mulher incrivelmente calorosa e generosa. Eu sou descendente de dinamarqueses e alemães.

— Por isso você é tão loura — observou Ivan com um sorriso sedutor.

— Meu pai e minha mãe nasceram no Brasil, mas sempre se consideraram estrangeiros. Eu não, quando desfilava e viajava muito para o exterior, e me perguntavam "Where are you from?", gostava de dizer de boca cheia: "Eu sou brasileira". Não sei se é bom ou se é ruim. Minha avó dinamarquesa vivia falando que não existia pior lugar para envelhecer que o Brasil. Acho que foi por causa disso que a Dedé se mandou. Mas eu fico pensando: o que é que eu faria na Alemanha ou na Dinamarca? Não é minha terra, não conheço ninguém, perdi totalmente o contato com os meus parentes europeus. Você já pensou em sair do Brasil?

— Todos os dias — respondeu Ivan.

— E pra onde você iria?

— Austrália, Portugal, Canadá, qualquer país do Primeiro Mundo.

— Portugal não conheço direito, a Austrália é muito fora de mão, e o Canadá, frio demais. Se tivesse que mudar, iria para Nova York.

— Por que não vai? — perguntou Ivan.

— Em Nova York, só com muito dinheiro — respondeu Ucha, tristemente. — Não gostaria de levar uma vida de cucaracha, e você sabe, loura ou morena, tanto faz quando você não tem grana.

— Mas eu tenho certeza de que, com a sua aparência, você não ficaria muito tempo pobre.

—Minha aparência... — disse Ucha, com uma nota amarga na voz. — Já foi o tempo em que ela era capital. Eu desfilei em Paris, Milão, fiz não sei quantas capas de revista... — acrescentou, nostálgica.

— Você ainda está muito bem — confortou-a Ivan.

Ucha sorriu grata e desviou o rosto para que ele não percebesse que estava a ponto de chorar.

— Afinal, o que é que houve com você? Andei ligando pra tua casa, me diziam que você estava, mas não podia atender. Aí liguei pra Bia e ela fez o maior mistério.

— Eu estive muito doente — disse Lúcia, acariciando o rosto de Beny.

— Como é que você me deixou fora dessa história?

— Quis te poupar. Só isso.

— Fez muito mal — ele retrucou, magoado.

— Foi um período muito difícil, e eu sei que você também tem problemas.

— Eu mandava tudo pro inferno e ia ficar com você — disse Beny, beijando-lhe a mão.

Não havia pessoa que a amasse mais, nem sua mãe, ninguém. Amava Lúcia porque ela nunca lhe fizera a menor restrição, nunca impusera condições, nunca se sentia incomodada quando ele descrevia poeticamente a anatomia de seus meninos. Lúcia não se iludia com o lirismo que Beny insistia em atribuir aos seus breves amores, sabia que a maior parte deles era de marginais, não sabiam falar nem comer, faziam sexo em troca de dinheiro, droga ou qualquer outro tipo de favor e, no entanto, apesar de todas as circunstâncias, não se furtava a recebê-los. Beny confiava de tal modo em Lúcia que, num fim de semana, aparecera com um deles em Maresias. "Quando você vier, me avise com antecedência porque às vezes a casa pode estar cheia", disse Lúcia, colocando-os no quarto de hóspedes. E enquanto Rui, iracundo, tentara proteger os filhos de qualquer contato com o rapaz, Lúcia procurara compensá-lo com toda a sorte de delicadezas. Chegou a ir a São Sebastião comprar uma prancha de isopor, porque surpreendera o olhar fascinado do garoto diante das pranchas de seus filhos.

"Qual é a sua com esse delinquente? Tá querendo se candidatar ao cargo de diretora da Febem?", perguntara o marido. "Delinquente, ou não, é um menino!", Beny a ouvira dizer a Rui.

— Saudade de você — disse Beny. — Muita saudade.

— Eu também.

— Eu devia ter invadido sua casa quando soube que você estava doente.

— Ainda bem que não fez isso!

— O que é que o seu marido podia fazer? Chamar a polícia?

Rui o proibira de frequentar a casa desde uma memorável festa de aniversário de Lúcia em que ele aparecera com um jovem travesti, Cíntia, e o apresentara a todo mundo como "minha noiva". "Foi a última que você aprontou nesta casa! Eu não quero mais você aqui, nunca mais, entendeu?", vociferou Rui, abrindo a porta e colocando-os para fora. O travesti ficou ofendidíssimo. "Estou acostumada a ir em festa de gente muito mais grã-

-fina que você e sempre fui tratada com muita educação!", disse, retirando-se muito digno. "Que irônico, o Beny ter sido expulso da sua casa por causa dessa moça!", sussurrou Caio a Lúcia no final da festa. "Não era exatamente uma moça", respondeu Lúcia, visivelmente agastada com o incidente.

"O Rui só estava precisando de um bom pretexto", Beny confidenciara a Bia. "Esse cara morre de ciúme e de nojo de mim." Quando Rui, a contragosto, o cumprimentava, podia apostar que na primeira oportunidade corria para desinfetar as mãos, temeroso de todos os contágios. Beny sempre sentira repulsa no olhar de Rui, na evidente má vontade com que o recebia, na preocupação em evitar que sua prole se deixasse seduzir por ele da mesma maneira que Lúcia.

— Meus pêsames.

— Obrigada — disse Flora, sem reconhecer o homem que lhe estendia a mão.

— Eu trabalhei com o Leo há muitos anos — ele explicou.

Flora assentiu. Era o segundo que vinha cumprimentá-la e se apresentava assim. Os demais não tinham se dado sequer ao trabalho de entrar na câmara-ardente.

"Mais uma hora e meia e tudo estará liquidado", pensou Flora. Felizmente ninguém a chamara para reconhecer o corpo. Dava graças a Deus de ter aquele irmão tão prestativo, tão útil, tão solidário, apesar de nunca ter compreendido seu casamento com Leo. "Um judeu, Flora, uma pessoa que não tem nada a ver com a gente!" Ali, sentada em frente ao esquife de Leo, ela mergulhou em lembranças. Como tantas vezes explicara, não fora o fato de o marido ser judeu que havia pesado em sua relação. Batizara Davi para agradar a seus pais, e Leo não se opusera. "Tanto fazia, para ele tanto fazia." Isso sim, tinha pesado: sua displicência, quase indiferença, nada o apaixonava, nada o indignava, "nada". Nas raras noites em que não tinha insônia, deitava-se, voltava-se para o outro lado e adormecia. Nenhum gesto de afeto, nenhum desejo de proximidade, nem sequer dizia "boa-noite". E durante o sono debatia-se e rangia os dentes, sofria tão atrozmente que, no início de seu casamento, Flora o abraçava e embalava como a uma criança. Leo acalmava-se por algum tempo, depois voltava a se agitar. Flora compreendia que, se ele não quisesse dormir, seria melhor que vagasse a noite inteira pelo apartamento, ou se sentasse para ler até a madrugada, qualquer coisa seria melhor que ele na cama a seu lado e ela impotente, assistindo a seu desespero. "Ele morreu porque não tinha paz", pensou. Depois que Lena lhe contara do suicídio do pai, algumas coisas começavam a fazer sentido. O horror de Leo ao se deparar com o corpo do pai, o horror diante do enforcado, que o levara a escolher outro tipo de morte, mas não menos horrível. A imagem mais aproximada que conseguia fazer de Leo era a de um títere inerte, uma massa informe, um corpo de ossos desfeitos. Por que uma pessoa escolhia morrer assim? Uma pessoa como Leo, pensava Flora, um cara que podia ser e fazer qualquer coisa, a grande promessa que afinal jamais se concretizou. "Ele é a pessoa mais dotada que eu conheço", dizia Lúcia. "E daí?", perguntava Flora. O que Leo fizera com seu talento multifacetado? "Ensaios de genialidade, apenas ensaios, em nenhuma atividade persistiu, nada teve continuidade." Publicara um livro de poemas aos dezenove, excelente, segundo os críticos. Aos 23 tinha feito um curta-metragem e ganhara todos os prêmios da categoria. Durante os três anos em que cursou arquitetura, dedicou-se às artes plásticas. Chegou a participar de várias coletivas, foi saudado como um artista promissor. Seu texto jornalístico era agudo, claro e simples, sabia quando ser cáustico, mordaz, engraçado. Tinha estilo, todos reconheciam que era brilhante. Um dia, subitamente, alugou uma casa na Granja Viana e anunciou que ia escrever um romance. Durante um ano ficou ali isolado, mantendo raros contatos com os amigos. Exceto Bia e Adonis, que foram seus hóspedes durante algum tempo, seus contatos com o chamado "mundo civilizado" restringiam-se às raras visitas que os amigos lhe faziam, geralmente aos domingos, quando o tempo estava bom. Caio e Tito apostavam que seu livro seria uma obra-prima, teria o impacto de Joyce, o rigor de Robbe-Grillet, o sabor de

Italo Svevo, mas, passado um ano, Leo voltou para seu apartamento no centro da cidade e nunca disse uma única palavra sobre o livro. Quando alguém lhe perguntava "E o romance?", ele respondia evasivo: "Mas quem disse que se trata de um romance?", e ninguém, nem Adonis, jamais teve acesso a uma página escrita. Um dia Beny desejou saber onde estavam as laudas, o produto daquele ano de reclusão, e Leo respondeu: "Queimei".

— No teu lugar também não ficaria contente de voltar à grande imprensa — disse Adonis.

— Coisas da vida — respondeu Pedro, que preferia falar sobre o Leste Europeu a discutir esse assunto. — Eu tentei resistir, diminuí brutalmente o meu padrão de vida, mas não era mais possível viver de direitos autorais.

— Se você não consegue, imagine eu! — continuou Adonis. — A diferença é que eu só consegui sair da chamada grande imprensa nos períodos em que estive internado.

— Você está bem, Adonis?

— Tudo sob controle. Claro, eu me cuido.

— Você continua tomando... — perguntou Pedro, cerimonioso, evitando pronunciar a palavra *litium*.

— Não tenho opção.

Pedro estava disposto a conversar sobre qualquer coisa, inclusive sobre a loucura de Adonis, só não desejava falar sobre a sua volta ao jornalismo. Olhou para o esquife de Leo e percebeu que Flora o observava. Tinha certeza de que ela estava pensando na humilhação que devia ter representado essa volta ao começo. Ele podia jurar que, nas últimas semanas, fora a pauta favorita nos bares, nas redações, nos restaurantes, nos encontros formais e informais de jornalistas, editores e publicitários. O festejado autor Pedro Novais, o premiado escritor, traduzido em mais de dez idiomas, o romancista censurado pela ditadura, o conferencista brilhante, o belo Pedro Novais assumira a editoria de uma revista masculina, a mesma em que trabalhara antes de sua carreira literária ter decolado espetacularmente no início dos anos 70.

"Ele voltou ao lugar de onde jamais devia ter saído", disseram alguns, inclusive Leo. Em sua paranoia, Pedro chegara a imaginar que essas tinham sido suas últimas palavras antes de se lançar no vazio. Leo o apreciava como amigo, não como escritor, e nunca escondera isso. Certa vez, num jantar na casa de Caio, perguntara-lhe o que tinha achado de seu último livro, e Leo dissera que não podia responder, primeiro porque estava comendo uma folha de alface, e em segundo lugar porque tinha parado na página 18, absolutamente desestimulado para continuar a leitura. O jantar era em homenagem a seu editor alemão, que insistiu em saber o que Leo dissera para fazer descer sobre a sala um silêncio tão pesado. "Ele comentava a situação política do país", acudiu Caio em inglês. O alemão, porém, falava um razoável espanhol e não se deixou enganar. Na primeira oportunidade, perguntou a Leo o que pensava da atual ficção brasileira. "Eu nunca leio ficção", respondeu Leo em iídiche. E acrescentou: "Só poesia".

Pedro não queria parecer mesquinho. Romper com Leo apenas porque ele não gostava da sua obra seria indigno da sua propalada grandeza e, embora magoado, procurou manter a relação de amizade, acreditando ingenuamente que isso seria possível se ambos evitassem abordar os temas polêmicos. Como Lúcia bem previra, rapidamente perceberam que não havia muito que dizer um ao outro e acabaram por se afastar.

— Há quanto tempo você não via o Leo? — perguntou Adonis.

— Uns cinco, seis anos, talvez mais.

Adonis assentiu. Conhecia o desprezo de Leo pela literatura de Pedro Novais, as restrições que fazia à literatura datada, "sempre tão fugaz quanto a situação que a ensejou". Leo também não se impressionou quando Pedro se tornou um símbolo da cultura nacional ameaçada e continuou a referir-se à sua ficção como "medíocre" e "oportunista", numa época em que criticar Pedro Novais era o mesmo que se alinhar às forças que o perseguiam.

— E as tuas filhas, como vão? — perguntou Adonis.

— A mais velha está fazendo jornalismo.

Pedro observou que Ucha se aproximava com Ivan. A última vez em que a encontrara numa festa, lembrava-se agora claramente, ela estava bêbada. "Oi, colega!

Sabe que eu também escrevi um livro?" Apoiava-se num homem alto e louro que apresentou como "minha melhor amiga". "Meu nome é Raul", dissera o homem alto e louro, estendendo-lhe a mão. Depois, desculpara-se pelo porre de Ucha. Ele era fã de Pedro, "Li todos os seus livros, você entende a minha condição como ninguém".

— Eu acho que você não se lembra mais de mim — disse Ucha.

— Que é isso, meu bem? Você é inesquecível. Imagina se o Pedrão não se lembra de você — disse Ivan, naquele tom ambíguo que irritava profundamente quem o conhecia, mas que os desavisados tomavam como gentileza.

— Claro que me lembro.

Ucha pensava na próxima frase que iria dizer. Não queria parecer tola, nem burra, nem piegas. Queria dizer alguma coisa consequente, inteligente, surpreendente. Alguma coisa que levasse Pedro a se interessar por ela, mas nada lhe ocorria. "Como se fosse possível *eu* dizer uma frase brilhante neste momento da minha vida em que estou me sentindo um cocô."

— Você continuava tendo contato com o Leo? — perguntou Adonis.

— A gente se falava uma vez por semana — ela respondeu, sentindo mais alívio em sua ansiedade. — Ele foi uma pessoa muito importante para mim.

Pedro não escutou. Pensava em Lúcia, que tinha saído

com Beny e ainda não voltara. Queria sentar-se com ela sem testemunhas e lhe dizer que, por várias vezes, ficara tentado a procurá-la para dizer quanto estava se sentindo infeliz e derrotado, mas não o fizera por vergonha. Ele desejava aparecer diante dela unicamente como vencedor. Também lhe diria que, ao saber da gravidade da sua doença, havia sentido muita vontade de chorar e que ligara muitas vezes, mas em todas elas Rui ou os filhos lhe diziam que ela não podia atender. Então mandara um bilhete por Raquel. "Eu cheguei a ficar horas e horas parado em frente à sua casa à espera de que você saísse e eu pudesse falar com você. Pedi a Lena e a Bia que dissessem que eu sempre perguntava por você, na esperança de receber uma mensagem, ainda que fosse apenas um abraço, mas nunca havia retorno. Um dia perguntei a Bia: 'A Lu não disse nada, não mandou nenhum recado pra mim?'. E ela, compadecida, disse que você mandava agradecer os meus cuidados. Era isso mesmo que você queria dizer, Lu?" E ela respondera, escrevendo numa folha de agenda, com apenas uma frase: "Queria tanto que você me abraçasse, tanto...". Pedro não compreendia por que agora sua presença parecia incomodá-la.

— Vou tomar um café na padaria. Alguém me acompanha? — Pedro perguntou.

Ucha quase sucumbiu à tentação de acompanhá-lo, mas receou que Pedro não desejasse sua companhia e talvez o café fosse apenas o pretexto para ele se afastar.

— Não, obrigada. Acabei de tomar — ela disse, abrindo a bolsa e pegando o maço de cigarros. — Quer? — perguntou, estendendo o maço a Adonis.

— Prefiro outros cancerígenos.

— Eu aceito — disse Ivan. — Para lhe fazer companhia — acrescentou, galante.

— Obrigada — disse ela, sorrindo.

— Sabe que eu estive uma vez numa puta festa em sua casa? — informou Ivan, acendendo-lhe o cigarro.

— Se era puta festa, só pode ter sido no meu quadragésimo aniversário. O plano era convidar quarenta amigos, no fim tinha mais de quatrocentos.

— Acho que foi a festa mais animada a que já fui.

Saíra de lá com uma grã-fina que morava numa cobertura nos Jardins. "Meu marido está viajando. Vamos lá pra casa?" Ele nunca tinha estado num apartamento tão luxuoso.

— Foi o Leo que me levou à sua festa — prosseguiu Ivan. — Acho que você não se lembra de mim, mas tenho certeza de que ele nos apresentou.

Ucha lembrava-se apenas de Leo entrando na sala com um gatinho preto e branco, desnutrido e doente, que achara na rua.

— Aquele gato que o Leo me deu, tão magrinho, coitado... Pois é: tive que dar a uma amiga porque o Heitor tinha ódio de gatos... O Heitor, meu marido — explicou. — Quer dizer, agora não é mais. Faz três anos que a gente se separou.

— Não diga — lamentou falsamente Ivan, que não tinha a menor ideia de quem era Heitor.

— Ele casou de novo — Ucha continuou. — Tem um filho, um menino lindo, está superfeliz.

Ivan assentiu, olhando furtivamente para as pernas dela. "Deve ter belas coxas, um tanto branquelas, mas belas coxas." Já havia se assegurado de que Ucha era dotada de um belo traseiro. Os seios eram pequenos e provavelmente flácidos, mas o cabelo era soberbo: louro, liso, abundante, caindo reto até o meio das costas. De vez em quando ela o enrolava em um nó que se desfazia logo, de tão finos e macios que eram os fios. Ivan gostava da ideia de Ucha ser uma loura legítima. "Eu nunca fui pra cama com uma mulher de pentelhos louros", pensou, enquanto fingia prestar atenção ao que Ucha estava dizendo.

— Quatrocentas pessoas naquela festa, dá pra acreditar? — perguntou. "Quatrocentos filhos-da-puta se aproveitando da boca-livre", pensou, enquanto soltava uma longa baforada.

— Eu sei que fumar não está mais na moda — desculpou-se para Adonis. — Mas eu também não estou.

— Para falar a verdade, prefiro charuto — disse Ivan. — Eu gosto de fumar um bom charuto depois do jantar. Você ainda mora no Alto de Pinheiros?

— A casa ficou com o Heitor, era do pai dele — esclareceu Ucha. — Agora eu moro num apartamento em Higienópolis.

Através da porta de vidro, Pedro via Beny e Lúcia conversarem tão intimamente que não teve coragem de entrar. Eles estavam por demais absortos para se dar conta de sua hesitação. Beny tinha a mão de Lúcia entre as suas, e Pedro invejou essa proximidade de que durante tantos anos desfrutara, despreocupado, mesmo quando Rui estava perto. A segurança de Rui, o único marido realmente seguro das suas relações, que não se importava que as mãos da mulher estivessem entre as de outro homem. O modo como os olhos de Lúcia se iluminavam à sua visão não deixava a menor dúvida sobre quem era realmente importante. "Seus olhos ficam mais claros quando você está feliz", observara Pedro. Ele já havia percebido que a felicidade de Lúcia era indissociável daquele homem tão seguro e satisfeito, tão diferente dele. Pedro raramente estava satisfeito, experimentava a sensação de que sempre faltava alguma coisa e nunca fora seguro, nem quando tivera todas as razões para ser. Enquanto folheava uma revista na banca de jornal, esperando um momento mais oportuno para entrar na padaria, evocava Lúcia grávida, abraçada a Rui, e ele ao lado de Márcia, lamentando que Lúcia não fosse sua mulher. Queria que ela voltasse a abandonar suas mãos nas dele como estava agora fazendo com Beny, embora admitisse que amigos, só amigos, não seriam nunca mais.

— Como é que tudo começou? — perguntou Beny.

— Não sei. Às vezes fico pensando em que momento exato ocorreu o *turning point* que transformou minha vida primeiro num pesadelo, depois nesta coisa sem sabor. De todas as pessoas do mundo, vivas ou mortas, reais ou imaginárias, quem mais eu invejo de verdade é aquela que eu fui antes do dilúvio.

— E onde precisamente começou o dilúvio? — Beny insistiu.

"Certamente muito antes de eu sentir o caroço", ela pensou. Um carocinho na virilha, não era grande, ela não dera a menor importância, mas depois de um mês ele continuava lá. Marcou uma hora com o ginecologista e foi rezando para que ele dissesse que não era nada. "É preciso fazer uma cirurgia, extrair esse caroço para examiná-lo", ele disse. Lúcia ficou gelada. "Quando?", perguntou. "Amanhã de manhã." Ela assentiu por um momento, mas imediatamente se lembrou de que, no dia seguinte, era aniversário de Rui, e eles tinham convidado todos os amigos. "Amanhã não", ela respondera. Não iria estragar a festa dos cinquenta anos do marido com a sombra de uma doença tão deprimente, ela que sempre tinha sido tão saudável. "Isso não pode estar acontecendo comigo, eu não acredito, Zé." O Zé era mais que um médico, era irmão do Pingo, era um amigo, e pensou que podia confortá-la fazendo um discurso sobre os mais recentes progressos da medicina no campo da oncologia. "Quer saber de uma coisa? Vá pro inferno, você e os progressos da medicina!" E começou a chorar. “Eu quero que você faça essa cirurgia no máximo depois de amanhã”, ele disse. “Eu faço na segunda-feira”, respondeu. Zé beijou-a no rosto e acompanhou-a até o elevador. “Você está fazendo um cavalo de batalha por uma coisa que talvez não seja nada.” Mas ela sabia que era. “Eu tenho andado muito infeliz, meu velho. Em todo o caso, obrigada pelo apoio.” Ele previa um final otimista, mesmo que o tumor se revelasse maligno. “Na melhor das hipóteses, eu vou viver uma estação no inferno, e isso é suficiente para me deixar arrasada.”

No carro, voltando para casa, planejou sua vida para os próximos cinco dias: faria uma festa inesquecível, compraria um vestido novo, iria ao cabeleireiro, estaria na sua melhor forma recebendo os amigos, não dispensaria o fim de semana na praia com a família e só no domingo à noite, depois de os filhos terem ido dormir e de tudo estar acomodado, contaria ao Rui sobre a cirurgia que teria que fazer no dia seguinte. Seria a mulher do ano, a heroína do século, ganharia todas as medalhas de superesposa e supermãe. “Existe alguém mais corajosa do que eu?”, era o caso de perguntar.

— Não foi bem assim, foi? — Beny perguntou enquanto beijava sua mão.

— Não — ela disse, tocada pelo gesto de afetividade. — Claro, saí do consultório arrebentada. Fiquei muito mal, estava mal na festa do Rui, fiquei muito mal no fim de semana...

Vivera em sursis, perdera o chão, experimentava as sensações mais disparatadas. Num momento ficava indiferente, no outro parecia ser movida por uma fé extraordinária, ascendia aos céus, ou descia aos infernos, dependendo do sabor da imagem ou da palavra que evocava. "Eu vou morrer", ou "Eu quero viver" eram apenas dois momentos do mesmo desespero. Mas era o jogo que escolhera jogar. "Eu sou uma patética avestruz", dizia para si mesma enquanto observava Rui caminhar ao lado dos filhos pela praia. O pior não tinha sido adiar a cirurgia por uns dias, mas imaginar que fosse possível fazer de conta que não estivesse acontecendo nada. Seus olhos pousavam em Igor, Lucas, Camila, Laura e Júlia, e ela pensava: "Seja o que Deus quiser, já criei meus filhos, escrevi três livros, plantei muitas árvores, morro na flor da idade, no ápice da minha carreira. Via todos os meus pacientes chorando no enterro, os amigos e a família inconsoláveis. Tão moça...".

Ela sorriu, e Beny apertou sua mão.

— O que é que eu fazia no seu enterro? — ele perguntou, divertido.

— Você estava diante do túmulo lendo um poema que enaltecia minhas extraordinárias qualidades. Tão moça... — repetiu, sorrindo. Havia chorado apenas uma vez, no consultório do Zé, ao perceber estarrecida que estava mais preparada para morrer do que para lutar pela vida.

— Mas eu também pensava em como iria me comportar se não fosse nada, se o resultado da cirurgia fosse negativo. Será que ia ver a vida com outros olhos? E que olhos seriam esses? Acho que, pela primeira vez, compreendi a Bia. Sim, os deuses existiam e eu estava em suas mãos. Minha vida não me pertencia, minha sorte dependia do destino, do cosmo, dos astros, ou seja lá do que for responsável pela vida e pela morte dos seres humanos.

Tão brutal quanto descobrir que um corpo estranho a habitava fora descobrir semanas antes, à mesa do jantar, que Rui estava apaixonado por sua irmã.

— Os significados embutidos em frases tão simples como "passe o sal", "obrigada", "foi um prazer".

Helô ficara perplexa:

— Tranquiliza você saber que eu embarco amanhã para Portugal e não faço ideia de quando vou voltar, se é que vou voltar? — perguntara.

— Não — respondeu Lúcia. — Porque não se trata de uma questão pessoal, não é você, compreendeu?

A irmã não tinha compreendido. Rui se apaixonara por Helô simplesmente porque estava mais à mão; o alvo, porém, poderia ter sido qualquer outro. O mais importante naquele fato era constatar que a paixão de Rui por ela havia chegado ao fim.

— A gente tem que mudar alguma coisa, você não acha? — perguntou no dia em que a irmã embarcou.

Rui não entendeu.

— Não importa que ela tenha ido embora, o mais importante é que não é mais a mim que você quer.

O marido negou, como era de esperar, e ela explodiu.

— Por que é que você não admite de uma vez que não gosta mais de mim?

Rui ficara possesso. Gostava, sim, o casamento deles era perfeito, a saúde mental dos filhos confirmava isso.

— Acorda, Rui! A nossa vida nos últimos anos tem sido um mero desfilar de programação social.

E assim era. Apoiavam-se nos outros para não ter que pensar na própria relação. Raramente conversavam e quando o faziam era sobre coisas irrelevantes, ou problemas que não lhes diziam respeito.

Tão certo como Rui ter negado a paixonite por Helô seria substituí-la rapidamente por qualquer outra no seu coração: a secretária, a amiga da filha, a recepcionista do banco, qualquer objeto serviria para ele derramar sua emoção. Apesar da secura aparente, Rui era um homem muito romântico.

— Tem dado muitas festas ultimamente? — perguntou Ivan.

— Imagine! — riu Ucha. — A última foi aquela. Quer dizer: a última grande. Mas também a gente só faz quarenta anos uma vez.

— É uma bela idade — considerou Ivan, lembrando-se de que estava com quarenta anos quando iniciou seu caso com Lena. — A gente ainda tem muito fogo, muita esperança em dias melhores, ainda se sente com muito vigor, ainda acha que dá tempo para uma grande virada.

— Aos quarenta, eu era bárbara! Ninguém me dava mais de trinta e três! Uma cara ótima, um corpo superjovem, o meu rosto em todos os *outdoors* da cidade, nas capas de revista, na televisão.

— Eu me lembro — disse Adonis, recordando-se dos comerciais de sabonete, xampu, seguro de vida, tapetes, cigarros e vodca em que ela aparecia, sempre representando uma jovem bonita, rica e desenvolta. Quando Adonis viu Ucha, associou-a imediatamente à clínica, porque só assistia à televisão quando estava internado. Sentava-se numa enorme poltrona e ficava com os olhos fixos no vídeo, fascinado por aquela vida que parecia se movimentar de forma tão vertiginosa.

— E ainda por cima tinha lançado um livro de poemas. *Cama desfeita*. Acho que ninguém leu.

Ivan também achava, mas continuava encantado.

— Naquela época, eu me achava maravilhosa.

— Você ainda é — disse Ivan, num tom mais baixo e mais rouco do que o seu habitual.

— Agora não sou ninguém, mas naquela época eu tinha tudo, sucesso, beleza, dinheiro, amigos, porque a gente quando tem dinheiro sempre tem muitos amigos.

Houve um momento em que tinha umas quinze pessoas nas quais, mais ou menos, podia confiar. Dessas acabaram ficando cinco ou seis, que ainda telefonavam no seu aniversário e prometiam ligar na semana seguinte, mas raramente cumpriam o prometido.

— A gente adorava dar festas, qualquer pretexto servia. O Leo dizia que eu parecia uma personagem de Fitzgerald, que eu ainda vivia a inconsequência dos anos 20. Ele era tão inteligente, me dizia coisas tão incríveis. A gente teve um caso — acrescentou depois de uma pausa.

— Eu sei — disse Ivan, sorrindo cúmplice.

— Pena que durou tão pouco. Ele não aguentava a minha vida, achava tudo uma bobagem. O Leo foi o primeiro cara a dizer que eu era ridícula, que o meu livro era uma droga e que eu devia me dar por muito feliz em ter os meus cinco minutos de celebridade. Claro, cinco minutos era maneira de dizer. Eu tive mais. Quase vinte anos. Mas ele cantou a bola. Disse que eu ia desaparecer na noite dos tempos e que logo ninguém mais se lembraria de mim.

Ivan ficou tentado a confortá-la, a confessar quanto sua honestidade o enternecia, mas disse apenas:

— Ser esquecido neste país não é privilégio seu. O Pedro Novais escreveu uma porção de livros, foi um *best-seller*, o romancista mais discutido do país, e daí? Ninguém mais fala dele. Essa geração que está com dezenove, vinte anos, a geração dos meus filhos, não faz a menor ideia de quem ele seja.

— Nossa, e ele é bárbaro, bárbaro! — Ucha repetiu.

Ivan olhou para a entrada e viu Lena parada medindo Ucha de alto a baixo.

— Com licença — disse Ivan, correndo ao encontro de Lena.

— Você conhece a Lena? — perguntou Adonis.

— Aquela é a Lena? — indagou Ucha, olhando-a curiosa. — O Leo falava tanto dela!

— Eram muito amigos.

— Eu fazia uma imagem dela diferente — murmurou, enquanto mentalmente adequava a imagem que fizera de Lena à realidade. Ela não era tão alta nem tão bonita nem tão jovem como nas fotos que Leo lhe mostrara. "Esta é a Lena", dizia ele, e ela via Lena aos quinze, aos dezesseis, aos dezenove, aos vinte e dois, aos vinte e seis, trinta, Lena ao longo do tempo, muito séria ou rindo às gargalhadas, rejuvenescendo ou envelhecendo ao sabor da moda, a última foto tinha sido tirada no *réveillon* de 1980.

"Se eu fosse ela, pintava o cabelo", pensou Ucha, observando os cabelos grisalhos de Lena. "O que é que ela está querendo provar?" De certo modo, chegava a ser um despudor.

— Você demorou — disse Ivan, segurando a mão de Lena.

— Não parece que você tenha sentido tanto a minha falta — ela observou irônica, olhando para Ucha.

— Hum... que saudade desse perfume... — continuou Ivan, beijando-a no rosto.

— Você costuma dizer isso para todas as mulheres — retrucou Lena, desapontada com a própria falta de emoção e lamentando que a proximidade de Ivan não tivesse despertado o antigo frêmito que sempre a percorrera de alto a baixo. Precisava de uma paixão, mas não pensava nela como um fim, e sim como um meio para não pensar no deserto absoluto em que sua vida tinha se transformado.

— Você está muito bem — disse Ivan, olhando-a longamente.

— Não, não estou — disse Lena, irritada. Pressentia na sua permanente tensão e mau humor que o momento do colapso estava próximo. Todos os dias, ao acordar, dizia: "Não suporto mais". Se a sua paixão por Ivan fosse capaz de renascer, talvez fosse possível adiar o reconhecimento de que ela não tinha nenhuma razão para continuar viva. "É isso aí. Mais do que a paixão, os seus motivos", como dizia uma personagem das *Novas cartas portuguesas*.

— Estou morrendo de saudade de você — disse Ivan.

— Não diga — respondeu Lena, irônica.

— Por que acha que estou aqui?

— Eu acho que você está aqui porque o Leo morreu, e não por minha causa.

— Ora, meu bem. Você sabe que a gente não era tão chegado...

— Não seja ingrato. Ele foi um bom amigo pra você...

— Eu também fui um bom amigo para ele.

— Tenho minhas dúvidas — disse Lena, caminhando em direção a Adonis.

Ivan observou-a se afastando e percebeu que ela engordara nos quadris. Estava mais pesada, tinha rugas acentuadas na região dos olhos e comissuras nos lábios. Estava mais envelhecida que sua mulher, porém isso não diminuía a atração que ainda sentia por ela. Lena beijava Adonis, e ele sentiu ciúme. A efusividade de Lena com os amigos sempre o incomodara, e ele interpretou a retirada de Lena como uma punição. Para Ivan, sua ironia e secura deixavam evidente que ela tinha se irritado com a atenção que ele concedera a Ucha. Mas estava enganado. Não que fosse indiferente a Lena a visão de Ivan se insinuando para outra mulher, mas o que a perturbara de fato tinha sido constatar que sua paixão por ele estava definitivamente morta e sepultada. De certa maneira, culpava-o por isso. Tudo o mais não passara de reação impaciente ao seu dom-juanismo. E Ivan se comportara exatamente como Lena havia previsto. Ao se ver surpreendido cortejando Ucha, admitiu a culpa, afastando-se repentinamente de sua presa. "A quem esse cara pensa que engana?", Lena pensou quando ele avançou pressuroso, lamentando sua demora.

— Acho que você não me conhece — disse Ucha, estendendo-lhe a mão.

— Acho que não — respondeu Lena, num tom que deixava evidente a falta de interesse em conhecê-la.

Ivan observou Lena apertar a mão de Ucha mal olhando para ela e sentiu pena. "É um jogo desigual", pensou. "E injusto", porque em nenhum momento Ucha se dera conta de que estava sendo cortejada.

— E aquele romance? — perguntou Beny. — Se é que era um romance, se é que o Leo escreveu alguma coisa naquele ano que passou na Granja.

— Ele nunca fez nenhum comentário. Ao contrário — respondeu Adonis.

— Você foi hóspede da casa da Granja. Você deve saber de alguma coisa.

— Às vezes, eu acordava no meio da noite e ouvia o Leo datilografar — disse Adonis, lembrando-se das batidas ecoando pela casa e do halo de fumaça que envolvia o escritório. Era inverno, e Leo trabalhava com as janelas fechadas. A única vez em que entrara sem bater percebera que Leo se debruçara repentinamente sobre a lauda para evitar que ele lesse o que estava escrito. Adonis saíra imediatamente ao perceber o constrangimento do amigo.

— Não faço ideia do que era. Só sei que ele escreveu todas as noites em que estive lá.

— Definitivamente eu não gosto do Beny — disse Flora. — Como é que a Lúcia consegue ser tão amiga dele?

— Amiga não, a Lúcia é mãe, e você sabe como é mãe. Aguenta tudo — respondeu Lena, pensando no modo como Beny se dirigia e se referia a Rui. "Por que é que você não larga esse bosta, Lúcia? Como é que uma mulher brilhante como você pode ter casado com esse cara? E o que é pior, teve filhos com ele, portanto é culpada duas vezes: por ter acolhido em seu seio a mediocridade e por ter contribuído para perpetuar a mediocridade nas novas gerações." Porém Lúcia sorria, complacente.

— Eu acho que o Beny não gosta de ninguém, nem da Lúcia, nem de si mesmo, nem dos moleques pelos quais ele se apaixona periodicamente.

— O Beny gosta da Lúcia — assegurou Lena. — E ela se sente muito bem sendo gostada. O Leo sempre comentava que a Lúcia gosta de triunfar onde todos os outros parecem ter fracassado. Afinal, ninguém é terapeuta impunemente.

— A Lúcia não está bem — observou Flora.

— Quem está?

— O Ivan.

—Ele está envelhecendo lindamente — disse Lena, olhando para Adonis, que não envelhecia. Tinha a mesma cara de vinte anos atrás, apenas engordava. Era um obeso doentio e flácido, ao contrário de Guto, que era um gordo viçoso e de carnes rijas. Às vezes sentia falta do bom humor de Guto, do contato da pele de seu ventre com a barriga dele. "Você quer vir por cima?", ele perguntava quando estavam fazendo amor. "Não, está bem assim", respondia, fechando os olhos e pensando em Ivan ou em qualquer outro homem por quem estivesse apaixonada ou interessada. Ela gostava de ir por cima quando fazia amor com Ivan. Lena gostava de fazer amor com Ivan, mas gostava mais da sensação de estar apaixonada e ser protagonista de um romance que só não era maior pela qualidade das pessoas envolvidas.

— Como é que uma mulher razoavelmente inteligente e com razoável autoestima pode se apaixonar por um cara assim?

— Alguma qualidade ele devia ter para você se interessar.

— Várias — disse Lena, pensando na beleza de Ivan, no cheiro de sua pele, no seu tom de voz. Era enlouquecedor quando ele ligava. Ela sentia-se desfalecer, suava frio e seu coração disparava quando ele dizia "Oi, meu bem". "Por que é que demorou tanto pra me ligar, seu puto?", ela perguntava, emocionada. "Sentiu minha falta?", ele sussurrava. Lena ficava furiosa com a presunção dele. "Não tive tempo de pensar na falta que você me fez", mentia, porque odiava o poder que ele exercia sobre ela. Odiava que se sentisse tão seguro, enquanto ela não tinha certeza de absolutamente nada em relação a Ivan, exceto quando ele dizia "Adoro transar com você", porque sentia que era verdade.

Transavam incansavelmente. Na cama, no chão, na banheira, encostados à parede, sob o chuveiro. Às vezes, quando o quarto dispunha de estacionamento privativo, começavam a fazer amor dentro do carro, continuavam em cima do capô, na escada, nunca dava tempo de chegar à cama. Eram ávidos, vorazes e alegres quando estavam fazendo amor. "Era bom", Lena pensou. Bom como nunca mais foi com ninguém.

— Uns se matam de um jeito, outros se matam de outro — disse Ucha, referindo-se ao cigarro.

Adonis assentiu. Observava uma mulher que andava de um lado para o outro enquanto apertava fortemente um lenço contra a boca. Ela o fez recordar o pátio da clínica, os pacientes deambulando, cada um de acordo com a própria técnica, pisar ou não pisar as riscas do chão, em linha reta ou em ziguezague, sem pensar em nada, a vida e o tempo suspensos, os olhos voltados para os pés que perfaziam sempre o mesmo percurso.

Adonis não costumava deambular. Apenas se sentava e ficava observando em profunda quietude. "Adonis, e um homem assim se chama Adonis...", refletia Ucha, observando que o abdômen flácido de Adonis se dobrava em uma grande prega sobre o baixo-ventre.

— Pena que o Leo fosse tão depressivo — ela disse ansiosa, receando que Adonis surpreendesse seu olhar penalizado.

— Eu sei que a vida é difícil, que tem essa tal de chuva ácida, o efeito estufa, e que envelhecer é uma droga, e que o Brasil não tem a menor esperança, mas eu não vou me matar por causa disso! Quer dizer, vontade até a gente tem de vez em quando, mas a vida também tem algumas compensações — completou Ucha, pensando em sua emoção ao ver Pedro Novais e concluindo imediatamente que as compensações eram tão pífias que, na verdade, mais frustravam do que compensavam. "Quer saber de uma coisa?", teve vontade de dizer. "Pensando bem, a vida é uma grande e suprema merda."

Quando Leo telefonava, estava sempre bêbado, ou deprimido, ou ambas as coisas e dizia frases do tipo "Está na hora de morrer", "O que de interessante poderá me esperar?", "Nunca mais vou dizer a uma mulher 'Eu te amo'". E ela duvidava que alguma vez ele tivesse dito a uma mulher "Eu te amo", porque isso não parecia combinar com Leo, ele nunca mencionava seus amores nem se referia a uma mulher com saudade ou desejo, exceto quando falava de Lena. Ainda assim, Ucha o consolava e animava com frases do tipo "Imagine, você está na flor da idade", "Como não vai mais dizer a uma mulher 'Eu te amo'?", "O tempo não existe".

Ela ainda costumava repetir "O tempo não existe", um resquício da época em que sua pele era mais jovem e mais fresca e ela era realmente maravilhosa. "Olha pra mim! Parece que eu tenho quarenta anos?"

"O tempo só não existe para quem não tem espelho", pensou Ucha. Na semana anterior, Leo tinha ligado e dissera com a voz pastosa: "Você é maravilhosa". Ele era capaz de dizer as coisas mais gentis às três da manhã, depois de consumir um litro de vodca. "Não sou não, Leo. Muitas vezes eu pergunto em que espelho ficou perdida a minha face. Pode ser lugar-comum, mas é um verso lindíssimo. Ela sabia das coisas, a Cecília Meireles. Ela sabia, sim."

— Acho que o Leo tinha voltado a ler Camus — observou Adonis. — Você conhece Camus?

— Não, nunca li nada. Só vi um filme baseado num livro que ele escreveu.

— *O estrangeiro*?

— É. Vi com o Leo na Cinemateca. Triste demais.

— A bela hebreia está com a doença de Alzheimer. Foi internada no mês passado — disse Beny, referindo-se à sua mãe.

— Eu sinto muito — Lúcia apertou-lhe a mão.

— Ela é menos bela agora. É uma doença devastadora. Este final não fazia parte do enredo. Você já leu algum folhetim ou assistiu a alguma telenovela em que a mocinha morre com Alzheimer?

— O final da mocinha nas telenovelas costuma ser o casamento.

— O casamento foi o começo da história da minha mãe.

— Foi uma linda história de amor, de qualquer maneira — observou Lúcia, aludindo ao romance dos pais de Beny.

— O amor durou muito pouco — disse ele, lembrando-se da expressão magoada da mãe dizendo que jamais deveria ter se casado. "Por que não fomos amantes? Podíamos nos encontrar às escondidas e eu não seria massacrada pela sua e pela minha família!" Também se lembrava dela lhe dizendo: "Não case nunca fora da sua raça!", e ele perguntando: "Qual é a minha raça?". A maior angústia da "bela hebreia" era estar afastada de seus pais. Durante anos, buscou uma reconciliação, mas estava inapelavelmente morta: os Cymrot tinham coberto os espelhos e vestido luto quando ela comunicou que ia se casar com um cristão. Não importava que ele fosse rico e importante.

— A decisão dela foi muito influenciada pela literatura sentimental. Você sabe o que as mulheres liam na década de 40.

— De qualquer maneira, é um triste fim uma mulher tão bonita ser vítima da doença de Alzheimer.

— É um tipo de autopunição.

— A maior parte das doenças é — disse Lúcia.

"Inclusive a sua?", Beny ficou tentado a perguntar.

— Eu acho que fiz aquele tumor, Beny. Você está entendendo?

— Mas já está tudo bem, não está?

— O que é que está tudo bem? Eu não estar jurada de morte? Não sei. De qualquer maneira, há sempre essa espada de Dâmocles, esses exames que eu tenho que fazer regularmente para me assegurar de que eles não voltaram.

— Eles?

— Os nódulos.

— Você está diferente.

— Na semana passada eu e o Rui fizemos vinte e oito anos de casados. Nunca mais vou ter a certeza de que ele não ficou comigo só por causa da minha doença.

— Mas você não está mais doente, Lúcia! — Beny protestou.

— Eu não consigo parar de pensar que o Rui ficou comigo por piedade, pra não morrer de culpa, o que é uma merda pra mim e pra ele. Não dá pra ser espontâneo, não dá nem pra brigar direito. Quem pode ser tão canalha a ponto de brigar com uma mulher nessas condições?

— Por que é que você simplesmente não deixa rolar? Por que é que você tem que interpretar tudo, dar um sentido a tudo? A vida não tem o menor sentido, você não percebeu?

— Tinha para mim até pouco tempo atrás.

— Você foi expulsa do Paraíso. Agora faz parte do mundo dos mortais.

— Eu queria a minha inocência de volta — disse Lúcia, notando que Pedro e Ivan se aproximavam.

— Que mais você quer, Lu?

— Tudo como era antes de o mundo desabar.

— Mais um café? — perguntou Pedro, colocando-se ao lado dela.

— Não, obrigada. Aliás, eu já estava de saída — acrescentou.

— Eu vou com você — disse Beny.

— Não. Vou visitar o túmulo do meu avô — desculpou-se, sorrindo. Não acrescentou "quero ficar sozinha" porque com Beny nunca era necessário.

Beny observava Lúcia se afastar e pensou que a doença lhe conferia uma espécie de status. "Minha doença", ela repetira várias vezes, não com horror, mas quase com afeto. A sua doença agora era parte de Lúcia, mesmo que tudo indicasse que já estivesse curada. "É evidente que Rui não teria coragem para cair fora. Quem teria?", conjeturava Beny. Não duvidava que ela tivesse usado sua prerrogativa para induzir sutilmente o marido de que era melhor ele ficar. Lúcia faria qualquer coisa para não perder Rui. "Qualquer coisa para não perder aquele bosta, inclusive se fazer um tumor."

— O que é que está errado, Lena?

— Tudo, começando por mim mesma. Esta coisa cheia de farpas que eu sou, o meu trabalho, a falta de opções, a solidão, os amigos que estão morrendo, o país.

— Eu pensei que você estivesse contente com seu trabalho.

— O meu trabalho é uma merda, Flora.

— Pensei que você já tivesse superado essa bronca com a publicidade.

— A minha bronca não é com a publicidade. É com a mediocridade. Nem o luxo das grandes angústias eu posso me permitir porque os meus clientes não são grandes empresas nacionais e multinacionais. Eu não cheguei lá. Gostaria de ter chegado, mas não cheguei. Como diria Tito nos velhos tempos, "Eu não disponho das condições objetivas para viver a grande crise existencial do publicitário brasileiro": o cara com um passado de militância e que, de repente, se dá conta de que está servindo ao grande capital. Eu só servi ao grande capital uma vez, quando trabalhava na editora. Mas lá as grandes estrelas não éramos nós, eram os caras que faziam as revistas. Nós éramos apenas as pessoas que vendiam espaço nas revistas, que induziam o leitor a ler e o anunciante a anunciar. A gente não tinha a menor importância, a menor expressão.

— Eu acho que a gente escolhe tão pouco, Flora. Tão pouco — disse Lena, concluindo desanimada que talvez Ivan tivesse razão: as pessoas faziam somente o que era possível. Inclusive ela mesma. Houve um momento, ao montar a própria agência, em que acreditara poder se tornar uma grande empresária. Mas não foi preciso completar o primeiro ano para descobrir, consternada, o tipo de sua clientela: pequenos comerciantes e industriais, pessoas de perfil tão modesto quanto o orçamento reservado à publicidade dos seus negócios. Ela não era apenas a sua agência, mas a sua consultoria econômica, política e, muitas vezes, sentimental. "Eu tenho um caso com uma moça que trabalha na minha firma", começavam invariavelmente assim. "E a minha senhora está começando a desconfiar." Eles não tinham mulheres, nem esposas, mas senhoras. E o que procuravam era apenas uma aventura sem risco. "Um homem depois de muitos anos de casado, compreende?" Inquietavam-se quando percebiam que a emoção escapava ao seu controle. "Não era isso que eu esperava", diziam assustados. "Eu sei, meu amigo, sei exatamente o que está sentindo", tantas vezes ficara tentada a lhes dizer.

Seu escritório ocupava três salas de um edifício comercial no centro velho da cidade que, no passado, abrigara importantes corretoras de valores, mas desde meados dos anos 70 vinha sendo progressivamente ocupado por alfaiates, cerzideiras, relojoeiros e pedicuros. Lena não tolerava a escala mesquinha do seu trabalho, os clientes, os funcionários, a localização do escritório. Durante anos conformara-se, dizendo a si mesma que não era desprezível do ponto de vista financeiro. Graças ao seu pequeno negócio criara a filha, comprara um *flat* em Ubatuba, um apartamento de três dormitórios nos Jardins e sustentara pequenos luxos, como viajar para o exterior uma vez por ano e jantar pelo menos três vezes por semana nos restaurantes de sua predileção.

— O problema maior é a crise, Lena.

— O meu problema é a infelicidade. Que não se deve a isto ou àquilo, mas a muitas coisas. Não é a minha solidão nem o Ivan nem o meu trabalho. É um pacote, Flora.

— Mas você é uma pessoa tão forte.

— Mentira. Eu só pareço forte.

— O Leo dizia que você era a pessoa mais forte que ele conhecia.

— O Leo mitificava algumas pessoas — disse Lena sem convicção, porque não era verdade que Leo mitificasse algumas pessoas. Ele não mitificava ninguém. Nada e ninguém estavam a salvo da sua revisão crítica. "Nem Proust", dizia Pingo. Quando falara que Leo mitificava algumas pessoas, fora apenas para se desviar do elogio implícito na observação de Flora. Sentia-se culpada por ter chorado tão pouco a morte de Leo, por não ter experimentado um impacto maior ao receber a notícia. "Nada pessoal, meu velho." Era apenas parte de um processo que se iniciara havia muito tempo, ao longo do qual sua vida afetiva fora se compartimentando de tal modo que a maioria das pessoas ocupava escaninhos cada vez menores. "É como se houvesse um vácuo entre mim e os outros", dissera a Leo. Desde muito tempo parara de fazer planos, de sonhar à frente. Às vezes construía uma expectativa, mas quase sempre não tinha a menor importância, a menor substância. Nada era capaz de animá-la, impulsioná-la, alegrá-la. "O amanhã é literalmente amanhã, não a velha estrada do futuro", confessara a Leo dias atrás. "Viver cada dia, como os orientais, pode ser mais sábio, mas é mais triste. A ligação, a comunhão, o voo, a vertigem, o desassombro, nada disso existe mais, ou é tudo muito tênue e desbotado. Assim é, meu velho. Tão verdadeiro quanto os meus cabelos brancos."

— Eu sei o que você está sentindo — dissera Leo. — A vida da gente virou uma janela bloqueada. Não dá para abrir nem enxergar através. Eu estou assim há anos.

— Quantos? — perguntara Lena.

— Muitos.

— Eu sei, mas a gente não perde nunca a mania de fazer perguntas retóricas.

Ela sabia que Leo estava assim havia muito tempo. Na verdade, sempre estivera assim, mesmo quando todos os outros faziam grandes planos para o futuro, e a vida ainda era uma festa interminável.

— Quem é que disse que as pessoas são donas do seu destino, Leo?

— Um paranoico qualquer.

— E um dia eu acreditei nisso, Leo! Eu acreditava nisso, Leo!

— De qualquer maneira é um pensamento gentil para com o gênero humano.

"Uma janela bloqueada", Lena imaginou. "O que será que ele pensou quando se jogou no vazio? Que estava rompendo o bloqueio? Que estava abrindo uma brecha através da qual era possível enxergar uma saída?"

— Tá doendo muito?

Pedro olhou para Beny sem compreender. Suspeitou que estivesse se referindo à sua volta à revista, mas não quis parecer paranoico.

— Doendo como? Não compreendi.

— O fato de você ter voltado a trabalhar na imprensa.

— Qual é o seu problema, Beny? Eu não estou entendendo.

Beny assentiu, olhando Pedro fixamente. "E pensar que fui o primeiro cara que leu as coisas desse merda", murmurou para si mesmo. "Deve estar comendo o fígado por voltar a encarar aquela revista de punheteiros e quer me convencer de que era tudo o que ele queria!"

— Tudo bem, Pedro, eu compreendo — disse Beny, afastando-se em direção ao caixa.

— O que é que ele disse que o deixou tão irritado? — perguntou Ivan.

— Não foi o "quê", foi "como". Sei lá. Pode ser bobagem minha. Eu não estou num dia legal.

— Quem está?

Pedro tomou um gole de café, e Ivan percebeu que ele tremia. "Tá mal", pensou. "E pensar que eu morri de inveja desse cara", considerou, lembrando-se do tempo em que Pedro tinha tudo a seus pés: fama, sucesso, dinheiro, multidões de mulheres suspirando pelos seus favores. A cada vez que se encontravam estava sempre com uma diferente. Eleonora, Nina, Bárbara, Amanda. Jamais fora apresentado a uma Cidinha, Marlene, Margarete. As mulheres de Pedro eram tão estonteantes quanto seus nomes. Altas, vistosas, esculturais, louras ou morenas, não importava. O cabelo sempre caía em cascatas luxuriantes, e a pele estava sempre dourada pelo sol. Pedro tinha todas as mulheres que queria, e ele parecia querer todas. "Mas não tem ninguém que tenha tocado você mais fundo?" — Ivan perguntou certa vez. "Não", respondeu Pedro com um sorriso que não deixava a menor dúvida. "Não seja idiota, Ivan. Esse cara pode sair com uma perua diferente todas as noites, mas todo mundo sabe que a paixão dele é a Lúcia", dissera Lena.

— E a Amanda? — Ivan perguntou.

— Que Amanda?

— Aquela ruiva incrível que você me apresentou uma vez.

— Eu? Não me lembro.

— Lembra, sim. Uma vez na casa do Caio. Você entrou com a mina, e a festa parou.

— Ah, a Amanda. Não sei que fim deu. Deve ter casado. Todo mundo acaba casando.

Ivan estava bestificado. "Como é que um cara desses pode esquecer uma mulher daquelas?"

— Aquelas mulheres não tinham a menor importância.

— O que é que você tem contra uma boa trepada?

— Nem todas eram trepadas tão boas quanto você está imaginando.

— Eu morria de inveja de você, sabia?

— Bobagem — disse Pedro, pensando em Lúcia. Ela tinha sido a única mulher que ele realmente quisera, e num determinado momento imaginou que estaria ao seu alcance. "O Rui não gosta mais de mim", dissera ela ao telefone. "Onde você está, Lu?" E fora buscá-la no consultório, acreditando que aquele telefonema fosse o sinal de sua disponibilidade, finalmente.

— Ela não parou de chorar — disse Tito referindo-se a Bia, que soluçava ao lado do caixão.

Lena beijou Tito no rosto e o apertou forte.

Tinha ido buscá-la na Cidade Universitária porque o carro de Bia estava na oficina e só no fim do mês ela teria dinheiro para pagar o conserto. Encontrara-a sentada na entrada do prédio da ECA, inconsolável, culpando-se da morte de Leo. "A gente não deu a força de que ele precisava", repetia. Chorara durante todo o trajeto. "Mais de um mês sem visitar o pobre coitado. Isso é imperdoável", dizia enquanto enxugava as lágrimas no lenço encharcado. Tito nunca sabia o que fazer ou o que dizer, "sou péssimo para confortar pessoas", mas achou que seria uma boa medida parar numa farmácia e comprar uma caixa de lenços de papel.

— Obrigada, Tito — disse ela, esquecendo a consciência ecológica e jogando o lenço molhado pela janela.

Durante o resto do percurso, Tito procurou se lembrar de quantas vezes em sua vida adulta tinha chorado. Não chorara ao ser torturado nem quando partira para o exílio nem quando voltou do exílio, mas chorara no comício das diretas e na morte de Tancredo, não por Tancredo mas pelo país. "O Brasil não tem sorte por causa da décima casa", Bia costumava dizer. Entre outras coisas, vinha se dedicando ao estudo da astrologia.

— Se você precisar de alguma coisa... — sussurrou Tito a Flora.

Pensava nos aspectos práticos, o preço do caixão, a conta do enterro. Flora ganhava uma miséria, não era justo que arcasse sozinha com todas as despesas.

— Obrigada. O meu pai e o meu irmão providenciaram tudo.

— Você podia ter ligado pra mim. Eu e o Leo éramos muito ligados.

"Éramos", pensou Flora, embora o mais correto talvez fosse Tito usar "fomos", porque nos últimos anos mal se viam. Leo ressentira-se da dureza de Tito. "No fundo é um moralista", havia comentado com Flora, referindo-se aos sermões do amigo, exigindo que ele parasse de beber e voltasse a trabalhar. "Você precisa terminar o romance, está na hora de dar um sentido à sua vida, Leo!"

Tito perdia a paciência com Leo e costumava ser rude todas as vezes em que ele telefonava embriagado. "Não me encha o saco no meio da noite", chegara a dizer. Tito não fazia concessões a ninguém, nem mesmo à própria mulher. "Eu não aguento o Tito, a gente vai acabar se separando porque esse cara se recusa a admitir que eu tenho emoções", dizia Vânia no primeiro aniversário de Davi. "Eu quero conversar sobre a gente, e ele se recusa a escutar. Eu já disse: 'Tito, não dá mais, eu quero me separar!'. Sabe o que ele fez? Ligou a televisão pra assistir ao *Roda-Viva*!"

Um dia, farta, ela se levantou, pegou as crianças e mudou-se para a casa da mãe. Tito acordou por volta do meio-dia, tomou banho, saiu de casa e só foi perceber a ausência de Vânia à noite, quando, ao voltar do jornal, não encontrou o seu prato de comida no microondas.

Várias hipóteses lhe ocorreram, inclusive a de que Vânia o havia abandonado, mas não teve coragem de verificar se as roupas dela ainda estavam nos armários: primeiro ligou para o DSV, depois para o IML, e então, descartada a possibilidade de acidente grave, telefonou para a casa da sogra para saber o que tinha acontecido. "Vânia", perguntou quando ela atendeu, "o que é que você está fazendo a esta hora na casa da sua mãe?"

Semanas depois, Vânia contava a sua versão a Lúcia. "Eu disse milhões de vezes: 'Tito, não dá mais, eu quero me separar', e você não escutava! 'Quem sabe agora, que eu me mandei, você vai entender afinal que o nosso casamento acabou!' Sabe o que ele respondeu? 'Eu vou dormir agora, amanhã a gente conversa.' E aposto que foi exatamente isso que ele fez."

— Me conta uma coisa, Tito: você foi mesmo dormir, ou era só uma figura de linguagem? — Lúcia havia perguntado.

— Ué, eu tava cansado, o que é que você queria que eu fizesse? — respondeu Tito muito calmo.

— Eu queria que você consultasse um psiquiatra — Lúcia sugeriu.

— Você está insinuando que eu sou louco?

— Estou dizendo que você está muito doente.

Tito não se considerava doente, apenas um cara racional cercado por pessoas totalmente irracionais. "Se estou com fome, como; se estou com sono, durmo; se estou com insônia, leio um livro." Mas nunca lhe acontecia ter insônia. Seu sono era "patologicamente profundo", como dizia Vânia. Dormia nas circunstâncias mais adversas e considerava isso um triunfo da vontade sobre os sentidos. Era em coisas assim que ele acreditava: determinação, autocontrole, caráter forjado pelo trabalho e pelos princípios que dignificam o homem. Não compreendia as depressões de Leo. "Você sabe o que pode tirar você dessa merda, não sabe?", perguntava irritado. "Não", respondia Leo. "É claro que sabe!" Para Tito, a solução para todos os problemas de Leo estava num pacote de laudas e numa máquina de escrever. "Você é muito melhor que o Pedro, o Beny, o Adonis. Por que não escreve?"

— Totalmente abandonado, totalmente — murmurou Lúcia, consternada, diante do jazigo da família.

A lápide de granito tinha sido deslocada, um sinal evidente de que o túmulo fora violado. "Quando? Quem se importa? Quando foi a última vez que alguém veio aqui para trazer uma flor? Quem disse que o Dia de Finados não é importante, porra? E claro que é importante, como o Dia das Mães, o Dia dos Pais e o Dia dos Namorados. Que se cumpram os ritos!"

— Que se cumpram os ritos — repetia, desolada. "Afinal, o que é um túmulo para os vivos? Um lugar a evitar porque nos evoca morte?" A última vez em que estivera ali fora no enterro de seu pai, um ano e meio atrás. Recordava a si mesma de peruca, muito magra, apoiada em Rui e em seu filho mais velho. Seu pai morrera de infarto, mas a tempo de dizer: "Se a morte tiver que escolher entre mim e você, que seja eu, que já vivi a vida". Lúcia não duvidava que ele tivesse feito esse pacto. Ela atravessava o momento mais crítico de seu tratamento, a cada sessão de quimioterapia demorava dois dias para se recuperar. Lúcia observou os canteiros laterais tomados pelas ervas daninhas e lembrou-se de que antigamente havia uma roseira, que o avô trouxera da fazenda e plantara ali, "porque afinal o indivíduo quando morre precisa de algumas compensações, e, como já sei que não vão me enterrar onde eu quero, trouxe um pouco da fazenda para perto de mim". Mas da roseira não havia nenhum vestígio. — As inscrições... — murmurou, percebendo que também haviam desaparecido. — Oh, meu Deus, a barbárie também atinge os mortos — disse, sentando-se e começando a chorar. — Oh, meu Deus — repetiu, desolada. Então, subitamente, atirou a bolsa no jazigo do lado e, num ímpeto de fúria, passou a arrancar as ervas daninhas.

— Que tolice! Que tolice! — dizia para si mesma, reconhecendo a inutilidade do seu gesto. Ainda assim, continuou carpindo em movimentos rápidos, as mãos enfiadas na terra, o rosto molhado de lágrimas, o nariz escorrendo. "Uma louca", pensou. "Se alguém me vir assim, vai imaginar que enlouqueci."

— Eu queria acreditar em alguma coisa, mas só consigo crer numa força superior — disse Flora.

"E eu nem em força superior", pensou Lena, olhando Tito se encaminhar para a saída ao lado de Ucha. "Ela fez outra conquista", pensou, arrependendo-se em seguida de chegar a essa conclusão. "Vou ser uma velha insuportável", pensou. "Eu já sou uma pessoa insuportável", corrigiu-se.

— A maior parte da minha vida passei sem acreditar em nada. Eu, o Leo, você, a Lúcia, o Pingo, todo mundo. Éramos ateus e comunistas — prosseguiu Bia.

"Éramos um bando de pretensiosos, um bando de bostas que se imaginavam geniais", pensou Lena. "E afinal quem somos nós na grande ordem das coisas? Nada, nem esses que se projetaram mais que os outros", Lena considerou amargamente. Pela primeira vez naquela tarde teve vontade de chorar. "Se ao menos a gente se divertisse, se ao menos a gente vivesse num país com menos sobressaltos."

— Quer saber de uma coisa? — desabafou. — O Leo fez muito bem em se matar! Eu só não me matei até hoje porque não tive coragem!

— Você não sabe o que está dizendo, Lena — Bia protestou. — Você não sabe o que é a passagem para um suicida, você não tem ideia do que seja um retrocesso espiritual. O Leo vai vagar anos e anos pelas trevas.

— Isso é bobagem! Quem vai sofrer somos nós, que vivemos nesta merda de país! Somos nós que estamos envelhecendo e que não vamos sequer ter o conforto de uma aposentadoria porque os ladrões do governo já levaram tudo o que é nosso!

Raquel parou diante da entrada e esperou que Lena acabasse de falar.

— Afinal, isto é um velório ou um comício? — perguntou.

— Vá pro inferno! — disse Lena.

— Parece que você não perdeu a mania de fazer discurso.

— Não era discurso, era só uma opinião exaltada.

— Você, como está? — perguntou Raquel, abraçando Flora.

— Eu ainda não sei. Estou mal, mas é mais que isso. Eu acho que estou sozinha.

— Você sempre esteve sozinha. Mesmo quando estava casada com o Leo você era muito sozinha — disse Raquel, passando a mão na cabeça de Flora.

— Era diferente. Eu não sei, nunca soube explicar muito bem os meus sentimentos.

Lena olhou para as mãos de Raquel. Eram claras, de dedos longos e unhas bem tratadas, sem nenhum traço de envelhecimento. Comparou-as às suas e decidiu que na semana seguinte iria procurar um dermatologista para eliminar as manchas senis. Tinha removido as manchas duas vezes e elas sempre acabavam voltando. Começaram a aparecer por volta dos trinta e cinco anos, quando o rosto era jovem, o cabelo ainda não tinha nenhum fio branco e seu corpo era firme e esbelto. "Elas são o meu retrato de Dorian Gray", costumava dizer naquela época, referindo-se às suas mãos. Era o inverso do que acontecia com Raquel, cujas mãos pareciam pertencer a outro corpo infinitamente mais jovem. Raquel envelhecera subitamente depois dos quarenta e permanecia assim, com a mesma cara, há dez anos. Cristalizara a aparência que tinha ao se separar de Pingo, segundo Lúcia, "para jamais se esquecer de como uma dona de casa submissa pode ficar".

— Eu vou mandar rezar cinquenta missas gregorianas pela alma de Leo — disse Bia.

— Ele era judeu — observou Flora.

— Não tem importância. Ele precisa de luz, muita luz.

Lena olhou desanimada para Bia e levantou-se.

— Quer saber de uma coisa? Eu vou fumar um cigarro! Eu vou me mandar daqui antes que você também encomende os santinhos pra distribuir na porta da igreja!

— Qual é o problema, Lena? Se a Bia quer mandar rezar missa, que mande. Ninguém vai obrigar você a comparecer! — ponderou Raquel.

— O Leo deve estar se revirando nesse caixão com esse papo de missa pela alma dele! Flora, você que é uma pessoa sensata, por favor — Lena implorou.

— Eu não posso impedir ninguém de mandar rezar missas pela alma do Leo!

— Não, não pode — disse Lena, afastando-se.

— O que é que ela tem? — perguntou Raquel, referindo-se a Lena.

— Está tensa demais — justificou Flora. — Deve ter alguma coisa a ver com o Ivan.

— Não tem, não. Eu já avisei a Lena que ou ela para ou a vida vai dar um jeito de fazê-la parar. Mas ela não acredita em mim, não acredita nas coisas que eu falo — disse Bia.

— O que é que você está fazendo? — perguntou Lena.

Lúcia voltou o rosto sujo de terra e lágrimas e ensaiou um sorriso.

— Sabe o que é este túmulo? O retrato do país. Não há o que fazer.

— É mesmo por isso que você está chorando?

— Eu não sou quem vocês imaginam que eu seja.

— Ninguém é, meu anjo. Nem eu, que pareço tão óbvia.

— Eu devo estar ridícula — disse Lúcia, passando as mãos sujas de terra no rosto molhado e sujando-o ainda mais, o que fez Lena dar uma gargalhada.

— O que é tão engraçado? — perguntou Lúcia.

— Você nunca é ridícula, você é admirável!

— Vocês não me conhecem.

— Eu adoro ir à tua casa, adoro ver você com o Rui, conversar com os cinco mil filhos que você tem...

— É tudo mentira.

— Vocês representam bem.

— A gente não representa mais. Este é o problema.

— Atrás da capela tem uma torneira. Vamos lavar o seu rosto.

— Eu devo estar medonha — disse Lúcia.

— Medonha não. Só irreconhecível.

Lena passou o braço em torno da cintura de Lúcia e a conduziu. Sentia-se calma, surpreendentemente calma. Por um instante se perguntou se não estaria percorrendo o caminho de Damasco e, como o apóstolo Paulo, sendo bafejada naquele instante por uma importante revelação: a cura para a sua permanente tensão e mau humor estava em ajudar o próximo. Nesse caso Bia tinha razão? E se Deus existisse e lhe concedesse essa graça? "*Quo vadis*, Helena?" Era pegar ou largar. Já se via lendo para cegos, visitando doentes, trabalhando em instituições de crianças excepcionais. "Eu sou uma filha da puta", Lena pensou, sentindo-se incomodada com a autoironia. "É claro que seria uma solução, todo mundo que ajuda os outros se sente melhor, como estou me sentindo agora cuidando desta panaca."

— Como é que está a família? — perguntou Tito.

— Aquele saco, como sempre — respondeu Ivan. — Eu nunca devia ter me casado, aliás eu acho que ninguém devia casar.

— Pois, se você quer saber, morro de saudade da minha vidinha de casado. Comidinha saudável na hora certa, roupa lavada e passada na gaveta.

— Por que é que você não arruma uma boa empregada? — perguntou Ucha.

— Eu tenho uma boa empregada. Mas não é a mesma coisa.

— Por que é que você não se casa com a sua empregada? — continuou Ivan.

— Porque ela já tem dono. É isso aí, as melhores mulheres já se arrumaram, e o que sobra pra gente? — Tito olhou para Ucha e percebeu que estava sendo rude. — Desculpe — ele disse.

— Imagina, eu já estou acostumada! — ironizou Ucha.

— Eu não quis dizer que...

Tito deteve-se. "A cagada já está feita", pensou, "não adianta consertar, mesmo porque toda vez que eu tento consertar consigo estragar tudo."

— Por que os homens são sempre tão machistas? — perguntou Ucha com uma nota magoada na voz.

— Eu não fui machista, fui grosso e me penitencio.

— Pelo menos eu fiquei sabendo o que você pensa das mulheres que não conseguiram se arrumar. Você não deve ser o único que pensa assim, a diferença é que tem um monte de caras que escondem o jogo.

— Escuta, meu bem...

— Meu nome é Ucha — ela corrigiu.

— Eu sou um cara muito direto, não tenho o menor talento para joguinhos sociais.

— Ela já percebeu — disse Ivan, provocando-o.

— E você é outro grosso, tá legal?

— Seu café está esfriando — avisou Pedro enquanto servia açúcar a Ucha.

Ela só tomava café sem açúcar, mas não resistiu à gentileza de Pedro Novais. "Mesmo que engorde trinta gramas, mesmo que fique com azia ou enxaqueca."

— Obrigada — ela disse.

— Seu nome é Ucha mesmo? — perguntou Ivan.

— Meu nome é Vera. Verucha virou Ucha quando eu comecei a desfilar.

Ivan ficou tentado a prosseguir, mas percebeu que o interesse de Ucha se localizava em Pedro. "Esse cara tem um rabo filho da puta para atrair esse tipo de mulher", um tipo de mulher que ele, Ivan, jamais atraíra. Atraía secretárias, vendedoras, gerentes de banco, mulheres casadas, mulheres que gostavam de Roberto Carlos e cantarolavam canções que falavam sobre amores infelizes e/ou clandestinos, mulheres que sonhavam em viver um grande amor. Tinha sido assim com Lena. Não importava que ela fosse publicitária. Ela gostava de Maísa, Dolores Duran, Gonzaguinha, de tudo o que falasse de uma boa dor de cotovelo. "Ela pode gostar de Simone de Beauvoir e ser diplomada em ciências sociais, mas tem alma de balconista, uma alma mais ou menos boa, dependendo do seu humor."

— O Pingo vem? — Flora perguntou.

— Claro que vem — tranquilizou Raquel. — Ele adorava o Leo.

"Adorava", pensou Flora. Apesar do desprezo de Leo pela *intelligentsia* brasileira, apesar do seu sarcasmo em relação à classe acadêmica, apesar de considerar Pingo medíocre e jamais se esquecer de mencionar que ele só tinha decidido se tornar professor porque seu poder de fogo não resistia à maturidade de ninguém. Pingo rira dessa observação, que lhe foi transmitida por Caio com a maledicência de praxe. Não que tivesse duvidado. A frase não deixava dúvida sobre sua autoria. Mas, quando olhava para trás e pensava na importância que Leo tivera em sua vida, em quanto tinham sido ligados, no brilho de Leo que prometera tanto e não realizara nada, era tomado por uma grande compaixão.

— No fundo, o Pingo é muito legal, você sabe... — disse Raquel, apertando a mão de Flora.

— Você ainda gosta dele? — Bia perguntou.

— Claro. Não voltaria a casar com ele, mas tenho o maior carinho pelo Pingo.

— Você está legal sozinha? — perguntou Flora.

— Eu raramente estou sozinha.

"Quem diria", pensou Bia, que raramente estava acompanhada. Lembrava-se de Raquel sob o umbral da porta da cozinha, enxugando um prato enquanto Pingo discursava sobre Cesário Verde ou qualquer outro poeta português. "Eu acho tão bonito, tão profundo, tudo o que o Pingo fala!"

— Você ainda está com aquele rapaz, Raquel? — perguntou Flora.

— Quem? O Fausto? Não, imagina! Ele casou com a vocalista do conjunto. Tem uma menina linda, linda.

— Você está namorando alguém?

— Um cliente meu, mas é muito complicado. Eu desaprendi de lidar com o pessoal da nossa geração.

"Eu também", pensou Bia. "Mas por razões totalmente diferentes."

— Você tem filhos? — perguntou Tito.

— Não. Graças a Deus — disse Ucha. — Quer dizer, nunca se sabe. Mas neste momento eu acho ótimo não ter filhos.

— Por quê? — perguntou Pedro.

— Porque nada vai bem na minha vida. Nada. Nenhum setor — disse ela, acendendo um cigarro e controlando-se para não explodir numa crise de autopiedade. — Agora, imagina se eu tivesse um filho.

— As coisas estão difíceis para todo mundo — sentenciou Tito.

— Eu sei, só que pra mim está pior. De uns quatro anos pra cá, então! Nossa! O negócio degringolou de uma vez! Primeiro foi o Heitor, que se cansou de ficar em segundo plano e arrumou uma mulher que não tem a mais remota chance de lhe fazer sombra. Acho que o Heitor fez um péssimo negócio, porque era só ele ter um pouco de paciência e esperar a minha estrela se apagar para ficar em primeiro plano! A minha carreira foi a queda mais vertiginosa da história das modelos brasileiras. E nem estou falando de mim como atriz, porque o papel que fiz naquela novela era muito mais de modelo, lembra?

Ninguém se lembrava.

— Eu fazia a modelo que se casou com o cara rico e virou *socialite*. Muita gente achava que essa tinha sido a minha opção, mas o Leo sabia que não era verdade. Casei com o Heitor porque gostava dele. E também porque era rico, por que não? Mas eu nunca soube depender de ninguém. Não me aproveitei da grana do Heitor nem um décimo do que podia ter aproveitado. Porque não era esse o lance. Eu só queria ser reconhecida pela minha inteligência. Por isso escrevi aquele livro de poemas, mas quem se lembra disso? Minha meta não era ser dondoca, era ser escritora, uma pessoa respeitada como você, Pedro.

Pedro sorriu. Tito olhava para Ucha, admirado. Gostava do despojamento, do seu ar desarmado, do modo despudorado com que falava de si.

— O que é que você está fazendo agora? — Pedro perguntou.

— Sou produtora de moda. Não é nenhuma maravilha, mas é melhor que nada.

— O que é que você gostaria de estar fazendo? — ele continuou.

— Escrevendo. Gostaria de escrever mais um livro. Um livro de memórias. Se todo mundo pode, por que é que eu não posso?

— Faça isso — incentivou Tito.

— Sabe quantos exemplares vendeu o *Cama desfeita*? Menos de dois mil! O Pedro pode se dar ao luxo de viver de direitos autorais. Ele vende milhões. Milhões — ela repetiu.

— Mas não vendo mais.

— Por quê?

— Acho que sou um escritor *démodé*.

— Bom, vou voltar pro velório pra dar uma força pra Bia e pra Flora — Tito comunicou.

— Eu vou com você — disse Ivan.

"Trata-se de uma saída estratégica", pensou Ivan. Quando não era absolutamente *gauche*, como fora com Ucha, Tito era absolutamente delicado, como estava sendo com Pedro. Decidira se afastar no momento em que Ucha tocara num tema realmente doloroso. E também porque se, finalmente, Pedro resolvesse se abrir sobre o assunto e confessasse o que estava sentindo, Tito iria ficar muito embaraçado. Ele era do tipo que odiava fazer e receber confidências.

— Eu gostaria de enfiar a cabeça embaixo desta torneira — disse Lúcia.

— Então enfia.

— O que é que o pessoal vai ficar imaginando na hora que eu aparecer com o cabelo todo molhado? É o enterro do Leo, merda! Não é hora de ter uma crise!

— É, sim. É hora de ter todas as crises — disse Lena, sorrindo. — Como é? Vai enfiar a cabeça, ou vai só lavar o rosto?

Lúcia agachou-se e deixou a água escorrer sobre sua cabeça e seu rosto. Difícil seria depois secar o cabelo e a pele seca clamando por um hidratante, embora o prazer daquele contato com a água fosse capaz de compensar o desconforto posterior. "Que bom, que bom!", dizia deliciada. Desde que ficara doente, sua volúpia reduzira-se a isto: a água escorrendo pelo corpo. Saboreava a memória dos prazeres do passado que pareciam ter esvanecido junto com sua alegria de viver. "Como era bom tomar champanhe, comer salmão grelhado e ser tocada pelo Rui! O que aconteceu com todas as coisas que não me apetecem mais?"

— Sabe o que eu descobri, Lu? Que, se não quiser ser internada num hospício por conduta antissocial, tenho que trabalhar para o CVV, ou ser voluntária num hospital, ou fazer qualquer outra coisa para ajudar o meu semelhante.

Lúcia fechou a torneira e começou a torcer os cabelos.

— Por que é que você não se filia ao PT? — ela perguntou.

— Porra, Lu! Eu tou falando sério!

— Eu também. Meu filho Igor está fazendo um trabalho incrível na periferia.

— Corta essa. Estou de saco cheio de política. Eu tenho vontade de vomitar toda vez que escuto a retórica da esquerda bem-intencionada. Me lembra o meu tempo de diretório acadêmico, camburão, porrada, eu não tenho mais idade pra isso.

— Onde é que eu vou enxugar o meu cabelo?

— Estou te colocando um problema da maior seriedade e você vem me falar do teu cabelo?

— Você tem algum hidratante?

— Por que haveria de ter hidratante se a minha pele é oleosa?

Lúcia abriu a sua bolsa e vasculhou. Procurava uma loção para as mãos, uma amostra grátis que ganhara nas Galerias Lafayette na última viagem a Paris, a viagem que decidira fazer quando terminou a quimioterapia, uma viagem tenebrosa, em que sua onipotência fora punida com a solidão mais atroz. Experimentara o pânico diante das situações mais banais: entrar num restaurante sozinha, percorrer um caminho que nunca tinha feito, ser abordada na rua ou num café por alguém, mesmo que fosse apenas para lhe pedir uma informação. Ficava paralisada diante do pensamento de se perder nas ruas, de tomar o metrô na direção contrária, de perder o passaporte, a passagem de volta e o dinheiro, apesar dos amigos em Paris, que poderiam ajudá-la caso fosse necessário. "Eu não estou sozinha", repetia para si mesma, mas nenhum pensamento racional a tranquilizava nem a impedia de ter pesadelos terríveis em que ela sempre se perdia e subitamente se via sem condição de retomar sua vida. Recordava obsessivamente um caso que estudara na faculdade: a história de uma mulher que em 1938 partira para a Itália com o propósito de visitar seus parentes e ali ficara retida por causa da guerra até 1945. Ao retornar era uma completa estranha para o marido e os filhos. Durante anos buscara recuperar no tratamento com inúmeros psicanalistas a identidade daquela pessoa que um dia embarcara no porto de Santos com destino a Gênova. "Eu quero voltar a ser o que fui", e descrevia-se no tombadilho do navio, acenando emocionada para sua pequena família no cais: o marido de terno branco e chapéu-panamá, segurando pela mão um menino de três anos e, dois passos à frente, uma menina de seis, ondulando um lenço branco em sua direção.

Em Paris, Lúcia ia sempre ao Père-Lachaise fazer novos reconhecimentos. Quando descobriu o túmulo de Alphonsine Duplessis, ficou estranhamente eufórica. "Volto todos os dias para renovar o ramo de violetas no túmulo dessa mulher que inspirou a *Dama das Camélias*", escreveu à filha mais velha. Camila, preocupada, mostrou o cartão ao pai. "Que diabo está se passando na cabeça da sua mãe para ir todos os dias ao cemitério?", perguntou Rui, apreensivo, durante o jantar. "Eu acho que alguém devia ir buscá-la", disse Lucas. Setenta e duas horas depois, Igor descobria em Paris que a mãe estava em surto depressivo, para usar uma expressão que a ouvira mencionar com frequência.

Naquela noite, no avião que a trouxe de volta para o Brasil, Lúcia acariciou a cabeça do filho reconhecendo em seus olhos um carinho novo, uma preocupação paternal, que a deixou comovida. "Que bom viver pelo menos para ver isso", pensou. A partir de então teria que garimpar no cotidiano pequenas, simples razões para se alegrar. Era como se a vida perdesse um caráter grandioso e assumisse uma dimensão minimalista. "É isso. As pequenas felicidades." Tudo tinha ficado tão claro naquela noite de lua crescente, olhando para o céu, vendo a Ursa Maior desaparecer progressivamente do seu ângulo de visão. Nunca mais sentira vontade de ir a Paris. Nunca mais conseguira recuperar aquele belo e breve instante de lucidez.

— Você se considera um escritor ultrapassado? — perguntou Ucha enquanto Tito e Ivan se afastavam.

— Não. Me sinto descompassado. É um pouco diferente.

— Mas você não pode parar de escrever por causa disso! — protestou Ucha.

— Eu não parei de escrever — Pedro replicou rapidamente. — O que eu quero dizer é que os meus livros não vendem mais o que vendiam. Por que acha que voltei a trabalhar na imprensa?

— Você se sente diminuído por causa disso? — insistiu Ucha, tomada por uma grande onda de piedade.

— Me sinto perdendo tempo.

— E a merda é que isso tem que acontecer na hora em que a gente está dobrando a curva da vila olímpica — ela desabafou.

Pedro sorriu, e Ucha se deu conta de que podia falar com ele sem pensar na frase seguinte. "Ele é simples", pensou, agradecida.

— Triste o que aconteceu com o Leo — ela disse.

— Muito triste — Pedro concordou.

— É horrível a gente perder as pessoas que ama. O Leo era mais que um amigo, era quase um irmão mais velho, um pai.

— Envelhecer é isto, meu bem: contabilizar as perdas.

— Envelhecer é uma bosta, se você quer saber. Às vezes fico pensando se não é melhor morrer na flor da idade, como o Raul.

— O Raul deve ter sido uma grande perda pra você — disse Pedro, intuindo que eles formavam uma espécie de casal unido pela cumplicidade e pela absoluta promiscuidade no trato das confissões afetivas e sexuais. Ele conhecia vários desses pares cujo perfil era muito semelhante: uma mulher sozinha e um homossexual que não tolerava a solidão, seu amigo de quase todas as horas, um homem torturado em *petit comité*, divertido e cáustico diante de plateias maiores. Pedro lembrava-se de que

Raul era bom dançarino, vestia-se com arrojo e elegância e, certamente, devia ter se tornado indispensável, como de certa maneira Caio se tornara para Lena.

Na sexta, ou no sábado à noite, Caio ligava e falava dos programas a que tinha sido convidado, dos quais invariavelmente estaria disposto a abrir mão se Lena lhe concedesse o prazer da sua companhia. Ela relutava, mas acabava cedendo, num ritual que se repetia toda vez. Lena sabia que, se Caio tivesse sido convidado para um programa realmente interessante, não ligaria para ela, nem sequer para lhe desejar um bom fim de semana. "Ele liga pra mim em desespero", comentara uma vez. "Mas por que você entra no jogo? O Caio está usando você!", Pedro argumentara. "E eu estou usando o Caio, qual é a diferença? Depois, ele me diverte. Não é muito fácil hoje em dia você encontrar uma pessoa divertida e muito menos um cara com quem a gente possa falar de igual para igual."

Beny não sabia o que o irritava mais em Caio. A voz sempre num tom mais alto, como se o tempo todo ele estivesse se dirigindo a uma plateia, ou aquela mistura de sobriedade e extravagância que era a marca registrada dos ex-radicais bem-sucedidos: o cabelo preso num rabo de cavalo, a gravata vistosa, o blazer sóbrio traindo no caimento impecável a origem da grife — italiana com certeza —, como eram os sapatos e o lenço de seda colocado no bolso. "Emblemas enganosos", pensou Beny, "tão enganosos quanto essa falsa, cara e calculada displicência. No fundo ele está dizendo que se beneficia do sistema, mas ainda não aderiu inteiramente."

— Você está muito elegante — Beny provocou.

— Gosta? É Armani. — Será que agora a gente pode conversar? — disse Caio, voltando-se para Adonis.

— A questão é a seguinte — respondeu Adonis, cansado: — Se deixar de ser a história mais chata do mundo, tudo perde o sentido, inclusive o título.

— Pense no que eu lhe disse — insistiu Caio, abraçando Adonis. — Eu adoro as coisas que você escreve, publiquei o livro sobre aquela clínica.

— Eu nunca lhe pedi nada, Caio. Não precisa se justificar.

— Eu não estou me justificando. Só estou querendo ver esse romance publicado.

— Por quê? — perguntou Beny.

— Porque eu quero — respondeu Caio, num timbre metálico que deixava clara sua profunda irritação com a pergunta que considerou impertinente.

— Você quer publicar o meu livro, mas na verdade espera que eu escreva outro — considerou Adonis, olhando para fora.

— Nós pertencemos ao *underground*, velho — disse Beny. — Não seremos jamais Murilo Mendes nem Jorge Amado, não veremos jamais a nossa obra vertida para o inglês nem comentários no suplemento literário do *Times* e tampouco seremos a estrela das páginas amarelas da *Veja*. Por outro lado, podemos nos tranquilizar porque nenhuma Dorothy Dalton da imprensa nacional vai tentar nos reduzir a pó de merda, dizendo que a nossa obra não é suficientemente instigante, contemporânea ou vanguardeira.

— De qualquer forma, parece que você já escolheu a indigência — ironizou Caio.

— Pelo menos eu ainda posso escolher o pau que vou chupar.

— Tenho sérias dúvidas!...

— Por que é que você não sai uma noite dessas comigo?

— Porque a minha opção jamais seria pelos pobres — respondeu Caio, entrando na câmara-ardente.

— Quem é Dorothy Dalton? — perguntou Adonis.

— Você precisa ler Nelson Rodrigues — disse Beny

— Eu vou acabar feito aquela mulher que a guerra destruiu. Procurando burramente uma coisa que acabou, a começar por mim mesma.

— Não tenho a mais remota ideia sobre o que você está falando — disse Lena.

— Sobre mim. Eu sou outra pessoa depois da minha doença, meu marido é outro, a família é outra, entendeu?

— Eu entendi. E você? — perguntou Lena.

— Não — respondeu Lúcia, encontrando finalmente a loção para as mãos que comprara no seu primeiro dia em Paris, quando ainda imaginava que a viagem poderia devolver o encanto à sua vida e restabelecer todas as coisas nos mesmos lugares em que se encontravam antes de descobrir que Rui estava apaixonado por sua irmã.

— Sabe qual é a merda, Lu? É que tudo isso acaba sobrando pra todo mundo. Você era a minha última esperança de que é possível ser feliz, ter um casamento feliz, ter uma família feliz. Se você soçobra, o que é que sobra para a gente acreditar?

— Será que eu tenho que pedir desculpas por não conseguir atender mais às expectativas de vocês?

— Não — disse Lena enquanto observava Lúcia pentear os cabelos. — Sabe do que eu tenho mais medo, Lu? De acabar como o Leo.

— Você toca mesmo aquele cartório? — perguntou Adonis.

— Odeio papéis. Os meus primos Cymrot fazem isso por mim, para indignação da família do meu pai. Acham que os ancestrais se revolvem no túmulo, preocupam-se com o meu legado porque, evidentemente, morrerei sem deixar descendência, e para eles, claro, a minha morte não é apenas desejável como iminente.

— Você se sente pertencendo mais à família da sua mãe e só faz isso para provocá-los?

— Sabe onde está o meu problema? Na raiz, na covardia da "bela hebreia" que não teve peito de me abortar.

E assim eu fui gerado judeu em ventre judeu, repudiado por ambas as famílias, batizado cristão com nome judeu — Benjamim —, apesar de ser o primogênito. E só fiz circuncisão aos dois anos porque o pediatra recomendou que operassem a minha fimose.

— Isso é um grande problema pra você? — perguntou Adonis.

— A infância é sempre um problema pra todo mundo.

— Por que é que você não faz análise?

— Não preciso. Eu tenho a Lu. Ela disse que a maior vingança da minha mãe foi eu ser homossexual. Foi uma forma de se desforrar da rejeição que a família do meu pai nos devotava.

— Essa revelação melhorou as coisas pra você?

— Nem um pouco.

Na última vez em que estivera em Maresias, Lúcia perguntara por que ele não escrevia sobre isso, em vez de ficar constantemente se lamentando. "Ainda bem que você não me mandou fazer análise", Beny resmungou. "Você já fez e de nada adiantou", disse Lúcia. "Eu não acredito que seja possível alguém se curar da abominação", Beny respondera. "No fundo você gosta de ser abominável", prosseguiu ela, sorrindo. "Engano seu", disse Beny, "eu gostaria de ser amável e amado como você."

— Ela era uma mulher extraordinária! Vestia-se de branco e deitava-se no caixão que ele tinha mandado construir especialmente, um caixão de casal, forrado de cetim adamascado. Então ele se aproximava vestido de preto, porque afinal era o noivo enlutado, e a possuía, a virgem morta — acrescentou Caio.

— E você está dizendo que isso aconteceu de verdade? — perguntou Ucha, estupidificada.

— Não só aconteceu como eu cheguei a conhecer essa senhora, a qual, aliás, enterrou três maridos, sendo por isso chamada, entre outras coisas, de a "xota sinistra".

— Dá um tempo, vai, Caio! — disse Raquel, apontando o esquife.

— O Leo adorava histórias de perversão! Espero que você não se importe também — disse Caio, olhando para Flora.

— Não. Nem um pouco — ela respondeu, pensando em Leo, que podia passar a noite ouvindo casos assim.

— Ela ainda está viva? — perguntou Raquel.

— Não, morreu há uns dez anos. Riquíssima, naturalmente, porque só casava com homens riquíssimos e nunca se furtou a nenhuma fantasia, por mais bizarra.

— Sabe que esse tipo de mulher é que está certa? — observou Flora.

— Minha mãe também acha que esse tipo de mulher é que está certa. Ela diz muitas vezes isso pra mim. Que eu não tenha conseguido me casar, paciência. Mas que não tenha conseguido me arrumar, é imperdoável. Ela não tem nada contra a alta prostituição, tem contra gente como eu, que se apaixona e vai pra cama com um cara sem cobrar nada.

Dona Iraci dividia as mulheres em duas categorias. Aquelas que davam e as que não davam certo. Bia pertencia à última.

— O que é que você achou dessa Ucha? — perguntou Ivan.

— Bonita — respondeu Tito. — Muito bonita.

— Será que ele comeu?

— Você ouviu ela falar que teve um caso com ele.

— O Leo, quem diria! Transando com uma mulher dessas.

— Que é que tem? — perguntou Tito.

— Pensei que o tipo dele fosse a Lena.

— A Lena também foi seu tipo, Ivan. Qual é o problema?

— A Lena é uma bela mulher, mas faz o gênero intelectual. Essa Ucha pertence à categoria das mulheres luxuosas, aquele tipo de mina que andava com o Pedro.

— Ela não é tão tola, se é isso que você está querendo dizer; pode ter fachada de grã-fina, mas é uma moça inquieta, não deve ter sido à toa que andou transando com o Leo.

— Não me diga que você está interessado?! — disse Ivan, sorrindo sacana.

— Quem parece interessado é você — retrucou Tito.

— Para falar a verdade, sempre sonhei com uma mulher assim — Ivan admitiu, cofiando a barba grisalha. — Mas nunca consegui, não é engraçado?

— Sabe a quantos velórios eu fui nestas últimas semanas? — perguntou Beny. — Três. Estou igual ao meu pai, que pegava a agenda, abria o jornal na seção do necrológio e ia riscando os nomes. Só que ele tinha mais de setenta, e eu ainda não cheguei aos cinquenta.

Adonis suspirou e continuou olhando um ponto fixo que agora era o crucifixo atrás do esquife de outro morto, cuja família e cujos amigos ocupavam todas as cadeiras disponíveis do velório. Alguns momentos antes, ele escutara uma mulher dizer para outra: "Ele não morreu agora, desencarnou há três meses, minha filha". Ela sabia porque havia recebido uma mensagem psicografada numa sessão espírita. "As coisas em que esse pessoal acredita", pensou. "A convicção e desenvoltura com a qual confessam suas conexões com o sobrenatural."

— Você acredita em reencarnação, mensagens psicografadas, esse tipo de coisas? — perguntou Adonis.

— Não, não acredito em nada — respondeu Beny.

— Eu também não, mas ultimamente ando com a impressão de que estou perdendo alguma coisa.

— A Bia deve estar enchendo a tua cabeça com essas merdas.

— Não é só ela, é quase todo mundo. Repara.

— Eu tenho mais o que fazer — disse Beny, fixando os olhos num adolescente que entrava carregando uma coroa de flores. "Um *boy* de floricultura!", pensou, encantado.

— Estou com vontade de me dedicar ao estudo de fenômenos parapsicológicos. Talvez introduza no livro um capítulo sobre esse tema.

Sem escutar o que Adonis estava dizendo, Beny acompanhava interessado todos os movimentos do garoto.

— Afinal, um livro tem que refletir o seu tempo — continuou Adonis. — Não é isso que se costuma dizer?

— Não sei — disse Beny, precipitando-se atrás do rapaz tão logo ele se encaminhou para a saída.

Adonis só compreendeu o que estava acontecendo quando, pouco depois, olhando para fora, viu Beny e o menino parlamentando junto à banca de jornal. "Então era nisso que ele estava interessado", pensou. No momento seguinte, Beny abria a carteira e colocava algumas notas na mão do rapaz. Era nessas ocasiões que Adonis agradecia ao fato de jamais ter sido despertado por homem ou mulher. Não se masturbava, não tinha poluções noturnas nem sofrera os martírios do desejo, ou gozara dos prazeres do sexo satisfeito. Curiosamente, era capaz de escrever sobre todas essas coisas com muita competência. Pedro sempre dizia que ninguém conseguia descrever um orgasmo melhor que Adonis. A prova estava em que ele passara a maior parte da sua vida profissional trabalhando em revistas masculinas.

— Você é capaz de resistir aos apelos da carne? — perguntou a Tito, que se aproximava com Ivan.

— Como assim?

— Eu vou perguntar de outra maneira: existe alguma mulher com a qual você mantém intercursos regulares?

— Tem uma pessoa que eu encontro de vez em quando — desculpou-se Tito, temendo que algum deles descobrisse a pessoa em questão: uma moça muito simples, digitadora do jornal, com quem ele dormia de vez em quando por razões puramente higiênicas. "Por que você não se masturba?", perguntara Bia, a única pessoa que sabia da relação. "Porque eu não gosto", ele havia respondido. Não acrescentara "porque não me sinto bem depois", já que não diria isso sequer para o seu confessor, no seminário em que havia estudado até os dezesseis anos de idade.

— Você viu quem está aí? — perguntou Ivan ao avistar Caio.

— Vi — respondeu Tito sem entusiasmo.

"A questão toda é que Tito não gosta de veados", ponderou Adonis. "Eles o incomodam, qualquer que seja a modalidade." De todo modo, Caio e ele nunca tinham chegado a ser grandes amigos, nem quando ambos eram muito jovens e militavam no mesmo partido. Mas Caio desertara, segundo Tito, por motivos tão fúteis quanto ele próprio. "Eu achei perfeitamente legítimo solicitar a minha demissão quando descobri o realismo socialista!", defendia-se Caio. Tito contra-atacava, chamando-o "pavão imperial". Afinal, o que dizer de um sujeito que costumava proclamar publicamente: "Eu sou raso! Raso!"?

— Imagina um cara que é editor de livros dizer uma coisa dessas! — comentara com Pingo que, evidentemente, transmitiu o recado ao próprio Caio. De outra maneira, não se explicaria por que duas semanas depois, almoçando no Ca D'Oro, Tito ouvira Caio dizer ao seu interlocutor que o fato de ser raso não o impedia de perceber ou reconhecer a profundidade dos outros. A mensagem obviamente dirigia-se a Tito e fora comunicada em voz alta o suficiente para ser ouvida cinco mesas adiante.

— Não resta a menor dúvida. Esse cara é mesmo um sucesso — disse Tito.

Da sala de espera observava Caio na câmara-ardente, pontificando para um pequeno auditório formado por Raquel, Bia e Flora.

— Estou perdendo alguma coisa? — perguntou Pedro, chegando com Ucha.

— O seu amigo está dando o showzinho de sempre — explicou Tito.

— Ele não é meu amigo — Pedro retrucou.

— Pensava que fosse — disse Adonis.

— De quem é que vocês estão falando? — perguntou Ucha, curiosa.

— Finalmente aparece alguém que ousa não conhecer Caio Senise! Você é uma raridade — disse Ivan.

— Eu acho que já vi a cara dele nas colunas sociais.

Tito e Pedro entreolharam-se e começaram a rir. Ucha fitou-os sem compreender, e Adonis percebeu que um casal de japoneses, escandalizado com as gargalhadas, se afastara em direção à sala do seu morto.

— Eu disse alguma coisa engraçada? — perguntou Ucha.

— A última coisa que o Caio gostaria de ouvir é que alguém o conhece das colunas sociais — observou Ivan.

— Então por que é que ele aparece tanto? — insistiu Ucha.

— Ele não quer aparecer — disse Tito, rindo. — Mas tem que pagar o ônus da celebridade.

— Vocês são terríveis — disse Ucha, confortada pela cumplicidade que eles lhe ofereciam. Sentia-se menos só, protegida pela atenção de Pedro, Tito e Ivan. Nem Adonis a intimidava mais. Para se premiar por tão notáveis conquistas, decidiu não acender o cigarro que conservava na mão. Bia acenou para ela e a chamou para junto de si. Restava apenas conquistar Lena, fazê-la devolver aquele sorriso que tão francamente lhe endereçara, dizer-lhe que um dia Leo confessara que Lena tinha sido a única mulher que ele amara. "Amei Lena obsessivamente dos quinze aos trinta e cinco anos de idade."

— Eu vou ficar com a Bia — disse Ucha.

— Não se esqueça de reconhecer a grande estrela. Ele se sente mortalmente ofendido quando alguém não sabe quem ele é — Tito completou, rindo.

— Caio do que mesmo? — Ucha perguntou, com um sorriso levemente irônico.

— Senise — respondeu Pedro.

— E ele não é seu amigo. Foi isso que entendi?

— Grande garota! — murmurou Pedro, piscando para ela.

Ucha sorriu e se afastou.

— A que horas vai mesmo sair o enterro? — perguntou Tito.

— Deve estar saindo em vinte minutos — Adonis informou.

— E o Pingo ainda não chegou — disse Pedro, consultando o relógio.

Pedro pensava em Pingo, a quem reservadamente pediria o favor de incluir algum de seus livros no *curriculum* de seus cursos de literatura brasileira. Ele podia. Era chefe de departamento. Pingo tinha condições de resgatar uma parte do seu prestígio perdido, voltando a transformar sua ficção em matéria universitária. "Eu ainda vou calar a boca desse veado, ainda vou fazê-lo engolir as ofensas, os desaforos, a humilhação", dizia para si mesmo, rememorando o último acerto de contas na editora, quando em tom paternal Caio lhe estendeu um cheque no valor aproximado de 250 dólares.

— O que é isso? — Pedro havia perguntado atônito com tão pouco.

— O resultado das vendas dos seus livros nos últimos seis meses — respondera Caio, muito calmo.

— Você está querendo me dizer que cinco romances, que foram *best-sellers*, venderam só isso? — investira Pedro, vermelho de ódio.

— Não é tão pouco para quem não está mais vendendo nada. Você tem ideia de quanto recebe em média um autor nacional? — Caio prosseguira, indiferente à sua indignação.

— O problema todo é o seguinte: se vocês querem vender, têm que fazer parte do *curriculum*! Secundário, universitário, não importa! Mobilizem suas relações!

Pedro ficara atônito diante do cinismo dele.

— E pensar que editei meus livros nesta merda de editora porque você era meu amigo! — gritara.

— Eu ainda sou seu amigo! — protestou Caio. — Acontece que no momento você não está gostando de ouvir as coisas que tenho de dizer. Vamos lá, Pedro, essas coisas acontecem com quase todo mundo. O sucesso vem e vai, pensa no Zé Mauro de Vasconcelos, por exemplo.

Pedro pensava no Zé Mauro de Vasconcelos, em Jorge de Andrade, em Abílio Pereira de Almeida, cuja casa frequentara, pensava em todos os que tinham vivido a experiência da notoriedade e do esquecimento, pensava no pavor que lhe inspirara a amargura final desses homens e lembrava-se de que todas as manhãs fazia um propósito:

"Eu não vou terminar como o Zé e o Abílio, eu não vou dar esse prazer a ninguém".

— Será que choveu e eu não percebi? — perguntou Adonis, olhando para Lúcia, que acabava de entrar.

Pedro reparou que Lúcia estava de cabelo molhado, mas o que mais chamava sua atenção era o nariz vermelho e a expressão de dor que os grandes óculos escuros não conseguiam ocultar. "Ela chorou", pensava, enquanto observava Lúcia caminhando lentamente, amparada por Lena. "Não é possível que tudo isso seja por causa da morte do Leo, não é possível", concluiu.

— E a vida, como vai, Tito? O que é que você acha que vai acontecer com o Partido? — perguntou Adonis.

— Esse partido que está aí não me interessa mais.

— Que merda, hein, Tito? — resmungou Pedro. — Chegar à nossa idade sem uma puta de uma referência política!

— Eu ainda tenho algumas.

— Pura obstinação. No fundo, no fundo, você sabe que tudo em que a gente acreditava não tem mais o menor sentido.

— A gente quem? Eu não faço parte da sua turma, para mim a maior parte das coisas ainda tem sentido.

— Vocês acham possível um cara inteligente como o Tito continuar professando um catecismo tão ultrapassado? — Ivan perguntou.

— Ultrapassado pelo quê? — replicou Tito.

— Deixa pra lá — escusou-se Pedro. — Está tão fora de moda discutir política, esse tipo de política, pelo menos.

— Eu continuo achando muito saudável discutir política — disse Tito.

— Tudo bem lá na revista? — perguntou Adonis, manobrando para mudar de assunto.

— Fora os pepinos de sempre — Pedro respondeu, desanimado.

— Ontem me ligou a tua secretária de redação pedindo uma matéria sobre sexo oral — disse Adonis.

— Fui eu que fiz a sugestão — atalhou Pedro.

— O problema é que vocês estão pagando muito pouco.

— Eu não tenho nada a ver com isso, você sabe — defendeu-se Pedro.

— Você entende mesmo de sexo oral, Adonis? — perguntou Ivan com um sorrizinho sarcástico.

— Entendo mais de onanismo e sexo anal.

— Que coisa espantosa! — disse Tito, que não compreendia como alguém assexuado podia escrever com tanto conhecimento sobre matéria com a qual nunca tivera contato.

— Eu também acho uma coisa prodigiosa — disse Pedro, pensando em Lúcia, em si mesmo e no que faria no fim de semana agora que sábados e domingos não eram mais preenchidos com a presença das filhas. As meninas tinham crescido, escolhiam seus programas, que raramente incluíam o pai. Todos os sábados acordava com a sensação de que teria que preencher seu dia, inventar qualquer coisa para fazer. No entanto, em outros tempos, bastava sentar-se diante do computador e escrever. Era capaz de escrever o dia inteiro, tinha um prazer infinito de fazer e refazer uma frase, irritava-se quando o telefone tocava e vozes femininas ecoavam no seu escritório: "Pedro, é Mariela. O que é que você está fazendo? Estou à beira da piscina, com um gim-tônica na mão, me perguntando o que é que você faz num dia assim, num verão assim, aí enfiado dentro de casa". Ele detestava quando alguém ousava insinuar que havia um programa melhor que escrever.

Nos últimos anos, porém, escrever deixara de ser uma tarefa prazerosa. Indagava muitas vezes: "Para quem, afinal, estou escrevendo?", "A quem isto vai interessar?", "O que o leitor espera de um romance?". Agora era penoso o exercício de escrever, embora se esforçasse para escrever quase todos os dias, no mínimo duas horas, como costumava fazer antes de se tornar um autor célebre. Páginas e páginas que eram apagadas da memória do computador antes de serem impressas.

— Uma vantagem essa máquina tem: não é preciso rasgar nem queimar; basta apenas não apertar uma tecla para tudo se perder — comentara certa vez com Bia.

— Mas você acaba perdendo a oportunidade de revisitar os textos que desprezou. Às vezes a gente tem boas surpresas.

Pedro lembrava-se do conselho que costumava dar aos jovens escritores: "Escreva, porque nada é inútil quando se escreve, sempre se aproveita alguma coisa, uma frase, uma ideia, ou no mínimo a gente se beneficia do próprio exercício de escrever". E pensar que chegou a reunir quase cem pessoas nos seus *workshops* sobre ficção literária. Naquela época todo mundo queria ser Pedro Novais.

— Como é que eles puderam confiar naquele mujique safado e falastrão?! — exclamou Tito.

"Ah, meu Deus! Estão falando de Boris Ieltsin!", Pedro pensou desanimado, desejando que ninguém pedisse sua opinião.

Lúcia olhou para ele e sorriu. Estava sentada entre Lena e Raquel e parecia menos abatida. Pedro fez menção de entrar na câmara-ardente e lhe fazer companhia, mas Caio continuava lá, monopolizando a atenção de todos. Ele era imbatível quando tinha público. Tão bom quanto Pedro fora nos bons tempos.

— Foi para casa tomar banho? — perguntou Caio indicando com o olhar os cabelos molhados de Lúcia.

— Não — respondeu Lúcia sem maiores explicações.

— Eis uma mulher misteriosa! — apontou Caio. — A razão do seu enorme sucesso com os homens, começando pelo próprio marido, advém do seu enorme talento para preservar sua intimidade a salvo de indiscretos como eu.

— Não seja tolo, Caio. Meu único mistério é não ter mistério nenhum.

— Em todo caso, você não me disse o que aconteceu com o seu cabelo.

— E por que é tão importante você saber o que aconteceu com o meu cabelo?

— Lúcia ou a arte de eludir, não confundir com iludir, porque não é a mesma coisa.

— Pois eu me identifico muito mais com a arte de iludir do que com a arte de eludir.

— Afinal, sobre o que é que vocês estão falando? — interrompeu Raquel.

— Isso nunca tem a menor importância quando a gente conversa com o Caio — respondeu Lena.

— Meu amor — Caio dirigiu-se a Lena —, eu tenho uma revelação espantosa para lhe fazer.

— Pelo seu tom, já estou imaginando de quem se trata — ela antecipou sem disfarçar a expressão entediada.

— Seja boazinha comigo. Só desta vez — disse Caio, piscando para Lena.

— Eu quero o melhor pra você, entendeu, seu idiota?

— O melhor para mim, fique certa, foi o que aconteceu.

"A gente nunca conseguiu esse grau de intimidade", pensou Ivan, enquanto observava que Lena e Caio se entendiam por meios sorrisos, relanceares, entonações, códigos restritos e discriminadores, pois o excluíam implacavelmente. E, no entanto, ninguém conhecera Lena melhor que ele, ninguém a vira tão exposta, tão devassada, tão nua. Quando ele acendia a luz e começava a examiná-la, percorrendo com as mãos cada recanto do seu corpo, sondando os pontos secretos de prazer, vendo-a cerrar os olhos, estremecer ao seu toque, o rosto se suavizando e apagando-se todos os traços de tensão, Ivan pensava que nenhum homem antes dele a possuíra tão inteiramente. "A verdadeira natureza de Lena", como ele dizia com a voz enrouquecida pelo desejo enquanto passeava as mãos pelo seu corpo, uma Lena suave e indefesa, que se abandonava às suas carícias, "não pare, não pare", ela pedia, desejando que Ivan continuasse a tocá-la não apenas para prolongar o prazer intenso, mas para reter a essência de uma feminilidade que só com ele conseguia experimentar.

— Você está bem, Lu? — perguntou Raquel.

— Hum-hum... — assentiu Lúcia.

— Eu lavo as mãos quando estou nervosa ou triste — disse Raquel, aludindo à cabeça molhada de Lúcia. — No dia em que o corretor apareceu com o primeiro candidato a comprar a minha casa lavei as mãos em tudo quanto era torneira que encontrava. No lavabo, no banheiro das crianças, no meu banheiro, no banheiro de empregada, no tanque, na torneira do jardim. O corretor perguntou: "Tudo bem com a senhora?". Os homens imaginaram que eu estava maluca.

— Tudo isso porque o Pingo tinha trocado você por uma garota de vinte anos.

— Porque eu tinha resolvido cair fora. Estava morrendo de medo, espantada com a minha decisão. E também porque ele estava com uma garota de vinte anos, por que não?

— A idade não importa, importa ter sido rejeitada — completou Lúcia tristemente.

— Esse risco você jamais vai correr. O Rui é louco por você.

Lúcia sorriu. "As impressões, como os equívocos, se constroem assim, a partir de evidências discutíveis. O fato de Rui ter sido louco por mim não significa que ele não possa enlouquecer por qualquer outra mulher, mas isso não passa pela cabeça das pessoas, não é o que elas querem ver. A Raquel precisa de certezas, como a Lena precisa de certezas, e se não for por outra razão, devo ser feliz por causa delas."

— A Flora me disse que o Rui está viajando...

— A trabalho. Foi pra Montreal, e acho que depois deve passar por Chicago...

— Eu conheço bem aquela região. É muito bonita no outono. Estive lá na época em que o Pingo lecionava em Madison e as crianças eram pequenas. Nos fins de semana, a gente enfiava todo mundo no carro e saía pra passear — disse Raquel. — Era muito bom, mas gosto mais de viajar no meu estilo, há muito mais imprevistos, muito mais aventura.

"E um dia ela quis se matar", pensou Lúcia, que certa vez fora chamada por Chico, filho mais velho de Raquel, para trazer sua mãe de volta à vida. "Desde que o papai saiu de casa, se enfiou na cama e diz que vai morrer." Havia mais de um mês que não tomava banho, alimentando-se apenas de leite e sucos de frutas, que os filhos lhe levavam e imploravam que ela tomasse. Quando Lúcia entrou no quarto e abriu as janelas para ventilar o aposento, Raquel era um esqueleto envolto num lençol sujo, exalando um cheiro nauseabundo, que se defendeu da luz enfiando a cabeça debaixo do travesseiro.

— Que tal um bom banho? — perguntou Lúcia. Raquel não respondeu. Lúcia, então, sentou-se na cama e esperou que Raquel dissesse alguma coisa.

— Me deixe morrer em paz — ela balbuciou uma hora e meia depois.

Lena estivera com Raquel na semana anterior e havia tentado um tratamento de choque, sem sucesso.

— Isso, morre! É exatamente isso que o Pingo quer! Vai ficar aí viuvinho da silva, sem a encheção de saco de se divorciar e te pagar pensão!

Raquel colocara os travesseiros no ouvido, recusando-se a escutar.

— Não quero falar com você! Não quero falar com ninguém!

Lúcia reprovara a truculência de Lena, mas não sabia que estratégia empregar ao ser chamada para operar o milagre de fazer Raquel se reerguer. De uma coisa estava certa: não usaria o Pingo como referência, mas a própria Raquel. Com toda a calma, tentou fazê-la enxergar seu lugar no mundo, um lugar independente de marido e filhos.

— Você sempre esteve atrelada a uma função, merece uma chance de se revelar.

— Eu me revelar? Em quê? — ela perguntou.

— Não sei, mas você pode descobrir.

Raquel ainda ficou mais cinco dias na cama. Num domingo, porém, levantou-se, tomou banho e se perfumou, arrumou a mesa e preparou um café da manhã com ovos, sucos, frutas e torradas, como nos velhos tempos. Quando Chico abriu a porta e a viu junto ao fogão e os irmãos em torno da mesa, abraçou a mãe e disse: "Que legal, vai tudo voltar a ser como era antes...". Então ela sorriu e respondeu: "Não vai, não".

E não foi. Naquele mesmo dia foi à sua chácara em Vinhedo, onde Pingo estava com a jovem namorada, e lhe propôs que ficasse com os filhos porque ela havia decidido mudar de vida.

— Mudar de vida, como? — ele perguntou sem compreender.

— Eu quero viajar, mas pra isso preciso ganhar dinheiro, e como você vai ficar com as crianças e está começando uma nova vida com essa moça, não acho justo que você me pague pensão.

Pingo estava perplexo.

— Você vai fazer o quê, Raquel? Eu ainda não entendi — disse, acreditando que ela estivesse muito perturbada com a separação.

— Eu resolvi fazer aquilo que acho que sei fazer melhor, que é falar inglês. Vou lecionar para executivos, ser intérprete, sei lá, vou me virar por aí, e não vai sobrar muito tempo para os garotos. E, como vou precisar de um lugar para morar, estava pensando que a gente podia vender a casa de Campinas, e eles virem morar aqui com você.

Pingo ficou boquiaberto. Ao vê-la chegar, imaginara que ela fosse fazer uma cena, até advertira a moça para se esconder, porque temia que Raquel desenrolasse um drama "mediterrâneo". Estava preparado para ser insultado, agredido, para interpor-se a Raquel e à sua aluna amante, estava até preparado para ser chamado às responsabilidades familiares, mas não daquela forma tão objetiva e destituída de emoção.

— Eu não posso trazer as crianças pra morar comigo porque esta cidade não dispõe de boas escolas! — foi a única resposta que lhe ocorreu.

— Tenho certeza de que você vai descobrir uma boa solução — disse ela, entrando no carro.

— Os teus filhos já foram consultados? — perguntou agarrado à janela do automóvel.

— Não, mas acho que vão topar morar com você. Qual é o drama, Pingo? O Chico tem dezenove, a Sílvia, dezessete, os gêmeos já estão com dezesseis! — argumentou Raquel calmamente.

Pingo pensou na única vez em que a mulher se ausentara de casa e ele ficara sozinho com os filhos; lembrou-se da desordem do quarto deles, da roupa espalhada pelo chão, da pia transbordando de louça suja, do *rock* a todo volume, das brigas entre os irmãos pelos motivos mais insignificantes, e entrou em pânico.

— Vem cá, vamos negociar, Raquel. Você quer que eu volte pra casa, é isso? — perguntou, conciliador.

— Não quero que você volte, Pingo. Só estou querendo uma chance de viver a minha vida — explicou Raquel serenamente.

— Não! Você está a fim de me foder! Foi pra isso que veio aqui, não foi? Para me foder! — explodiu Pingo enquanto Raquel dava a partida no carro.

— Eu não vim aqui por sua causa. Eu vim aqui por minha causa, entendeu? — disse ela, engatando a primeira e se preparando para arrancar.

— Você não pode fazer uma sacanagem dessas comigo! — gritava, balançando o automóvel. — É uma puta sacanagem! — E continuou gritando mesmo depois que Raquel se afastou. — Ela não pode fazer isso comigo! — dizia, chutando os abacates que jaziam podres no chão. — Ela não pode fazer isso, caralho!

Quando entrou em casa, sua namorada estava parada no meio da sala, trêmula e chorosa.

— Eu pensei que o seu nome fosse Luís Maurício.

— Meu nome é Luís Maurício — disse ele, alheio.

— Por que Pingo, então?

— Porque eu peguei gonorreia quando tinha catorze anos. Por isso... — resmungou.

— O que é que vai acontecer com a gente, Pingo?

Pingo não conseguia escutar o que ela dizia, pensava apenas que a última coisa que queria na vida era morar com os filhos. "É impraticável", pensava. "Totalmente impraticável sem Raquel."

— Como é que estão seus filhos, Raquel? — perguntou Ivan.

— O Chico está em Michigan, a Sílvia casou e mora em Americana, e os gêmeos estão fazendo Zootecnia em Piracicaba.

— Que alívio pro Pingo. Finalmente sozinho — disse Ivan.

— Sabe que ele tá morrendo de saudade das crianças? No começo foi duro, depois se acostumou.

"Eis uma coisa que eu detestaria", pensou Ivan, "viver com os meus filhos", embora a possibilidade de sua mulher repetir o feito de Raquel fosse totalmente improvável. Não porque Regina considerasse seu casamento um sucesso, mas porque tinha pavor de ficar sozinha. Quando entravam juntos em qualquer ambiente, ela agarrava seu braço e sorria altaneira como se dissesse "Este é o meu homem". Era uma forma de lembrá-lo de que estava ligada a ele, o que sempre o embaraçava porque Ivan queria esquecer que era casado, que tinha filhos, que trabalhava na estatal. A cada dia se empenhava em apagar o anterior.

Entretanto, mantinha intocadas algumas imagens da infância, imagens de festas, sua avó fazendo aletria, o perfume de vinho do Porto, as rabanadas de Natal, o cabrito da Páscoa, com o comentário invariável de seu avô, de que em Portugal o cabrito era muito melhor. Mas, ainda aos doze anos, de sua família tinham restado apenas um irmão e sua mulher, que improvisara na sala apertada um modesto salão de beleza. Ivan queria esquecer os anos que vivera com o irmão. Não porque tivesse sido maltratado, mas o que daquela época permanecia indelével em sua memória era a sensação de intenso abandono, de infinita tristeza e profundo mal-estar. Lembrava-se de si mesmo dormindo no sofá da sala, entre odores de amoníaco, laquê, xampu de ovo e acetona. Naquela casa não havia lugar para ceia de Natal. A cunhada deitava-se depois de a última cliente ter ido embora, o irmão cortava o panetone, abria uma garrafa de sidra e ficavam ambos com os olhos fixos na televisão, tentando esquecer a aletria, as rabanadas, o bacalhau cozido com batatas, que faziam parte da consoada, a ceia frugal dos portugueses.

Ivan também não gostava de recordar seus anos de faculdade e de jornal, irritava-se quando lhe diziam: "Pensa no lado heroico da coisa", pois a primeira imagem que lhe ocorria daquele tempo eram as baratas passeando pela cozinha da pensão, o sanduíche de churrasquinho grego e o suco de laranja artificial que era servido grátis. Lembrava-se chegando do jornal, tão cansado que às vezes nem tirava a roupa para se deitar, e seu colega de quarto sacudindo-o de manhã cedo: "Cê vai perder a hora de ir pra faculdade!".

Ivan também se incomodava quando alguém lhe perguntava por que havia se casado com Regina. "Por causa de um piano", respondia. As pessoas costumavam rir, mas ele estava sendo absolutamente verdadeiro. Foi a visão de um piano de armário, numa sala pequena e aconchegante, com toalhas de crochê sobre os móveis, retratos de família ao lado de singelos bustos de Verdi e Chopin, que o fez se decidir por aquela mulher. O pai, amante de ópera, tinha um escritório de contabilidade no Cambuci. A mãe era professora de piano. Ivan achou que ao se ligar a essa família seria envolvido por aquela cálida e protetora atmosfera familiar. Mas essa sensação, tão agradável no período do namoro, transformou-se em opressão quando eles se casaram. Ivan gostava tão pouco de voltar para sua casa quanto para a casa de seu irmão. Por isso desejava esquecer. Toda a sua vida esboçava um esforço para banir sua história, nunca lhe ocorrera fazer apologia das suas dificuldades, citar-se como exemplo para os filhos, como fazia Tito. Não acreditava que as adversidades fortalecem o caráter, dizia que só lhe tinham servido para torná-lo mais cínico. "Se eu tivesse sido criado no conforto, seria uma pessoa melhor", confessara um dia a Lena. Curiosamente, ela era a única coisa que ele não queria esquecer. Evocava-a todos os dias, rememorava cada gesto, cada palavra, cada odor, entregava-se ao exercício de recordá-la, diligentemente, pois sentia que, se a perdesse, perderia também a parte mais significativa de sua vida, aquela em que fora capaz de alguma coragem e grandiosidade.

"A melhor coisa que ela tem a fazer é retomar o caso com Ivan", pensou Caio, observando-os se afastarem. Quando estivessem a sós lhe diria isso e também lhe contaria que tinha falado com Bernardo na hora do almoço e haviam combinado de se encontrar no fim de semana, sexta ou sábado, a decidir depois. "Senti sua falta", Bernardo dissera. Caio apenas sorrira. Exultara com seu autocontrole e desejava partilhar com Lena o grande feito, porque era sempre com ela que dividia quase tudo, as misérias do corpo e da alma, histórias de humilhação e rejeição, pequenos triunfos como esse, pequenas e pífias vitórias do ego que o deixavam feliz por algumas horas.

— Você fica ótima com esse cabelo molhado — disse a Lúcia.

— Obrigada, Caio.

— Senti sua falta no meu último jantar.

— Eu também senti não ter ido, mas o Rui tinha um compromisso de negócios e eu tive que acompanhá-lo.

— Ele ainda é o homem mais importante da sua vida?

— Acho que sim — disse Lúcia, sorrindo misteriosamente.

— Então não tem certeza?! Alvíssaras! Finalmente novidade na sua vida! A gente precisa festejar!

— Não tire conclusões precipitadas. Eu tenho certeza de que não disse o que você gostaria de ouvir.

— Na verdade, eu morro de inveja de você e do Rui. Meu projeto de vida incluía um companheiro permanente. Infelizmente todas as minhas tentativas fracassaram.

— O projeto de todo mundo inclui um companheiro permanente — disse Ucha. — Pena que nem sempre dá certo.

— Eu não me incomodaria tanto se pudesse ter uma vida sexual como a gente tinha antigamente. Mas agora, com a maldita, fica difícil! Eu consigo viver sem amar, mas não posso viver sem trepar! Aliás, quem pode?

"Eu", pensou Ucha, que não se deitava com nenhum homem havia muito tempo. O último tinha sido Leo, ao lado de quem se deitara e dormira, sem que nada mais tivesse acontecido.

— Você não quer? — ela perguntara.

— Quero, mas não vou conseguir — Leo respondera, acariciando seus cabelos.

— Não quer nem tentar? — Ucha insistiu.

— Vai ser muito frustrante para nós dois.

— Mas há muitas formas de fazer amor.

— Eu sempre fui um péssimo amante — desculpou-se.

— Mesmo com a Lena?

— Nunca fomos amantes. Me apaixonei por ela no colegial, mas a Lena não quis me namorar. Estava apaixonada pelo Pingo. Depois se apaixonou por outros caras, nunca por mim — disse ele, com uma ponta de pesar.

— Você a desejava, Leo? Você tinha fantasias sexuais com ela?

— Todas. Na época em que a Lena tinha um caso com o Ivan, eu transava com a Flora pensando nela. Acho que foi o melhor período da nossa vida conjugal, pelo menos nas noites em que eu não bebia.

— Enfim sós — disse Ivan.

Lena sorriu irônica e soltou uma longa baforada, percebendo que efetivamente estavam quase sozinhos. Agora, a única câmara-ardente ocupada era a de Leo, e a multidão que lotara a sala de espera até meia hora atrás tinha se retirado com o seu morto. "Que visão desoladora", Lena pensou. "Meia dúzia de gatos-pingados no enterro de um cara que conheceu metade desta cidade." Recordava-se de uma exposição coletiva na galeria Ars Mobile: a maior parte das pessoas presentes era de amigos ou conhecidos de Leo. Atrás dela um crítico comentara que o trabalho de Leo era o mais original que ele tinha visto nos últimos anos. "Você ouviu, Leo? Tem um cara aí dizendo que você é o máximo." Mas ele já tinha provado o que desejava: era capaz de ser um artista plástico. Também.

— Como é que isso acontece, hein? De repente você acorda e se dá conta de que não tem mais amigos! — murmurou Lena.

— É uma questão pessoal ou diz respeito ao Leo? — perguntou Ivan.

— Houve uma época, talvez você não se lembre, porque já o conheceu noutra fase, mas houve uma época em que o Leo conhecia todo mundo, ou pelo menos todo mundo que importava. Onde estão essas pessoas? Que aconteceu com elas? Morreram todas, foram tragadas pela repressão, desvaneceram?

— Sim. A maior parte delas se eclipsou. As outras transmutaram-se, tornaram-se outras pessoas.

— Eu estava pensando: e se o Leo realmente tivesse conseguido alguma coisa? Teria feito alguma diferença? Quantas pessoas estariam aqui se ele tivesse sido um grande escritor, um grande cineasta, ou um grande artista plástico?

— Quantas pessoas iriam ao enterro do Pedro? — Ivan devolveu a pergunta.

— Bem mais do que as que estão aqui.

— Há dez anos muito mais do que as que estão aqui, mas hoje? Claro que não seria meia dúzia de gatos-pingados, seriam duas dúzias. Qual é a diferença? E que diferença isso faz, Lena? O importante não é como se morre, mas como se vive, e o Leo vivia muito mal.

— Você acha que vive melhor?

— Merda por merda, acho que eu ainda prefiro a minha.

— Você encontra algum prazer nas coisas que faz, você está satisfeito consigo mesmo, era isso mesmo que você queria?

— Você sabe o que eu queria, Lena — disse ele, olhando-a significativamente.

— Não me venha com demagogia. Se você queria tanto, por que se esforçou tanto para me perder?

— Eu sei que você não acredita, mas eu te amei do modo mais sensível.

— O teu pênis me amou do modo mais sensível. Ele é a única parte de você realmente afetiva e generosa.

— Agora eu entendo a sua fixação por aquele filme japonês, como é que se chamava mesmo?

— *O império dos sentidos* e *O império da paixão*. De certa forma compreendo o que ela fez porque é o que eu faria se tivesse que ficar com alguma lembrança de você.

Lena lembrava-se dos dois no cinema assistindo a *O império dos sentidos*, da mão dele acariciando suas coxas e da sua mão procurando o pênis dele enrijecido e ambos se masturbando reciprocamente no cinema quase vazio. "De onde extraíamos tanta coragem? Assumíamos aqueles riscos talvez porque nos faltava coragem de assumir outros."

— Eu estava pensando — disse Lúcia — que depois do enterro a gente podia ir lá pra casa tomar um café ou um uísque para relaxar.

— Eu acho uma ótima ideia! — disse Caio, que sempre se empolgava com a possibilidade de uma reunião social.

— Vai ser muito bom pra todo mundo — considerou Bia. — Nestas horas a gente precisa da companhia uns dos outros.

— O convite é extensivo a mim? — perguntou Ucha.

— Que pergunta! Claro que é — antecipou-se Caio.

Ucha procurou no sorriso de Lúcia a confirmação de que seria bem-vinda.

— Quando eu era famosa, todo mundo me convidava para todas as coisas. Agora não sei mais quando o convite é vago ou direto. Eu sou do tipo que gosta de ser realmente querida.

— E você, Flora? — perguntou Raquel. — Você escutou? Depois do enterro a gente vai pra casa da Lúcia.

A última coisa que desejava era prolongar essa agonia, ir para a casa de Lúcia, ouvir as discussões entre Caio e Beny, Tito fazendo discursos sobre o socialismo, Ivan olhando lubricamente para todas as mulheres, Pedro suplicando a atenção de Lúcia, Bia interpretando astrologicamente a amargura de Lena, Pingo chamando a atenção de Raquel, Adonis bocejando. E agora Ucha falando do tempo em que era rica e famosa.

— Como vai a família? — Lena perguntou.

— Meu filho mais velho vai casar. O do meio está trabalhando num banco e vai morar em Luxemburgo por uns tempos. O menor é surfista e está querendo se mandar para a Austrália. A minha mulher requereu aposentadoria, o que significa que eu preciso continuar trabalhando para não encarar o que eu sempre temi: eu e ela inapelavelmente velhos e condenados um ao outro.

— É uma bela maneira de terminar a vida. É assim que terminam todos os casais felizes.

— O problema é que eu não tenho assunto com a minha mulher.

— Aposto que ela deve dizer a mesma coisa de você.

— É bem capaz — disse Ivan, pensando na mulher que nunca amou, mas não teve coragem de abandonar por nenhuma outra, nem por Lena, a quem amara tanto. "Eu tenho certeza de que você está me traindo, Ivan. Certeza absoluta, mas vai passar", Regina lhe disse uma vez em que ele chegou de madrugada e se deitou a seu lado cheirando a sabonete de motel barato. Quando Ivan acordou, ela já tinha saído para trabalhar. Era assistente social do Instituto do Coração, e durante muitos anos Ivan desejou que ela se apaixonasse por um cardiologista, um anestesista, ou qualquer outro profissional bem-sucedido da área, e o deixasse livre para viver sem culpa suas aventuras. "Na verdade, eu gostaria que ela se ajeitasse com alguém e levasse os filhos de quebra", costumava dizer a Lena. "Você não vai gostar nada se isso acontecer, Ivan. Você é o tipo que não gosta de perder nada, nem aquilo que não quer mais."

— E a sua vida, como vai? — ele perguntou.

— A minha filha também quer casar — disse Lena, cansada.

— Casai e multiplicai-vos. Não é isso que está na Bíblia?

— Ela só tem dezenove anos e nem conseguiu entrar numa faculdade, não sabe fazer nada, não sabe o que quer da vida.

— A voz dela é igualzinha à sua.

— Quando é que você falou com a Marina?

— Hoje de manhã, para dar a notícia da morte do Leo. Mas você já sabia, ela me disse.

— É. Fui uma das primeiras pessoas a saber — disse ela, acendendo outro cigarro.

— Quando é que você vai largar essa porcaria?

— Quando eu tiver um pouco de paz, ou seja, nunca.

— É o trabalho?

— É tudo — respondeu ela com um suspiro. — Inclusive a morte do Leo, que bateu mais fundo do que eu imaginava.

— Você está namorando alguém?

— Não me faça rir! — disse Lena, amarga.

— Eu tenho muita saudade de você — sussurrou Ivan, ao mesmo tempo que pegava a mão dela.

— Não, você tem saudade de você, daquele cara que você era naquele tempo, da época que a gente vivia. É disso que a gente tem saudade quando cruza um com o outro. Eu vou dizer uma coisa: o melhor que podia me acontecer neste momento era me apaixonar por você, porque é muito bom estar apaixonada, transar apaixonada, ver as coisas com olhos mais suaves e piedosos, viver todas as emoções à flor da pele, cheirar melhor, ouvir melhor, sentir melhor, acordar pela manhã e gostar de estar vivo, ser extraordinariamente feliz ou infeliz, pouco importa. Não há nada mais inebriante que a paixão.

— Não, não há — disse ele, com a voz enrouquecida.

"Oh, meu Deus! O grande sedutor ataca outra vez", Lena pensou, olhando para ele com ternura. "Ainda é um belo homem, um homem desejável." Lembrava-se da primeira vez em que o vira numa reunião na casa de Leo. Ela estava com Guto, mas Ivan não se intimidara. Examinara-a com interesse, acompanhara-a até a cozinha com o pretexto de ajudá-la a tirar gelo apenas para lhe dizer que era muito parecida com a Jeanne Moreau, "nos seus bons tempos, é claro. Você se lembra de *A noite*, *Jules e Jim*?" Ela sorriu provocadora e perguntou: "Por acaso você está me passando uma cantada?". Ivan se aproximou, tão perto que ela podia sentir o calor do seu corpo, e disse com aquela voz enrouquecida: "Estou cortejando você. Embora não pareça, há uma diferença de qualidade". Surpreendia-a sua urgência, mas Lena reconheceu de imediato que era recíproca. No dia seguinte, quando ele telefonou e perguntou "Podemos nos ver hoje à noite?", Lena não pensou duas vezes. "Claro." Claro. Desde a noite anterior, não tinha outro pensamento nem outro desejo senão fazer amor com ele, o mais rápido possível, em qualquer lugar. Era assustador.

— Eu não quero me apaixonar por você para esquecer a merda total em que a minha vida se transformou — disse Lena.

— Do que é que você tem medo? — perguntou Ivan. — Eu prometo que não vou machucar você outra vez.

— Não? O que é que você vai fazer? Vai se separar da sua mulher e ficar comigo?

— Se você quiser, por que não?

— Se eu quiser? É você quem tem que querer ficar com ela, ou não, e não por minha causa, ou por causa de qualquer outra, mas por sua causa, entendeu?

Ivan tomou a mão de Lena e a apertou, lembrando-se de que era assim que ele fazia depois de fazer amor. Ficavam em silêncio, de mãos dadas, "namorando" como ela queria e exigia. "Esta relação precisa de um pouco de romantismo", dizia, sentindo-se vagamente culpada por estar submetida ao "império dos sentidos".

Lena tentou afastar a mão da mão dele, mas Ivan segurou-a, cruzando os dedos nos dedos dela.

— Você é um idiota — ela disse, rendida.

Ivan sorriu e apertou sua mão, sentindo-se tomado por uma emoção doce e dolorosa que identificou como saudade.

Brincava com os dedos na palma da mão de Lena, simulando uma carícia sexual, enquanto ela o fitava e sorria provocadora. "Tão fácil começar tudo de novo, tão fácil cair nessa cilada novamente."

— Como é que você acha que seria, Ivan?

— Não sei — disse ele, retendo sua mão e abandonando-se à memória de sua paixão por Lena, que se fundia com sensações reais e imaginárias, fantasias de amores vividos e sonhados, amores mortos e ainda por vir.

— É muito tentador, mas não dá mais — disse Lena, afastando sua mão da dele.

— O que é que a gente tem a perder, Lena? Pense bem.

— A sanidade — disse ela.

— Do que é que você tem medo?

— Nessa história toda eu só tenho uma certeza, Ivan: não sou a sua salvação nem você a minha. Portanto, não nos iludamos outra vez. Se eu entrar nessa outra vez, não vai ser por você, mas para não resolver problemas pendentes na minha vida, pra não falar dos problemas insolúveis, como o meu trabalho, a relação com a minha filha. Está tudo uma bosta, entendeu? Não tem um único setor que me satisfaça, nada que eu possa dizer: "Bom, pelo menos isso está legal". Sem falar das coisas subjetivas. Eu mesma, por exemplo.

— Qual é o problema com você?

"Eu estou à beira do colapso, você não percebeu?", quis dizer. Mas silenciou. "Ele não vai entender, nunca entendeu, acha que o sexo pode resolver a maior parte dos problemas." Também não iria dizer que ao ser despertada pelo telefonema de Flora, comunicando aos prantos que Leo se matara, seu primeiro pensamento havia sido de admiração. A raiva sobreveio depois, quando sentiu que, de alguma maneira, ele lhe indicava o caminho.

— Você continua muito onipotente, Lena. Você fala em resolver os problemas da sua vida como se isso fosse possível e não é. Você acreditou naquele versinho "Quem sabe faz a hora, não espera acontecer". Isso é muito bonito, mas não é real. A gente não detém os cordéis, o nosso âmbito de ação é muito limitado pelas circunstâncias, e na maior parte das vezes não há nada a fazer — disse Ivan. — Por isso, minha cara, vivamos cada dia da melhor maneira, *carpe diem*, como diziam os romanos.

— *Carpe diem* — Lena murmurou para si mesma. "Isso combina com Ivan. O imobilismo, o deixar acontecer, essa quase preguiça."

— Eu poderia falar muitas coisas bonitas pra você, Lena, mas acho que você não está a fim de ouvir — Ivan concluiu, pensando em dizer que ainda a amava, que morria de saudade, que ela olhava demasiado para si, que era uma pessoa invejável de muitas maneiras, começando pelo fato de ser dona do próprio nariz, não tinha um chefe rodeado de uma multidão de assessores, como ele, não trabalhava a maior parte do dia cercada por boçalidade, nepotismo, jogos de favores e prestígio, subornos discretos ou explícitos, composições de poder, conspirações abertas e veladas nem era obrigada, como ele, a conviver cinicamente com tudo isso.

É claro que havia um lado engraçado, como quando o principal assessor o chamou à sua sala e lhe disse: "Leve esses negócios pra qualquer lugar". Os "negócios" eram uma tela de Volpi e outra de Ismael Nery que o indivíduo havia retirado da parede e substituído por dois pôsteres, um de sua mulher, num vestido fúcsia de tecido brilhante, com uma maquiagem e um penteado que a faziam parecer um travesti, e o outro de suas filhinhas chapinhando numa piscina infantil. "Pense no lado engraçado", Ivan disse para si mesmo quando o assessor muito orgulhoso de sua família lhe perguntou: "O que é que você acha?".

Ivan respondeu: "É impressionante como a sua senhora se parece com a Joan Collins". Os olhos do outro cintilaram de satisfação. "Você acha mesmo? Eu não vou dizer que você falou isso, senão a patroa fica convencida. Mas que é um mulherão, isso é. Você precisa ir lá em casa. Não! Faz o seguinte: pega a tua patroa e as crianças e vem passar um fim de semana com a gente na fazenda!"

Ivan ficou horrorizado com a possibilidade de passar um fim de semana inteiro com aqueles pôsteres coloridos. "É uma das dez mais elegantes", o assessor explicou, olhando embevecido para a mulher. "Lá na minha cidade. Você precisa conhecer."

— Sabe de uma coisa, Lena? A gente tem que levar as coisas mais macio, tem que aprender a ser cínico, a não escutar.

— Você não entendeu nada, Ivan. Nunca entendeu nada, eu acho. Mas a gente sempre falou línguas diferentes.

— Exceto na cama — ele replicou.

— Nem só de sexo vive o homem.

— Eu não estou oferecendo a você apenas sexo, mas afeto da melhor qualidade e a possibilidade de você remediar pelo menos um dos problemas que te afligem neste momento. A solidão.

Lena sorriu, irônica.

— Tão engraçado você querer resolver o problema da minha solidão, Ivan.

— Na verdade, eu também estaria resolvendo o meu.

— Você acredita, realmente, que nós dois podemos recomeçar do ponto em que paramos, como se nada tivesse acontecido? — perguntou Lena, sincera.

— E qual é a grande dificuldade?

— A grande questão não é a dificuldade, é a impossibilidade.

— Por quê?

— Qual de nós pode garantir um *happy end*? Quem pode garantir que não vamos sair mais machucados do que saímos doze anos atrás?

— Nós somos pessoas mais maduras, Lena.

— Nós somos pessoas muito mais amargas, muito mais duras, muito mais inseguras do que éramos, sem falar na decadência física, pelo menos a minha. Eu me sinto feia porque estou muito feia, Ivan. Feia por dentro! Não me aguento, compreende? Não aguento minha impaciência, minha insatisfação, meu azedume! Passo o dia reclamando de tudo e de todos! Preciso me tratar, Ivan. Não posso depender de você nem de ninguém para me salvar, sou eu que tenho que fazer alguma coisa por mim!

— O quê?

— Não sei, mas vou descobrir.

— Quando você fizer dezoito anos me convide pra ajudar você a apagar as velinhas — disse Ivan, sarcástico.

— Há dois tipos de pessoas — deve haver mais, infelizmente eu não conheço. — Gente como a Raquel, que aproveita o melhor de cada relação; e gente como eu, que não consegue superar ressentimentos.

— Lembra daquela música do Cartola, que diz num determinado momento "de cada amor herdarás só o cinismo"? É isso aí, Ivan. Eu só consigo ser melhor quando tudo dá certo. Quando não dá, como aconteceu com a gente, o que fica é um travo de fel, é uma coisa muito amarga.

— Que pena pra você, porque para mim o que ficou foi puro mel.

— Me faz muito bem ouvir isso de você — disse Lena, apertando sua mão.

— Na hora em que você começou com o Cartola eu tinha certeza de que a gente ia terminar com Lupicínio. Você não sabe como eu odeio esse tom de "Podemos ser amigos simplesmente".

— Os funcionários da Prefeitura chegaram — disse ela. — Está na hora do enterro.

— Nosso ou do Leo?

— O nosso foi há muitos anos, Ivan. Mas eu te quero muito bem — disse ela, beijando-o no rosto. — De verdade, Ivan. — E se afastou.

— Vamos? — Pedro se aproximou, convidando Ivan para entrar na câmara-ardente.

"Finalmente chegou a hora", pensou Adonis, assoando o nariz, enquanto observava a agitação em torno do esquife de Leo. "Qual é o sentido de todas essas coisas, vida, morte, dor, amizade?" Quando era criança tinham lhe ensinado que depois da tempestade viria a bonança e que, se se comportasse direitinho, acabaria por receber uma recompensa. Fizera tudo como lhe tinham recomendado, caminhara sobre escolhos, mas não recebera nenhum prêmio no fim do caminho. Desde os oito anos sentia que os preceitos dos adultos se adequavam muito mais aos personagens de ficção. Nos romances, as pessoas eram plenas de substância e solidez, havia uma lógica interna e externa permeando suas vidas, enquanto a chamada vida real não era regida senão pelo acaso. Para ele, o mundo concreto e as pessoas de verdade habitavam os livros que lia, ou escrevia. De todos os seus amigos, nenhum era real, exceto Leo, que vivera e morrera de acordo com a sua lógica. "Naquele romance, ou seja lá o que for que o Leo escreveu..., só pode haver um absoluto protagonista: ele mesmo."

— Será que não seria o caso de fazer uma oração, dizer algumas palavras, sei lá? — perguntou Bia, quando os funcionários da Prefeitura entraram.

— Acho que não é o caso — disse Flora, ansiosa para que tudo acabasse o mais rápido possível. Para seu alívio, Caio, Pedro, Tito e Ivan tomaram a iniciativa de retirar o esquife do catafalco e o colocaram na carreta. Raquel pegou em sua mão e murmurou: "Parece um caixão de menino, o Leo era tão franzino". Flora assentiu e estremeceu ao pensar que teria que cumprir mais uma etapa no rito de despedida. Ir à casa de Leo, pegar documentos, tomar decisões sobre o que conservar e o que jogar fora. Penetrar no mundo de Leo, revisitar seu passado, seria uma tarefa além de suas forças.

— Acho que o Pingo não vai chegar a tempo — lamentou Raquel, consultando o relógio.

— Você vai comigo à casa do Leo? Eu não tenho coragem de ir sozinha — sussurrou Flora.

— Só se for hoje, porque amanhã cedo eu estou indo pro Rio.

— Hoje, Raquel? — perguntou Flora, desolada.

— Por que não?

— Eu não sei se tenho condições de fazer isso hoje.

Estava confusa, angustiada, queria ir para casa, tomar um banho, dormir e acordar com a sensação de que tudo aquilo não passara de um pesadelo. Acorriam à sua mente, obsessivamente, imagens de si mesma arrumando armários, limpando gavetas, livrando-se de roupas e objetos que não usava mais. Sentia uma urgente necessidade de mudança e ordenação. Mudar os móveis, se não fosse possível mudar de cidade ou de país. Via-se diante da porta aberta do apartamento de Leo, mas não conseguia entrar. Tinha certeza de encontrá-lo sentado numa poltrona, lendo um livro, e certamente ele não interromperia a leitura à sua entrada. Nem sequer ergueria os olhos para ela, muito menos responderia ao seu boa-tarde. "Oh, meu Deus, será que o Leo era tão insensível quanto a imagem que faço dele?", perguntou-se, cheia de culpa.

Um pequeno cortejo havia se formado ao saírem da câmara-ardente. Seguiam a carreta, silenciosamente, em grupos de dois ou três, Flora e Raquel na dianteira, Lúcia e Lena depois, Bia e Ucha, logo atrás, misturavam-se aos ex-colegas de redação de Leo. Na absoluta retaguarda, Beny e Adonis, que não conseguiam acompanhar o féretro.

— Não precisa ficar comigo. Eu não vou conseguir acompanhar o pessoal nesta velocidade — disse Adonis, ofegante.

— Já que você não se incomoda de ficar sozinho, eu vou ficar com a Lúcia — disse Beny, afastando-se.

— Por favor — disse Adonis, tranquilizado com a perspectiva de não ter mais que caminhar na marcha de ninguém.

O féretro de Leo se distanciava cada vez mais, mas ele não se importava. Andava lentamente, olhando para dentro das capelas, e deleitava-se com as imagens de mortos desconhecidos. Perguntava-se o que levaria as pessoas a destacar da vida dos entes queridos um flagrante memorável, ou corriqueiro, que fosse ao mesmo tempo capaz de defini-los e eternizá-los. Olhava à direita e à esquerda, nomes, datas, formas e cores. Mesmo caminhando com dificuldade, confortava-o sentir o sol da tarde aquecendo sua pele, pois de alguma maneira isso o lembrava de que era feito da mesma matéria de todos os mortais. Adonis respirou fundo e se deteve diante de uma capela impecavelmente conservada para contemplar um retrato de mulher — Carmela —, sua imagem cristalizada numa festa dos anos 30. Ela sorria graciosa no vestido longo estampado, pérolas nos pulsos, uma grande flor enfeitando os cabelos (seria camélia?). Ao seu lado, Antonio, falecido em 1926, o observava sisudo (o pai? um tio?). E que zelosa família era essa que, tantos anos depois, continuava mantendo aqueles mortos tão asseados? Coisas assim o enterneciam e o faziam pensar no doce encadear da vida humana.

Das capelas abandonadas, fotos esmaecidas e sujas o espreitavam. Em algumas, o vidro do porta-retratos se recobrira de uma pátina tão densa que obscurecia a foto totalmente. Em outras, essa pátina tinha sido removida de certos pontos do vidro por algum curioso, e ressaltavam gravatas, brincos, queixos, bocas, olhos. Adonis estava fascinado com esses olhos que assomavam repentinamente e pareciam acompanhá-lo, mesmo depois de se afastar do seu ângulo de visão. Duas mulheres que limpavam um túmulo riram entre si quando ele passou. Adonis visualizou o rosto de Virginia Woolf na capa de *Noite e dia* e sorriu. Como ela, as pessoas riam à sua passagem. (Reconheceriam o estigma, a diferença, a marca da loucura?)

— O Ivan continua um belo homem — disse Lúcia. — Está envelhecendo lindamente, até os cabelos brancos lhe assentam bem.

— Um belo homem sem projeto — disse Lena, suspirando. — Ele acha que a gente ainda tem alguma chance, você acredita?

— Por que é que você acha que não? Por que ele não tem projeto?

— Você sabe que a gente não tem o menor futuro, nunca teve.

— Quem tem?

— Você, apesar dessa crise passageira com o Rui.

— Sabe quantos anos tem essa crise passageira?

— Vocês vão morrer um ao lado do outro.

— Nós já estamos morrendo ao lado um do outro. Você acha que a minha doença foi o quê?

— Uma predisposição genética. Assim como o suicídio do Leo tem a ver com os genes — continuou Lena — e a loucura do Adonis, e o priapismo do Ivan, e o homossexualismo do Caio e do Beny.

— Adoraria acreditar que não fiz o linfoma.

— Você não fez, Lu. O único problema da genética é que, além de acabar com a tua profissão, ela é mais determinística que mapa astral, tarô e a numerologia da Bia.

— Ela não vai acabar com a minha profissão.

— Mas vai acabar com o mito de que a alma é passível de cura.

— Muitas vezes é.

— A única coisa que a terapia fez por mim foi curar minha prisão de ventre.

— Então pare de atacar a minha profissão.

— A Bia ainda está chorando? — perguntou Lena.

— A morte do Leo é apenas um gancho pra ela pendurar outras dores — disse Lúcia, pensando em si mesma. Nas últimas horas o que menos chorara fora a morte de Leo. Ao acordar às cinco da manhã e acender a luz entrara em pânico porque o lugar de Rui na cama estava vazio. Precisou de alguns segundos para se dar conta de que não tinha sido abandonada, o marido apenas estava no Canadá, numa viagem de negócios. Em seguida apagara a luz, não para dormir, já que, dada a sua angústia, essa possibilidade seria remota, mas para ficar de olhos abertos no escuro, perguntando-se se teria valido a pena se curar para acordar no meio da noite com essa aguda sensação de desamparo. O mais perturbador foi a onda de nostalgia que a percorreu ao se lembrar de que exatamente um ano antes estava sob tratamento quimioterápico. "Sim, por mais doloroso e absurdo que possa parecer, estou com saudade da minha doença", disse para si mesma diante do espelho do banheiro enquanto lavava o rosto vigorosamente com água fria. Era obrigada a reconhecer que tinha saudade de si mesma durante a sua doença, da coragem, da existência de um objetivo, da sua franca opção pela vida, da certeza de que, se sobrevivesse, as coisas seriam diferentes e melhores. Mas sobrevivera e nada havia se alterado: era vã a fantasia de ganhar de volta o Paraíso depois de tanta penitência e provação. E a solicitude de Pedro, embora afagasse seu ego, não a impedia de pensar em Rui. O que estaria fazendo àquela hora? Teria acordado num quarto de hotel impessoal e percorrido a cama com mãos ansiosas à procura de seu calor? Ou dormira abraçado a uma prostituta e lamentara sinceramente que ambos vivessem em países tão distantes? Não, esse não era o estilo de Rui, era apenas uma anedota infeliz, como as que fazia na época em que perdera os cabelos, a eterna mania de transformar suas fraquezas em gracinhas, a falta de humildade em aceitar verdadeiramente suas vulnerabilidades. Não era sua calvície que incomodava seu marido, mas a coleção de perucas que exibia ostensivamente, as piadas que fazia sobre todas as suas mazelas, inclusive sobre a náusea provocada pela quimioterapia e, sobretudo, o ritmo acelerado do seu raciocínio e do seu discurso. "O meu colega de consultório suspeita que eu esteja em surto maníaco-depressivo", dizia rindo, enquanto Rui abaixava a cabeça, saía da sala ou fazia de conta que não tinha escutado. Depois se sentia miserável e recolhia-se em um pesado silêncio, envergonhada da pessoa exibida que mostrara. Nesses momentos de depressão, em que conseguia ver-se como Rui a via, admitia que era insuportável.

— Adonis!

Adonis parou e pensou se não estaria sendo visitado mais uma vez por suas alucinações.

— Adonis! — repetiu a voz.

"Não, eu nunca tive alucinações auditivas", ponderou, voltando-se na direção do chamado.

— Sou eu, Pingo. Você está sem óculos?

— Eu estava distraído — respondeu Adonis, aliviado.

— O enterro já acabou?

— Não. Deve estar logo aí na frente. Eu não estava conseguindo acompanhá-los e fiquei pra trás.

— Como é que você está? — perguntou Pingo, caminhando a seu lado.

— Bem, considerando as circunstâncias, e você?

— Mal, e fiquei pior com o suicídio do Leo. Eu não tive coragem de vir dirigindo. Tomei o ônibus das duas e vim chorando de Campinas até aqui. Não é só porque o Leo foi meu amigo de toda a vida, é a pena que eu senti, dele, de nós. A gente se projeta, você sabe.

— Sua mulher está aí — disse Adonis.

— Ela não é mais minha mulher.

"Infelizmente", pensou Pingo. "Eu nunca mais consegui me interessar de verdade por outra mulher desde que a Raquel foi embora", desejou acrescentar, embora no momento estivesse cortejando uma orientanda, uma mulher atraente na faixa dos trinta anos, que atravessava uma crise conjugal.

— Como vai a vida acadêmica? — perguntou Adonis.

— Um tédio. Mas de vez em quando tem um congresso em Portugal, ou em alguma universidade americana, e me convidam pra dar um curso.

— Eu nunca saí do Brasil — disse Adonis.

— Não sei o que faria se não viajasse de vez em quando.

— Por que é que você não se casa outra vez?

— Não é fácil — respondeu Pingo.

"Não posso", dissera a Leo quando ele lhe fizera a mesma pergunta. "Virei meia-bomba, é uma empreitada cada vez que vou pra cama com uma mulher." Leo ficara perplexo. Não imaginava que o galanteador, o grande comedor de garotinhas, tivesse qualquer problema nessa área. "E não tinha. Comecei a ter quando as crianças foram morar comigo e o Gui e o Gu resolviam ter crise de asma toda vez que eu tentava transar com alguém. Broxava na hora. Acho que acabei criando um tipo de condicionamento." Não esclareceu, porém, que só conseguia ereção plena com quem lhe devotava admiração total. "O senhor acha que eu preciso desse tipo de coisa para confirmar a minha virilidade?", perguntara a um famoso analista que seu irmão recomendara. Mas o analista não respondeu. Quatro vezes por semana, postava-se atrás do divã e ouvia os seus queixumes. Dois mil dólares depois, Pingo indagou se o tratamento seria muito longo. "Provavelmente", disse o analista. "Então acho que vou procurar um reflexologista. Nada pessoal, o senhor compreende, mas tenho certa urgência em resolver o meu problema", desculpou-se. O analista não argumentou. Apenas estampou uma expressão indiferente que significava "se o senhor decidiu assim...".

Pingo não procurou nenhum reflexologista. Sua breve experiência psicanalítica tinha sido muito cara e muito frustrante. "Você paga dois mil dólares e recebe de troco um advérbio muito xinfrim! 'Provavelmente'! Vá ser vago assim na puta que o pariu!"

— Onde você conheceu o Leo? — perguntou Ucha.

— No Riviera — respondeu Bia. — Eu fazia a Escola de Arte Dramática, e ele tinha um filme na cabeça. Me convidou pra trabalhar. Era um média-metragem que acabou curta-metragem, e eu só apareço em silhueta contra o pôr do sol na represa de Guarapiranga. Eu queria ser tanta coisa, fazer tanta coisa naquela época — completou, assoando o nariz.

— Você dormiu com ele?

— Acho que eu dormi com quase todo mundo desta cidade — disse Bia, fungando. — Mas a minha transa com o Leo teve muito pouco sexo. Ele não fazia questão. Eu tenho certeza de que ele só foi pra cama comigo porque todo mundo fazia esse tipo de coisa nos anos 60. Depois, quando ele morava na Granja e eu fiquei um mês escondida lá, não pintou nada. A gente gostava de estar junto e era só.

— Por que você precisou se esconder?

— Andei fazendo uns trabalhos de pombo-correio, um dos caras que foi preso me dedou e eu tive que me mandar — disse Bia, pensando na reação irada de sua mãe ao vê-la sair de casa. "Primeiro se mete em confusão, depois sai correndo! E se a polícia vier te procurar, e a gente for pra cadeia por tua causa??? Por que não tem um pouco de vergonha na cara e se entrega de uma vez?" Bia explicou que podia ser torturada, violentada por nada. Na verdade, sua participação tinha sido muito modesta, mas era arriscado ficar. "Já vi que nem competência pra ser terrorista você tem!" Como costumava dizer a sua sobrinha, "a gente se sacrifica tanto pelos filhos e pra quê? Pra quê? Eles crescem e viram essa porcaria!"

— Nossa, eu morro de inveja da juventude que vocês tiveram! — disse Ucha. — Era tudo tão intenso, tão importante! Nessa época eu desfilava e era superalienada! Vivia em festas, boates, era convidada para fins de semana na praia e na fazenda, achava o máximo quando ia pro Rio com a Giovanna no jatinho dela!

— Acho que você se divertiu mais do que eu — disse Bia. — A maior parte das coisas que eu fiz não era porque gostava, ou acreditava, mas porque era isso que esperavam de mim.

— Mas você viveu, e às vezes eu olho pra trás e acho minha vida um desperdício. Não ficou nada, nem um amigo pra todas as horas, nem sombra da camaradagem que existe entre vocês.

— Que planeta você tem na casa onze?

— Não sei, eu não entendo muito de astrologia.

— Uma hora dessas faço seu mapa — disse Bia.

— Eu não sei que planeta eu tenho na casa onze, só sei que perdi os únicos amigos de verdade — o Raul e o Leo. Claro que tem outras pessoas, o Miltão, que me quebra grandes galhos quando eu estou precisando de grana, mas não conta.

— A gente precisa se aproximar mais, a gente praticamente só se via na casa do Leo.

— Que tal o próximo fim de semana? — propôs Ucha, ansiosa. — Podíamos ir ao cinema, ou ao teatro, se tiver alguma peça em promoção.

— Sobre promoção em teatro nem se preocupe. Uma das poucas vantagens de pertencer à classe teatral é que os amigos sempre descolam um ingresso pra gente — disse Bia, assoando o nariz e pensando que talvez fosse o caso de convidar Ucha para ir a uma palestra sobre o *Livro Tibetano dos Mortos*. Nos últimos tempos, vinha se interessando pelo budismo.

— Você mora sozinha? — perguntou Ucha.

— Infelizmente moro com a minha mãe — respondeu Bia, logo arrependida de ter dito "infelizmente", porque comunicava a ideia, aliás correta, de que não se relacionava bem com sua mãe. E embora esse fato fosse do conhecimento de todos, na semana anterior fizera o propósito de não criticá-la nem se queixar dela nunca mais.

— Por que você não tenta outra vez uma terapia de família? — Lúcia sugeriu.

— Você não se lembra do que aconteceu quando a gente foi consultar aquele seu colega?

Alguns anos antes, após uma árdua batalha para convencer dona Iraci de que não era sua intenção interná-la ("Então por que é que você está querendo me levar no médico de loucos?"), tiveram uma primeira e única entrevista com um terapeuta familiar.

— Minha mãe não me aprecia. Ela não tolera que eu seja como sou. Não tem o menor respeito pela minha profissão, fica indignada porque eu não casei — Bia começara.

— Espera aí! Você vai pagar esse sujeito para ele ouvir você falar mal de mim e ainda quer que eu escute? — vociferou dona Iraci.

— Não, mamãe. A senhora também pode reclamar de mim se quiser! — defendeu-se Bia.

— Escuta uma coisa, doutor: o senhor ia ter algum respeito por uma pessoa que queria ser artista e nem artista conseguiu ser? Pelo amor de Deus! Com tanta novela na televisão, será que ela não conseguia nem um papel de secretária? Não! Foi dar aula na ECA pra ganhar uma porcaria de salário! Não teve nem a esperteza de casar, pra arrumar um homem que a sustentasse e lhe fizesse um filho, porque é pra isso que a gente nasce! Pra casar e ter filhos, e, se ela tivesse filhos, não estava aí enchendo a cabeça de besteira, que eu não gosto dela e que a gente não se dá! E por que é que eu tenho que gostar quando ela me aparece às cinco da manhã cheirando a macho? Se ela quer ser prostituta, por que não aprende a cobrar? Podia pelo menos ter um quarto-e-sala e não chegar a essa idade sem ter onde cair morta! E agora o senhor vai me dar licença, eu tenho um tanque de roupa pra lavar! — disse, batendo em retirada.

— Por que é que você não mata? — sugeriu Caio. — Uma gota de arsênico por dia. Ninguém descobre. Você encontra a receita na boa literatura policial.

— Por que sua mãe mora com você? Ela não tem recursos, você é filha única? — perguntou Ucha.

— Não, quem não tem recursos sou eu. Sou eu quem mora com ela. Meu irmão Rodolfo mora em Mato Grosso, mas minha mãe odeia a fazenda porque faz muito calor, não tem luz elétrica, e ela não consegue viver sem televisão.

— Eu tinha uma relação legal com a minha mãe.

— Todo mundo tem uma relação legal com a mãe, menos eu e a Lena, porque a nossa lua está em oposição ao nosso sol natal.

— Puxa! — disse Ucha, admirada.

— A Lena também tinha problemas com o pai e eu adorava meu pai, ele era um títere nas mãos da minha mãe. Quando fui fazer a EAD, me deu a maior força, era muito carinhoso, mas na frente dela ficava calado, não tinha coragem de abrir a boca quando ela implicava comigo!

— Você não consegue fazer sua mãe se interessar pelas coisas místicas?

— Imagina! Ela tem horror! Não entende nada, acha que eu fiz um pacto com o demônio. Na semana passada jogou as flores e outras oferendas a Buda na lata de lixo. "Escuta aqui: eu não quero mais que você faça despachos na minha casa! Fica mexendo com essas coisas e depois não sabe por que é que a sua vida não vai pra frente!" Fora inútil explicar quem era Buda.

— Para mim só existe o Pai, o Filho e o Espírito Santo! O resto é o diabo!

Mais tarde ouvira-a comentar ao telefone com a sobrinha: "Ela só faz essas coisas para me irritar! Ela sabe que eu sou cardíaca, que não posso me incomodar, mas não tem dó de mim! Escuta, Ana Paula, eu já avisei o Rodolfo e a Bia que quando eu morrer é pra dar pra você aquela minha toalha de banquete da ilha da Madeira... Não, pelo amor de Deus, é sua e está acabado! O que é que o Rodolfo vai fazer com isso naquele fim de mundo? E a Bia vai precisar disso pra quê? Pra enfiar no rabo de um pai de santo?".

Ana Paula era filha de Iracema, sua irmã mais nova. Ela reunia todas as virtudes que sonhara para Bia, principalmente a de ter se casado com um homem rico, em segundas núpcias.

— O primeiro não estava mal de vida, mas na hora em que apareceu o Cidinho, dono de uma companhia de ônibus e nadando em dinheiro, ela não pensou duas vezes. Foi mais esperta do que eu, que fiquei a vida inteira amarrada ao Argeu, que Deus o tenha, mas não tinha ambição, e eu tinha tantos homens de posses atrás de mim! Paciência, fiquei pensando nos filhos e o que me resta? Uma pensão do IPESP e uma filha imprestável pra sustentar!

— Alguém pensou em colocar o *talis* no caixão do Leo? — perguntou Beny.

— O que é isso? — perguntou Lena.

— O xale do *bar mitzvah*.

— Só sei que ele está nu embrulhado num lençol — disse Lena. — Foi a vontade da Flora.

— Mas aposto que ela esqueceu o mais importante.

— A gente não sabe nem se o Leo fez *bar mitzvah* — replicou Lúcia.

— Fez, sim. Eu cheguei a ver as fotos na casa do pai dele no Bom Retiro — explicou Lena.

— Então ele deve ter guardado o *talis*.

— Por que guardaria? O Leo não era religioso — argumentou Lúcia.

— Todo judeu guarda o *talis* para ser enterrado com ele, religioso ou não.

— Será que isso faz tanta diferença? — perguntou Lúcia. — De qualquer maneira, está tudo errado, começando pelo fato de que ele está sendo enterrado em solo cristão.

— Por que é que você está preocupado? — insistiu Lena. — Eu não sabia que você se ligava nessas coisas.

— Eu sou judeu.

— Trata-se de uma conversão recente — brincou Lúcia, maternal.

— Minha mãe é judia, isso basta para me tornar judeu.

— Ele deve estar em crise com o pai — observou Lena.

— Eu não sei se já tive oportunidade de te dizer uma coisa, Lena: não há nada que me encha mais o saco em você do que essa tua subpsicologia de salão de beleza.

— Ele está em crise com o pai — confirmou Lena.

— Por que é que você não gosta de mim? — perguntou Beny.

— Quem disse que eu não gosto? Eu adoro você! — disse Lena.

— Eu não gostei da sua ironia!

— Você ia gostar menos da minha sinceridade.

— Vocês são insuportáveis quando começam a brigar — disse Lúcia.

— Taí uma coisa que sei fazer na perfeição — disse Lena, tristemente. — Brigar.

— Sua tonta — Beny falou amistoso, enlaçando-a.

— Só falta você dizer que no fundo, no fundo, gosta muito de mim.

— Você sabe que eu gosto muito de você.

— Por que você disse pro Leo que eu estava namorando o Pingo?!

— Quantos anos tem essa história? — perguntou Lúcia.

— Quase quarenta — disse Beny —, e ela nem estava interessada no Leo.

— Mas ele era meu amigo, eu não queria magoá-lo.

— Não queria magoá-lo! Você é um trator, Lena. E já era naquela época.

— Se eu fosse um trator, o Leo jamais teria se apaixonado por mim.

— Ele se apaixonou por você exatamente por causa disso. "Ela me lembra a minha mãe", ele falou um dia.

— Não tente se defender. Você é um traidor, minha história com você está repleta de pequenas traições. Você passou anos falando mal de mim, falando mal do Leo e de todo mundo que tentou te ajudar.

Beny enlaçou Lúcia à procura de proteção, e ela o acolheu. Sabia que Lena tinha razão. "Beny é um cara legal, mas inconsequente, leviano e às vezes mal-agradecido", dizia Tito, lembrando-se de que no início dos anos 70 se compadecera de Beny porque ele havia sido expulso de casa pelo pai. Além de tê-lo acolhido no pequeno apartamento em que morava, Tito mobilizou-se para lhe arrumar um emprego, não qualquer emprego, mas alguma coisa com a qual realmente Beny pudesse se identificar. Após várias tentativas junto a amigos editores, finalmente imaginou ter encontrado uma função que lhe caía como uma luva: a de redator de uma revista dirigida ao público jovem. "Qualquer um teria ficado satisfeito, menos Beny. Ele só ficou no trabalho duas semanas, exatamente o tempo de seduzir o office-boy e se mandar com ele de férias para o Rio de Janeiro." Muito tempo depois, ainda se podia ver estampada na máquina de um lambe-lambe do Cristo Redentor uma foto de Beny com o braço em torno do ombro do garoto. Segundo a secretária de Tito, que durante a sua viagem de lua de mel tinha visto a foto, o menino não olhava para a câmara, mas para os pés, orgulhoso de seu tênis importado. Como dizia Caio, "no passado Beny tinha uma linda coleção de canivetes suíços, agora tem uma linha direta de importação de tênis com Porto Stroessner". Tito ficara furioso não com a sedução, mas com a evasão, porque o editor da revista ligara para comunicar que Beny seria demitido por abandono de serviço, "e pelo amor de Deus não me mande mais outra bomba igual!".

— Sabe o que você fez, seu irresponsável? Queimou um contato importante! Sabe quanta gente tá precisando de emprego? Sabe quantos amigos ligam pra mim pedindo pra fazer alguma coisa, qualquer coisa? E você acha que eu posso indicar alguém para esse cara que ficou puto com você?

— Sabe qual é o teu problema, Tito? Você é muito stalinista. Trabalho não está com nada, nenhum sistema que faça a apologia do trabalho está com nada — disse Beny tranquilamente, escudado pela certeza de que jamais precisaria trabalhar. O pai acabara de falecer, e ele havia herdado um cartório no centro da cidade.

— Você entende alguma coisa de pedofilia? — perguntou Adonis.

— Por que é que você imagina que eu entenda de pedofilia? — retrucou Pingo, intrigado.

— Estou com vontade de me debruçar sobre o assunto.

— Por que é que você não pergunta ao Beny? A menos que você pense que o meu gosto por raparigas na flor da idade seja algum tipo de aberração.

— Talvez seja vampirismo, mas estou interessado no aspecto homossexual da coisa. O resgate de uma tradição helênica. Você sabe, entre os gregos isso era comum.

— Eu nunca tive a menor atração por garotos, nem quando era garoto e era comum a gente brincar de troca-troca. Eu preferia brincar com a minha prima Dulce, que morava nos fundos da minha casa e era muito fogosa.

— Eu nunca tive a menor atração por ninguém, nem homens nem mulheres. O meu interesse é puramente profissional.

— Você continua escrevendo?

— Eu nunca parei de escrever — respondeu Adonis prontamente, pensando que jamais interrompera essa prática, nem quando estava internado. Escrevia compulsivamente, desde os seis anos de idade, quando ganhara de sua madrinha "O meu diário", para exasperação de seu pai. "Diário é coisa de mulher!"

— Você continua levantando de madrugada para escrever? — perguntou Pingo.

— Escrevo religiosamente das cinco às onze da manhã de segunda a sexta. O melhor do meu tempo não dou ao patrão.

— Acho admirável essa disciplina.

— Eu preciso dessa disciplina — disse Adonis, reprimindo a vontade de confessar o que na verdade todo mundo sabia: para ele, o ato de existir só tinha sentido quando escrevia. "Nos livros tudo parece perfeito e justo. Vive-se o assombro, o estupor, o arrebatamento, mas não o sobressalto nem o absurdo", dissera a Leo durante um congresso da UPES em 1962. "Ao escrever, eu ultrapasso as minhas limitações. Não sou mais o 'bolão', o sujeito abúlico, atencioso com os pais, o cara que é bom de português e geografia, e no futebol é sempre escolhido para goleiro. Quando escrevo, eu transcendo as minhas pobres circunstâncias e me torno deus."

— O Pedro andou comentando comigo que você está tendo alguma dificuldade para editar seu último livro.

— Eu já estou acostumado com isso — disse Adonis.

— Qual é o sentido de escrever se você não pode divulgar o seu trabalho?

— Um livro só tem sentido no momento em que é escrito — respondeu Adonis.

— Será que o Pedro concorda com você?

— De uma maneira, ou de outra, ele sempre acaba publicando suas coisas. Mas claro, nós dois escrevemos por razões totalmente diferentes.

— Qual seria a razão do Leo? Você se lembra daquele romance que ele escreveu? — recordou Pingo.

— Ninguém sabe se ele efetivamente escreveu o romance — disse Adonis. — Ninguém leu, ninguém viu. Mas havia uma frase que ele costumava dizer: "O livro é bom no momento em que é escrito".

— À primeira vista parece concordar com os seus motivos.

— É exatamente o contrário. O Leo estava se referindo à questão estética, não à questão existencial.

— O cara se fecha um ano naquela casa da Granja para escrever e não escreve nada?

— Claro que escreveu. Mas o resultado deve ter ficado aquém das suas expectativas. Você lembra... o Leo não gostava de nada.

— Ele achava tudo uma bobagem, exceto meia dúzia de escritores. O último livro que o entusiasmou foi *O papagaio de Flaubert*. Eu não tive tempo nem saco pra ler.

— O Leo adorava Flaubert.

— Ele se identificava com Flaubert — retrucou Pingo. — A mesma inadequação, a mesma insatisfação. O cara passava dias à procura da palavra exata. Que se foda a palavra exata! Eu prefiro Balzac, que escrevia pra pagar as dívidas e não ficava perdendo tempo com esse tipo de frescura!

Adonis parou para perguntar a direção do túmulo e percebeu que estava com o cadarço do tênis desamarrado, o que significava que teria que fazer um grande sacrifício para se abaixar e atar novamente. "Não sei como aconteceu, eu sempre dou dois nós", explicou, desolado.

— Eu faço isso pra você — disse Pingo, curvando-se para ajudá-lo.

Adonis apoiou-se em uma árvore, colocou o pé no degrau de um jazigo, e enquanto Pingo, ofegante, amarrava seu tênis, percebeu que isso lhe custava algum esforço e que seu cabelo rareava.

— Pronto — disse Pingo, respirando fundo.

— Você engordou — observou Adonis.

— Estou com o mesmo peso há dez anos.

— Você era mais bem-apanhado — disse Adonis, dando-se conta de que fazia muito tempo que não via Pingo.

— Você está me deixando deprimido. — Pingo caminhou à sua frente.

— Eu nunca vou saber o que é isso. Sentir a minha beleza fenecer.

— Tem coisa pior.

— A virilidade? — perguntou Adonis.

— Também — disse Pingo, detendo-se. — Sobre aquele livro do Leo. Você não sabe o que eu daria pra ver o que ele escreveu.

— Você acha mesmo que esse livro chegou a ser concluído?

— Tenho quase certeza — respondeu Pingo, reiniciando a marcha. — Sobre o que seria, hein, Adonis?

— Para mim só tem sentido se for sobre o próprio Leo.

— Você acha mesmo? Não acha que seria uma espécie de tratado estético-filosófico? Você se lembra de como o Leo era ligado nessas coisas?

— Lembro — respondeu Adonis, vago.

— Vê se anda, senão nem amanhã a gente chega ao túmulo.

— Depois do enterro você se incomodaria de ir com a Flora e comigo à casa do Leo? — perguntou Raquel.

— Tudo bem, mas a gente não tinha combinado de ir pra casa da Lu? — disse Lena.

— Depois vamos todas pra casa da Lúcia. A Flora só vai pegar uns documentos, fechar direito a casa, deve ser rápido.

Lena assentiu. Estava ansiosa para se jogar numa poltrona e relaxar com uma dose de uísque. A casa de Lúcia seria um cenário muito mais ameno, mas não podia se furtar a acompanhar Flora em mais uma etapa naquele dia tão difícil. Caio olhou para trás e piscou para ela. Caminhava ao lado do caixão e não dissera nenhuma palavra desde que tinham saído do velório, o que era um recorde, considerando-se que estava há quase dez minutos sem falar. "Os sacrifícios que a gente faz pelos amigos", Lena apostava que ele diria depois.

— Você está muito razoável hoje — observou Beny. — Será que tem relação com seu reencontro com Ivan?

— Por que é que as pessoas imaginam que eu não sou uma pessoa razoável? — perguntou Lena. — Eu só brigo quando vejo injustiça, ou me sinto injustiçada — completou, lembrando-se de que na última vez em que fizera essa afirmação Bia lhe dissera: "Isso significa que você briga sempre, ou quase sempre".

— Tá bom, sou belicosa porque tenho esse tal de Marte na primeira casa. O que é que eu faço?

Nesses momentos queria se aninhar no colo de alguém, confessar ocultas fragilidades e dizer: "Não sou nada disso que você está pensando, odeio interpretar este papel tanto quanto você me odeia representando este papel". Mas ninguém jamais lhe oferecera colo, nem Leo, nem Guto, nem Ivan, nem Caio, nem seu pai, que se orgulhava de dizer nas festas de família que jamais carregara nada, "nem filhos nem pacotes". Também não os beijara nem os abraçara do modo como os pais geralmente faziam, era um toque distante, como se o contato ameaçasse sua elegância. A imagem mais frequente que evocava de seu pai era ele no fim da tarde, pronto para sair, o terno de tecido inglês bem cortado, os sapatos de cromo alemão rebrilhando como se tivessem acabado de sair das mãos de um daqueles engraxates de rua, a mãe de avental, levando-o solícita até a porta. "Vou visitar um cliente. Não me esperem pra jantar." Lena e seus irmãos se entreolhavam, enquanto a mãe assentia, grata pela desculpa que ele dava. Como os filhos, ela sabia que não havia nenhum cliente para visitar, mas uma mulher, Nena, Vilma, Carmen, Eloá, foram muitas; até o fim da vida saiu todos os dias para visitar suas amantes. Lena desprezava a submissão da mãe, a sujeição, a adulação, o melhor lugar, o melhor pedaço, e ele sempre calado e indiferente, aceitando muito naturalmente que todas as honras lhe fossem prestadas. Quando Lena começou a namorar Pingo, uma noite o pai lhe perguntou aonde estava indo. "Vou visitar um cliente", respondeu. Uma bofetada violenta a prostrou no chão. Os irmãos petrificados, a mãe ajudando-a a levantar-se, "respeite seu pai", os olhos ressentidos cravados no pai, a decisão de sair daquela casa tão logo pudesse se manter. Uma vez vira o pai com um grupo de amigos num restaurante da cidade. Era um homem alegre, falante, exatamente o inverso do que se mostrava em casa. "Ele não gosta da gente", dizia o irmão mais novo. "Então por que não vai embora?" O mais velho garantia que era por causa do ponto da oficina. "Não é em qualquer lugar que se pode abrir uma alfaiataria." Um dia Lena perguntou à mãe: "Você sabe que ele vai ver uma mulher, por que nunca diz nada?" A mãe reagira com espanto e horror. "Como você tem coragem de cravar esse punhal no meu coração?" Ela não queria que ninguém lhe dissesse aquilo que sabia, mas fingia não saber. "Quem está cravando um punhal no seu coração não sou eu, é o papai." A mãe chorando, os irmãos censurando-a, a vizinha chegando e lhe segredando: "Certas verdades nunca se devem dizer". Lena, porém, tinha a sensação de que a ela ninguém poupava. "Como é que você teve coragem de enganar meu pai?", era a provocação favorita de Marina. "Filho é isso! De que adiantam os belos gestos de que fui capaz, mesmo que tivessem sido motivados pela culpa? Isentei o Guto da obrigação de pagar a pensão alimentícia da Marina, emprestei-lhe capital pra abrir um restaurante, liberei-o dos juros e outros encargos financeiros que em tempos de inflação alta significa doação, e daí? Ele até já se casou com outra mulher, mas toda vez que sai com a filha não esquece de lhe dizer que eu dormi com Deus e todo mundo." O que não era verdade.

"Você é igualzinha ao seu pai", a mãe vivia repetindo. Acusação que equivalia a uma espécie de maldição. "Quando ele morreu, eu pensei: 'Graças a Deus não vou sofrer mais', mas esqueci que ele tinha me deixado você." Advertira-a enfaticamente sobre as consequências da sua separação. "Você vai chorar lágrimas de sangue porque outro igual ao Guto nunca mais." "Lágrimas de sangue", "punhal no coração", o vocabulário de radionovela incorporado desde os anos 50 ao seu cotidiano. "Só Deus sabe as 'dores atrozes' que sofri quando o Guto me falou que você andava com outros homens. Igualzinha a seu pai", deplorava, enquanto dedilhava terços e rosários para sua regeneração. "Eu não sou igualzinha a meu pai, eu beijo minha filha, abraço minha filha, sou uma pessoa explosiva, mas afetiva com as pessoas, ele só conseguia ser gentil com estranhos."

Na época em que namorava Guto, o pai tentara estabelecer com ela uma relação de cumplicidade. "Você sabe, a sua mãe é muito religiosa, muito limitada como pessoa e como mulher", disse, oferecendo-lhe um cigarro, "você é uma moça inteligente, esclarecida, eu sou um homem que lê, pessoas como nós precisam de companhia estimulante." Ele estava fazendo esse esforço de aproximação porque supunha que as simpatias dela estivessem com a mãe. "Você está enganado. O meu problema com você não são as suas mulheres, mas a sua secura comigo, o seu evidente mau humor com as pessoas desta casa."

Um dia vira seu pai caminhando ao lado de uma mulher na avenida São Luís, ele segurava a mão dela, conversava muito ternamente, e então, quando chegaram à praça Bráulio Gomes, ele a beijara apaixonadamente. Magoada, Lena concluiu que, afinal, ele era capaz de um olhar terno, de uma carícia pública, sem medo das críticas, do ridículo, era capaz de abraçar, de tocar uma pessoa sem ficar embaraçado ou agastado. Era nisso que pensava enquanto os seguia, não a incomodava o fato de que ele estivesse traindo sua mãe, a traição conjugal era irrelevante comparada à traição de que se sentia vítima. "Por que comigo você sempre foi tão parcimonioso, por que sempre me repelia, sempre o beijo distraído, o abraço relutante, a contínua rejeição, a contínua irritação se traduzindo em todos os teus gestos?" Ele não tinha nascido para ter uma família, explicou. Não aquela família, com aquela mulher que aceitava tão naturalmente a opressão. Suas últimas palavras foram "Deixem-me só". Ele não disse, escreveu precariamente com a mão esquerda, já que o resto do corpo não podia se mover. Ali estava ele condenado até o fim à presença da família que jamais quis ter, os filhos, as noras, a filha, o genro, a mulher condoída com seu estado mas secretamente rezando para que Deus se compadecesse dela e dele e o levasse, e então de repente Lena percebeu o seu desespero, o pai indicava com os olhos um bloco de papel e com a mão esquerda fazia um sinal de que queria escrever. Ela colocou o lápis entre seus dedos, segurou o bloco, e ele escreveu "Deixem-me só". Pela primeira vez teve compaixão de seu pai; era como se essas palavras desvelassem sua alma, sua história; sentiu que de alguma maneira se identificava com ele, finalmente era capaz de compreendê-lo, de estabelecer aquela proximidade que anos antes ele tentara sem sucesso. Lena pediu que todos se retirassem do quarto, ficou alguns minutos sozinha com o pai, apertando sua mão, olhando-o nos olhos, numa despedida emocionada, mas sem concessões. Lamentava que aquele encontro estivesse acontecendo tarde demais, embora lhe doesse mais saber que não poderia ter ocorrido de outra forma.

"De que morreu seu pai, mesmo?", perguntou-lhe Bia. "Derrame cerebral", Lena respondeu. "Cuidado com a sua cabeça, cuidado com o cigarro porque você também pode ter um acidente vascular-cerebral." Imaginou-se num quarto de hospital cercada pela filha, o genro, seus amigos, ex-namorados e ex-amantes, e o nojo da sua existência assomando. "Deixem-me só." Quando seu pai morreu, ligou para Leo e lhe disse que, enfim, compreendia a náusea sartreana. Era exatamente isso que o pai tinha sentido, era isso provavelmente que ela sentirá na hora de morrer. "Você não é uma pessoa muito feliz, Lena", disse Bia. "O seu Saturno é tão mal aspectado..."

Tinham ido passar o *réveillon* em Ubatuba, e Bia retribuíra a gentileza da hospedagem, fazendo o seu mapa astral. "E o amor? Me fala sobre o amor...?" Bia balançara a cabeça.

"Acho que você vai ter uma velhice muito solitária." "Eu acho que a vida inteira fui muito solitária. Não deve fazer muita diferença...", disse Lena controlando-se para não chorar.

— Como foi morar com o Leo na casa da Granja? — perguntou Ucha.

— Foi lindo. Eu jamais sairia de lá se não precisasse. A gente jogava xadrez, lia muito, ouvia música. Depois do jantar ele se trancava no escritório e trabalhava a noite inteira. Às vezes eu ficava assistindo à televisão até bem tarde e ouvia o Leo datilografar. Ele ia até o amanhecer, depois dormia um pouco.

— Sobre o que era o romance? — perguntou Ucha.

— Não sei, ninguém sabe. Nunca me deixou ler uma palavra. Certa vez eu tentei. Ele estava dormindo, e fui xeretar no escritório, mas estava trancado, como sempre. Gozado, porque ele nunca trancava nada, nem a porta da rua, mas com esse livro era uma história muito estranha. Não deixava ninguém ter acesso.

Uma manhã, Bia estava no jardim estirada numa cadeira tomando sol, Leo apareceu de óculos escuros e sentou-se à sombra do ipê. Trabalhara até as seis horas, tentara dormir, mas não conseguira. Bia lhe ofereceu um cigarro de maconha.

— É ótimo para relaxar — disse ela, mas ele recusou. — Você fuma demais, Leo. Nicotina é uma merda pra dar insônia.

A resposta dele foi acender um cigarro.

— Você foi até bem tarde esta noite — Bia observou.

Leo ficou em silêncio.

— Qual é o tema do romance?

Ele não respondeu. Tinha os olhos fixos num banco de madeira e tragava lenta e profundamente.

— Sabe o que é que eu acho? Que não é um romance, são suas memórias secretas, um lado seu que você nunca mostrou.

Ele sorriu.

— O que é que você está escrevendo, Leo? — Bia insistiu.

Ele se levantou, apagou o cigarro, foi para seu quarto e lá ficou o dia inteiro.

— Não saiu para almoçar nem pra jantar nem pra tomar um copo d'água, você acredita? — Bia confidenciou a Lena anos depois. — Por volta das nove da noite abriu a porta, encheu o copo de uísque e se trancou no escritório pra escrever.

Então ela concluiu que era chegado o momento de ir embora.

— Muita gente acha que esse livro nunca existiu. Mas eu estava lá, eu ouvia o Leo datilografar a noite inteira.

— E se fosse um diário?

— Talvez fosse um romance autobiográfico, uma coisa que nos incluía, evidentemente. Algumas pessoas pensam como eu.

— O Leo está escrevendo sobre a gente — dizia Lena. — Ele vai revelar a face hedionda de todos nós.

"Que tolice!", protestava Caio, "imagina se o Leo ia perder o tempo dele escrevendo sobre a gente!"

— Você acha mesmo que ele destruiu esse livro? — perguntou Ucha.

— Não — respondeu Bia. — Talvez esteja escondido em algum lugar.

— Onde?

— Na casa dele, apesar de Flora dizer que nunca viu.

— Alguém foi à casa dele depois que ele se matou?

— A polícia, hoje de manhã — disse Bia.

— Tomara que eles não tenham roubado nada.

— O Leo não tinha nada que despertasse a cobiça. Só livros e discos, e o aparelho de som era muito velho para interessar a esse tipo de gente.

— Ele era pobre — disse Ucha. — Acho que foi o primeiro amigo pobre que eu tive.

— Eu queria uma recordação do Leo, aquele disco do Bob Dylan que a gente ouvia toda hora na Granja.

— Eu também gostaria de ficar com alguma coisa — Ucha falou, mesmo sem saber exatamente o que queria. — Talvez aquele cartaz engraçado do Frank Zappa que ele tinha no quarto...

A primeira vez que o vira considerou-o de profundo mau gosto.

— Quem é esse cara sentado na privada? — perguntara, horrorizada.

— Um amigo — respondera Leo.

— Como é que você consegue transar com alguém com esse porco olhando pra você?

Leo defendeu-o.

— Uma pessoa nessa situação está acima do bem e do mal. Além disso, ele me obriga a refletir sobre a miserável contingência do ser humano.

Ela achara tremendamente profundo.

— O Leo foi o cara mais inteligente que eu conheci. Nossa, se você soubesse o nível das pessoas com quem eu me envolvi — disse Ucha.

— Eu também me envolvi com gente bem desprezível.

Bia olhou para o oeste. O sol começava a se pôr. "Este é o último pôr do sol a que vou assistir em sua companhia", pensou, lembrando-se dos dois na casa da Granja, sentados lado a lado, os olhos voltados para o poente. "Se um dia tiver que morrer, que seja nesta hora", começava Bia, e Leo continuava o poema até o fim.

— Dele você gosta, Leo? — ela perguntara, referindo-se a Pessoa.

— Você acha que eu não gosto de nada, mas não é verdade. Gosto de muitos escritores, diretores, músicos, pintores, artistas em geral, gosto de você, da Lena, da Lúcia, da Raquel, do Adonis, do Tito. Gostava mais do Pedro antes de ele começar a escrever ficção política, do Pingo antes de ele ser professor-doutor, do Caio quando ele era só veado, e não essa merda de veado chique, do

Beny eu sempre vou gostar mesmo sabendo que não dá pra confiar. Mas é a sua natureza.

Lúcia conhecia muitas histórias de irresponsabilidade e ingratidão envolvendo Beny, mas seu afeto por ele nunca se ressentiu. A memória de sua amizade começava no vernissage de Leo na galeria Ars Mobile, quando ambos foram apresentados e, de repente, se pilharam sentados na calçada, falando sobre Baudelaire, Rimbaud e os poetas beats. Lúcia estava preparando a dissertação de mestrado sobre a marginalidade e os pressupostos da criação marginal. Beny lhe abriu a porta de seu mundo, uma dimensão feroz e desconhecida, onde a vida se rege pela fome, todas as fomes, e não há limite para o prazer e para o horror. Ouviu intermináveis histórias de aberrações e perversões, crônicas de saunas, becos e hotéis ordinários. Entrevia um universo cru, despido dos jogos sociais que fazem a vida parecer amena, e reconhecia nas sombras a essência de uma animalidade fascinante e temível.

"Como é que você consegue escutar essas histórias asquerosas?", perguntava Rui. "Nada do que é humano me repugna", respondia. Lúcia sabia que era a única ponte real entre Beny e o mundo ordenado e luminoso, o mundo das pessoas ditas normais. E desde o momento em que soube que a mãe dele fora internada com a doença de Alzheimer, Lúcia teve certeza de que se tornara a única pessoa capaz de amá-lo, apesar de tudo.

— Então eu vou poder entrar na sua casa outra vez? — disse Beny.

— Hoje sim, porque estou sozinha.

— Teus filhos não vão contar pro Rui que eu estive lá?

— O Igor e o Lucas não devem chegar antes das duas da manhã. As meninas provavelmente vão sair pra namorar.

— Daqui a pouco todos eles casam e você vai ficar sozinha com o Rui naquela casa imensa.

"Eu acho que já estou sozinha naquela casa imensa", pensou Lúcia, lembrando-se de que a cena doméstica mais comum nos últimos anos era ela lendo um livro e Rui debruçado sobre uma interminável paciência.

— Se você tivesse morrido, eu me matava — disse Beny.

— Obrigada — disse Lúcia, apertando a mão dele, emocionada.

Era o tipo da frase que desejara ouvir de seu marido, mesmo que não fosse verdade.

Estavam aglomerados junto ao túmulo. O caixão ia sendo colocado na gaveta, e os coveiros preparavam tijolo e cimento para fechá-la. Flora começou a chorar. Bia passou o braço em seus ombros e a consolou, mas Flora não podia dizer que chorava por Leo, embora também chorasse por ele. Chorava a sua avó que jazia na gaveta de baixo, o seu filho a quem teria que contar sobre a morte de Leo, o estresse de todo aquele dia e dos outros em que não havia nenhum cabide para pendurar a sua infelicidade. Pedro colocou-se ao lado de Lúcia e segurou sua mão. Lena sentou-se no túmulo em frente e acendeu um cigarro. Ivan se aproximou.

— Não vejo a hora de tudo isso acabar — ele disse.

— Nem eu.

— Você vai pra casa da Lúcia?

— Antes tenho que passar com a Flora na casa do Leo — Lena explicou com voz cansada. — Vai ser uma barra.

— Vai. Quer que eu vá com você?

— Melhor não, Ivan. É uma coisa tão íntima essa de entrar na casa de uma pessoa que morreu, vasculhar a sua intimidade.

— O que é que vocês vão procurar?

— Documentos, coisas pessoais, vai ser inevitável abrir gavetas e armários.

Ivan assentiu. Olhava para a torre da igreja Nossa Senhora de Fátima e pensava em sua avó portuguesa que todos os anos, invariavelmente, em 13 de maio e em 13 de outubro, o levava lá.

— Se eu tivesse nascido menina meu nome seria Maria de Fátima.

— O quê? — perguntou Lena sem compreender.

— A igreja — indicou com um movimento das sobrancelhas. — Meus pais e minha avó eram devotos.

— Você perdeu os seus pais muito cedo, não é?

— Primeiro foram meus avós. Devia ter por volta de oito anos. Primeiro o velho. A velha não aguentou a dor. Morreu dois meses depois, ninguém nunca soube a causa. Morreu como um passarinho, como se diz. Em seguida foi a vez da minha mãe, que tinha câncer. Meu pai faleceu quando eu tinha doze anos, de infarto. Era muito mais novo que eu, o que significa que tenho que me cuidar.

— Você está ótimo. Muito melhor do que eu — protestou Lena.

Ivan sorriu e poupou-se de dizer "Você também poderia estar", porque julgou desnecessário.

— Se eu fosse homem me chamaria Carlos Eduardo. Minha mãe achava muito chique, mas nasci mulher e me chamaram de Maria Helena.

— Eu gosto do seu nome.

— Durante anos e anos lamentei ter nascido mulher. Passei a maior parte da minha vida querendo ser homem, com amizades predominantemente masculinas, sentindo um desprezo profundo pela maior parte das mulheres, a começar por minha mãe. Antigamente, eu não gostava do gênero feminino, agora acho que elas são infinitamente mais interessantes que os homens. Como diz a Lúcia, finalmente estou aceitando a minha condição.

— E isso é bom? — perguntou Ivan.

— Não sei — Lena deu de ombros. — Às vezes tenho a impressão de ter perdido alguma coisa nestes anos todos.

— Espero que você não resolva se tornar sapatão.

— Quem sabe? — brincou Lena.

— Seria uma pena — Ivan sussurrou.

Lena sorriu. "Não, acho que não corro esse risco", pensou. Lembrava-se do recreio no colégio, sempre cercada de amigos. Leo, Caio, Beny, Pingo e ela tomando cachaça no bar do outro lado da rua, Leo falando sobre *O ano passado em Mariembad*, que tinha visto no dia anterior, "você não pode perder, é fundamental". Era tudo fundamental. Fernando Pessoa, Chett Baker, Charles Morgan, Sartre e Simone, Erich Fromm, o novo cinema, a nova poesia. Pingo jamais se afastava de um livro de poemas de Mário de Sá-Carneiro, mesmo quando ia à rua Guaianazes, onde uma prostituta o atendia entre oito e nove da manhã, cobrando apenas uma média e um pãozinho com manteiga. Um dia confessou a Lena que costumava recitar para ela dormir. "Depois que a gente faz amor, eu me visto, escolho um poema e ela adormece enquanto eu leio." Leo comentara com Beny que Pingo estava prestando um grande serviço à literatura divulgando a poesia na zona de meretrício. Muitos anos depois, aludindo ao "furor e fervor" sexual de Pingo, Leo costumava dizer que ele iniciara a carreira acadêmica na cama e não saíra nunca de lá.

— Você sabia que o Pingo foi meu primeiro homem?

— Quem não sabe? — respondeu Ivan.

— Achei que você não sabia.

— Você mesma um dia me contou.

— Tinha esquecido — disse Lena, procurando recordar as circunstâncias em que fizera a confidência.

— Você também me contou que foi apaixonada por ele.

— Era, mas escondia... ele era a cara do Alain Delon, e a gente fazia de conta que era personagem de filme da *nouvelle vague*.

Lembrava-se de que, depois de ter sido deflorada, erguera-se e caminhara para o banheiro embrulhada num lençol, porque era assim que via no cinema. Na volta, sentara-se ao lado dele e fumara um cigarro. Não disseram nada sobre o que acabara de acontecer, não ficaram de mãos dadas, ela não falou da dor nem ele da sua surpresa. Apenas se encostaram à cabeceira da cama e ficaram ouvindo Charlie Parker tocando *April in Paris*, como nos filmes franceses. Foi num domingo de verão, e teve como cenário o quarto dos pais de Beny, que passavam férias no Guarujá. Beny estava no quarto ao lado com um garoto da primeira série, um nissei chamado Takeo, que vinte anos depois se tornaria presidente de uma grande estatal. Lena se sentira incomodada pela proximidade da perversão, mas se comportara como se tudo fosse uma coisa tão natural quanto parecia nos filmes da *nouvelle vague*.

— A gente é tão idiota quando é jovem.

— Por que você está dizendo isso? Porque o Pingo foi teu primeiro cara?

— Por tudo. Quando penso que era louca por ele e nunca disse "Eu te amo", "Eu adoro estar com você", "Que bom estar apaixonada pelo meu primeiro homem". A gente se comportava como se trepar fosse meramente uma questão higiênica ou estética.

— A gente também era louco um pelo outro e você nunca me disse "Eu te amo".

— Disse, sim. Você não escutou. Disse de muitas maneiras sem falar, mostrei de muitas maneiras que te amava.

— Provavelmente a cagada foi minha — disse Ivan —, de não ter escutado ou entendido.

— Provavelmente — disse Lena, apagando o cigarro no chão. Ao erguer os olhos percebeu que Adonis e Pingo se aproximavam. Fazia quase dez anos que não via Pingo. "Como está velho!", pensou. Havia sido o homem mais bonito da sua geração. "Ele é um deslumbramento!", disse Raquel na primeira vez em que o viu numa assembleia na universidade. Raquel não era bonita, mas sempre gostara de homens bonitos, ao contrário de Lena, a quem a beleza do parceiro incomodava e que a todo momento dizia "Eu não gosto de homens bonitos, gosto de homens brilhantes", o que não era verdade. De outra maneira, não teria se apaixonado pelo Pingo, mas por Leo, que era o aluno mais brilhante do colégio. Mas fora para a cama com o Pingo, um dia depois de Leo ter lhe perguntado na confeitaria Vienense se queria namorar com ele. "Namorar, Leo? Mas isso é tão prosaico!" Ele engolira em seco, queria formalizar a relação, não sabia como e pareceu-lhe natural pedi-la em namoro.

Quando Beny lhe contou que Lena dormira com o Pingo em sua casa, perdeu a cabeça. "Como é que você tem coragem de namorar o Pingo depois de ter dito a mim que acha namoro ridículo!?" Ela não estava namorando o Pingo, explicou, só estava fazendo amor com ele. Além disso, havia amores necessários e amores contingentes: a relação que iniciara com o Pingo não tinha a menor importância, "A nossa, Leo, é de outra natureza, a gente é como o Sartre e a Simone de Beauvoir". Ele sorrira, indulgente. "Words, words, words", limitou-se a dizer. Mas ela se sentiu apavorada com a possibilidade de perder sua amizade.

— Como é que você está? — perguntou Pingo, abraçando Lena.

— Na medida do possível...

— Bendito seja você, Leo, que habitou as sombras!

— Que é isso? — perguntou Adonis.

— É a voz de Beny! — disse Ivan.

— Bendito seja você na arrogância, na paranoia, no delírio, na pretensão de escrever a obra definitiva!

— É o Beny — confirmou Lena, aproximando-se do grupo junto ao túmulo.

— Bendita a sua luz que brilhou para mim e mais uns poucos! Bendito o teu fracasso, o álcool que corroeu as tuas vísceras, a nicotina que envenenou teu sangue, bendita a coragem de cagar pra vida, bendita a morte que te acolheu!

— Ele está improvisando um *kadish*! — sussurrou Adonis.

— Benditos todos os que como você escolheram as trevas, benditos os loucos, os homossexuais, os bêbados e párias de todas as ordens, bendita a solidão, bendito o desespero que fez você cometer finalmente a grande obra da sua vida! — gritou Beny, já em prantos junto ao túmulo.

Lúcia aproximou-se e abraçou-o.

"Que maçada", pensou Flora, olhando para os coveiros que tinham parado de trabalhar para escutá-lo. "Que será que estão pensando? Um cara esquisito num enterro fazendo o elogio da morte." Haviam acabado de murar a gaveta e preparavam-se para fechar o jazigo quando Beny começou a falar. Ia demorar mais alguns minutos até que conseguissem terminar. Ela não aguentava mais.

— Custou, mas ele conseguiu fazer a sua apresentação especial — cochichou Caio a Raquel. — E agora que provou quanto é capaz de emocionar e se emocionar, foi procurar conforto no colo da mamãe.

— Eu achei lindo — disse Raquel com a voz embargada.

— Eu achei uma merda. Uma merda *kosher*, mas ainda assim uma merda.

— Era o tipo da coisa que o Leo teria gostado — continuou Raquel.

— É o tipo da coisa que ele teria odiado — Caio replicou.

— Que bom que ele chegou! — disse Raquel, acenando discretamente para Pingo.

Caio colocou-se ao lado de Flora e passou o braço em torno de seus ombros. Ela usava um perfume doce que ele particularmente detestava, mas, ainda correndo o risco de ficar com enxaqueca, manteve a proximidade. "Que saudade do cheiro da Lena", pensava enquanto via os coveiros fecharem o túmulo, colocando no lugar a grande pedra de granito. Lena só usava perfumes masculinos.

— Acho que acabou — disse Flora, aliviada.

— Vá para casa, encha a banheira de água quente, jogue sal grosso e fique lá dentro pelo menos uma hora e meia — recomendou Caio, distanciando-se do perfume de Flora.

— Eu adoraria, mas não posso. Tenho que ir à casa do Leo, ver documentos, fechar a casa, esse tipo de coisas.

— Posso ir com você? — perguntou Caio, animado.

— Comigo...? — Flora perguntou com estranheza. — Mas é tão desagradável o que vou fazer!

— Eu quero encontrar aquele romance, Flora.

— Não existe nenhum romance.

— Existe, sim. Tem que existir.

— Se vocês estão falando em dar uma passada na casa do Leo, eu também gostaria de ir — disse Adonis. — Se não for muito incômodo, claro.

— Você nunca incomoda, Adonis — murmurou Flora, sinceramente.

— Ele também acha que o romance existe, Flora — completou Caio. — O Tito, o Pedro, a Lena, todo mundo.

— Se vocês insistem — Flora acedeu sem dissimular seu cansaço.

"E essa agora?", pensou, olhando para os coveiros que arquejavam sob o peso da pedra de granito. "Está quase terminando, um pouco mais de paciência, Flora." Rezava para que a segunda parte da jornada fosse mais suave. "Vai ser um convescote com toda essa gente querendo participar da caça ao tesouro", comentou Raquel. "E não existe romance, não sei o que eles imaginam que vão encontrar." Não havia nenhum romance, Flora nunca vira nada, nem uma única lauda, ou pacote, ou caixa, que pudesse abrigar o famoso romance. Ela sabia que não existia romance nenhum porque tivera acesso a todas as gavetas, todos os escaninhos, todos os recantos dos armários. Duas vezes por ano fazia descer todos os livros, todos os manuscritos, matérias para as publicações mais variadas, limpava e voltava a colocar no lugar. E Leo nunca lhe dissera: "Isto não", "Não mexa nesta gaveta", "Não tire nada daquele armário". Ela tinha acesso a todos os seus livros e papéis, bem como todos os amigos. Era só chegar e se servir — livros e discos —, Leo jamais anotava, como ela, o nome da pessoa a quem tinha emprestado um objeto. O que a princípio confundira com desprendimento era apenas indiferença.

— Você não quer nada, não liga pra nada, Leo. Aposto que, se um amigo teu resolvesse transar comigo na tua frente, você faria a maior cara de tédio.

E ele respondera:

— Flora, às vezes você é tão tola.

Não, ele não ficaria ali olhando para ela transando com o amigo: iria para outro cômodo e abriria um livro, ou ouviria uma sinfonia, ou qualquer coisa semelhante. Era isso que ele queria dizer com "Flora, às vezes você é tão tola...".

— Vamos? — disse Bia, segurando-a pelo braço.

Flora assentiu e procurou Raquel. Ela abraçava Pingo, que chorava copiosamente.

— Vamos antes que fechem o cemitério — Flora avisou, ao notar que anoitecera.

— O Adonis me falou que vocês vão dar uma passada na casa do Leo — disse Tito, cuidadoso. — Eu também gostaria de ir.

— E por que não? — respondeu Flora, dando de ombros.

— Mas, afinal, quem vai pra minha casa? — perguntou Lúcia.

— Eu — disse Pedro prontamente.

— Todo mundo vai pra sua casa, Lu. Só que uns vão antes e outros depois — explicou Bia.

— Eu ainda não falei com você — disse Pingo, abraçando Flora.

— Acho que não há muito o que falar.

"Ele era o melhor amigo de todo mundo, seu, da Lena, da Bia, do Adonis, de uma porção de gente, menos de mim", pensou Flora. No entanto, não poderia dizer que fosse seu inimigo. Leo reduzira-se a uma condição — a de ex-marido. Nem podia dizer "pai do meu filho", porque não havia pai mais ausente. Leo jamais tomara a iniciativa de buscar o filho no colégio, de telefonar, ou sair uma vez por semana para jantar com o garoto. Se Flora quisesse que Davi visse o pai uma vez por semana, tinha que levá-lo até a casa de Leo, o que fazia sempre, ainda que irritada consigo mesma por fazê-lo. "Leo, eu não sei por que continuo insistindo em trazer o Davi, você não dá a menor bola pra ele!"

Seu irmão todas as sextas-feiras passava em casa da ex-mulher e levava as filhas para uma pizzaria. Leo nunca levava o filho a nenhum lugar. Ficavam em casa, vendo filmes no vídeo e se alimentando de comida congelada.

— Você está de carro? — perguntou Raquel.

— Não — respondeu Flora.

— Então a gente vai no carro da Lena. Você vai também, Pingo?

— Não, eu ficaria muito emocionado.

— Achei linda aquela sua oração — disse Ucha a Beny.

— Você tem um lenço? — ele perguntou.

— Tenho. — Ucha abriu a bolsa e retirou um pacotinho de lenços de papel. — Sabe como é bolsa de mulher. Tem quase tudo.

Beny pegou um lenço e assoou o nariz ruidosamente. Tinha chorado convulsivamente nos braços de Lúcia depois da sua "oração" e, como ela mesma costumava dizer, aproveitara esse gancho para pendurar outras dores além da morte de Leo. Era para isso que serviam os enterros: para essa catarse pública que acolhia tudo, o antigo e o recente, todas as porradas e humilhações, como a que sofrera pouco antes. Quando chegaram a um recanto discreto no cemitério e Beny começou a acariciá-lo, o garoto cuspira no seu rosto e o chamara de aidético. "Eu não tou a fim de pegar doença de veado podre que nem tu", disse, jogando o dinheiro a seus pés. Beny ficara ali paralisado, vendo-o se afastar. Não pensava em nada, nem em sua miséria. Dois dias antes, um outro menino tinha lhe queimado os braços com um cigarro aceso, roubara todo seu dinheiro e ameaçara matá-lo caso fosse denunciado. Nos últimos tempos só se deparava com a violência, sexo violento e a banalização da morte. "Cê acha que ano que vem eu tô vivo?", certa vez lhe perguntou um garoto de catorze anos.

— Que badaladas são essas? — perguntou Lena. — Da igreja, será...?

— Ou do cemitério, avisando que vão fechar — disse Ivan. — Mas eu devia reconhecer os sinos da igreja, puxa. Afinal, passei boa parte da minha infância comendo bolinhos de bacalhau na festa de Nossa Senhora de Fátima.

— Minha mãe é devota de Nossa Senhora Aparecida. Para ela é a única realmente milagrosa. Ela fez uma promessa pra eu me casar — acrescentou, sorrindo. — Você acredita numa coisa dessas? Uma vela do meu tamanho se eu encontrasse um bom marido.

— E encontrou?

— O Guto era um bom marido — Lena respondeu.

— A Regina também é uma boa mulher.

— Que bom pra você — retrucou Lena, irônica.

— Não quer dizer nada. Bom marido, boa mulher, e daí? Nem você o quis, nem eu a quero.

— O que não impede você de continuar casado com ela.

— *À faute de mieux* — Ivan desculpou-se.

— Conta outra — ironizou Lena, acendendo um cigarro.

— Só falta você me dizer que se separou do Guto por minha causa.

— Eu não me separaria de ninguém por sua causa. Não acho que você valha esse investimento.

— Você não está sendo muito cruel, Lena?

— O problema é que pessoas como você sempre confundem franqueza com crueldade.

— E o problema de pessoas como você é imaginar que a franqueza seja uma grande virtude.

— Já estou velha o suficiente para saber que não é, mas é assim que eu sou.

— Posso ficar com vocês, ou estou atrapalhando? — perguntou Bia.

— Você nunca atrapalha — disse Lena.

"Atrapalha, sim", pensou Ivan, que se preparava para dizer "Você não é assim", quando Bia chegou. E agora Lena iria para a casa de Leo e quando se reencontrassem, mais tarde, talvez não houvesse oportunidade para lhe dizer quanto ela podia ser amável. "Pense bem, Lena. Teria sido impossível a gente manter uma relação tão longa se você não tivesse me revelado a sua doçura e suavidade quando a gente fazia amor." Havia em Lena particularidades tão surpreendentes que contradiziam sua dureza. Na cama, ela se entregava e, apesar de fogosa, amava quase silenciosamente. Não gritava, não falava, não comandava, dela apenas se ouvia o rumor de sua respiração acelerada, discretos gemidos de prazer durante o orgasmo. "Que alívio", ele pensou na primeira vez. Imaginava que ela fosse ruidosa, mas felizmente esse receio se dissipara. "Que bom que você não xinga, não berra, não diz coisas. Eu odeio mulher barulhenta. Passei a minha adolescência inteira ouvindo os berros da minha cunhada trepando com o meu irmão mais velho no quarto ao lado. Uma vez uma vizinha chegou a chamar a polícia."

Ivan costumava falar sobre sua infância, do tempo em que seus pais e avós eram vivos. Da sua adolescência não comentava nada, porque era imediatamente remetido para a rua Visconde de Sarzedas e por alguns minutos voltava a se sentir aquele menino desajeitado, envergonhado, apesar dos esforços do irmão para que ele se sentisse à vontade. "Por que você não fala nunca do tempo em que morava com o seu irmão?", Lena perguntara uma vez. Ivan se empenhava tanto em esquecer esse fato que às vezes tinha a impressão de que não vivera com seu irmão, apenas dormira lá. Dava graças a Deus de existir o salão de beleza, de ter essa desculpa sempre pronta quando o irmão lhe perguntava o que fizera naquele dia. Mas passava o dia inteiro fora, na escola ou no cinema, vendo o mesmo filme durante três sessões, para não ter que voltar para casa. Ivan ficava rubro de vergonha quando olhava para sua cunhada e se lembrava dos gritos na noite anterior.

"Eu também odiava voltar pra casa. Odiava a sujeição da minha mãe, a incorporação do papel de vítima perene do autoritarismo do meu pai", confessara-lhe Lena.

— Você se lembra de como a gente se sentia à vontade para falar sobre os nossos problemas? — perguntou Ivan.

— Lembro-me de que muitas coisas importantes ficaram sem ser ditas. Lembro-me também de que a gente se sentia muito à vontade para falar da infância, do trabalho, do casamento, e muito defendidos e travados quando se mencionava a nossa relação.

— Apesar de tudo, eu te amei do modo mais sensível — repetiu Ivan, apertando sua mão.

Suspeitava estar novamente apaixonado por Lena, ou pelo menos tão atraído por ela que o fato de terem que se afastar por algumas horas o deixara sombrio.

— Como vai a vida? — perguntou Lúcia.

— Uma merda — respondeu Pingo.

— Você que teve alguma formação religiosa sabe por que o suicídio é considerado uma abominação em quase todas as religiões?

— Sei que na religião católica é um pecado mortal — disse Pingo.

— Eu também, mas por quê? — insistiu Lúcia, percebendo que Beny se afastara e juntara-se a Flora e Raquel, porque não admitia dividi-la com Pingo.

— É um pecado contra a caridade que o suicida deveria ter consigo mesmo.

— Em outras palavras: o indivíduo deve ter pena de si mesmo.

— Não tem a ver com autopiedade, tem a ver com generosidade. Por que todas essas perguntas? Você está pensando em se matar?

— Quem sabe? Toda a nossa geração namorou a ideia da morte. Lembra o início dos anos 60, quando o desespero estava na moda e o suicídio, dizia-se, era a única grande questão do nosso tempo?

— Lembro-me muito bem de um personagem de *A doce vida,* Steiner, acho que ele era um crítico. Ele se mata e à sua família para não ser vítima do holocausto nuclear. Lembro-me também de *Le feu feuillet*, do personagem de Maurice Ronet.

Lembrava-se ainda de que tinha visto esse filme com Leo e que na saída tinham ido ao Barba Azul e a noite inteira não conseguiram falar de outra coisa a não ser de suicídio. "Não se esqueça de Camus", dissera Leo, "o suicídio é a única saída digna para o absurdo existencial." Pingo dizia que havia outra saída, o caminho da revolução, que viria com a aliança dos trabalhadores com a burguesia. Professava as teses do Partido, embora não fosse filiado, e não compreendia como alguém como Leo podia continuar niilista em tempos tão exaltados. "Eu não estou com vocês, nem com a 'uisquerda', nem com os novos propedeutas da direita, nem com nenhuma facção farisaica. Eu quero ter o direito de me entregar a todos os delírios estéticos sem o risco de ouvir um discurso sobre os perigos da alienação."

— Por que é que você está tão preocupada com o suicídio? No teu caso seria muito simples: era só não fazer quimioterapia.

— Eu simpatizo com o voluntarismo que envolve o gesto. É diferente de ser vítima de uma doença.

— Lu, dá pra gente mudar de assunto? Estou odiando este papo!

— Você tem medo da morte?

— Eu??? Nos últimos tempos não tenho pensado em outra coisa, mas sou muito covarde pra esse tipo de decisão.

— Qual é o problema, Pingo?

— Estou broxa. Cada vez que vou pra cama com uma mulher e não consigo, tenho vontade de me matar.

— Você já consultou um médico? — perguntou Lúcia.

— Vários, inclusive um colega seu.

— Tente outros, um bom urologista pode ter uma solução.

— Tem. Uma prótese de silicone.

— Deve haver outras soluções.

— E há. É só a Raquel voltar pra mim. Meu problema é cabeça, Lu, eu sei que é cabeça e sei que está ligado a Raquel.

— Eu imaginava que você fosse um grande garanhão.

— Todo mundo imagina, mas não sou mais. No momento estou vivendo apenas da minha reputação.

Por força do hábito continuava exercendo o dom-juanismo entre as alunas da graduação, da pós-graduação, suas colegas e orientandas de doutoramento. Escrevia bilhetes, obsequiava com flores, livros, cestas de frutas, poemas de amor, nos quais sempre havia um verso sublinhado. Telefonava, fazia convites surpreendentes às sete horas da manhã: "... a noite inteira pensando em você, não aceito ficar nem mais um minuto tão longe... já tomou café...?". Era capaz de fazer esse tipo de proposta a uma mulher pela qual não tinha o menor interesse e que apenas abordara porque era bonita, ou tinha um corpo bonito, ou por qualquer outro atributo visual. Quase sempre elas se apaixonavam por ele. Quase sempre as levava para a cama, esperando que se operasse o milagre do renascimento do grande amante. E porque isso jamais acontecia, quase sempre, também, elas se sentiam responsáveis pelo seu fracasso. "Acho que a culpa é minha", diziam. E ele nunca negava. Apenas respondia ambíguo: "O mais importante é que eu e você estamos juntos". Outra tática era ligar ou escrever no dia seguinte dizendo que o encontro tinha sido "mágico e inesquecível", o que as deixava invariavelmente atônitas. Num seminário em Porto Alegre, uma colega com quem passara algumas horas lhe dissera: "Espera aí, você tá querendo me dizer que trepou comigo...? O que é que você pretende com esse jogo maluco? Me enlouquecer...???". Obviamente, a sua tática não funcionava com todas.

— Sabe o que é que eu acho, Lúcia? Com a Raquel seria diferente.

— Por quê? Por que ela se tornou mais desejável, por que o fato de ela estar sempre com um namorado jovem aciona a sua libido, por que descobriu que está apaixonado por ela?

— Não sei, por tudo isso talvez...

— Já conversou com ela sobre o assunto?

— A Raquel me acha um bosta. Eu também me acho um bosta perto dos roqueiros dela, fisicamente, é claro, porque estou gordo, velho e começando a ficar careca...

— Realmente, você é um bosta se continuar pensando assim.

— O que atrai duas pessoas, Lu? — perguntou Pingo.

— Eu sei cada vez menos sobre isso, mas certamente a beleza tem muito pouco a ver — disse Lúcia, pensando que durante a sua doença os homens a seguiam na rua. Sabia cada vez menos sobre motivos e impulsos, sensações voláteis como a felicidade, sentimentos concretos como o desejo.

— Lu, eu tenho pavor de envelhecer, ficar esclerosado e incontinente, sem ninguém ao meu lado pra cuidar de mim.

— Por que é que você acha que isso vai acontecer com você?

— Porque meu pai morreu assim.

— É por isso que a Raquel se tornou tão preciosa e desejada, Pingo?

— Não aguento mais ficar sozinho.

— Nem eu — disse Lúcia.

— Você se separou do Rui?

— A gente continua junto, mas de certo modo estamos separados.

— Todo casamento tem suas crises, Lu. Isso passa.

Lúcia reconheceu na resposta superficial e apressada de Pingo o típico embaraço masculino de entrar no terreno das confidências conjugais. Mas não se importou. Há muito tempo percebera que dava no mesmo falar ou não falar dos problemas que a consumiam. Ela não via mais claro nem se sentia mais aliviada porque na verdade, por mais que se esforçasse em ser exata, as palavras jamais alcançavam a dimensão do que estava sentindo. Quando escutava o som de sua voz parecia ouvir um idioma estrangeiro falado por um principiante. A linguagem era pobre, as palavras nunca eram as certas, como dor e angústia, por exemplo. Só usava essas palavras pelo sentido aproximado, sabia que eram insuficientes para se expressar. E, por serem insuficientes e imprecisas, às vezes tinha a impressão de que não estava falando de si, mas de outra pessoa com uma problemática infinitamente mais amena. "Ainda estou apaixonada pelo Rui." "O Rui e eu fomos tão felizes." "Eu não estou mais apaixonada pelo Rui." "O Rui e eu não temos mais nenhuma chance de ser felizes." "Estou perdida." "Eu não quero isso que me está sendo oferecido." "Eu não aceito nenhuma dessas hipóteses." O que quer que dissesse, não tinha sentido. Eram apenas sons lançados a esmo.

— O que é que esse pessoal imagina que vai encontrar na casa do Leo? — perguntou Beny.

— Não sei — respondeu Flora, aliviada porque Beny não fazia parte da comitiva.

— Eu achei lindo aquilo que você falou no túmulo — comentou Raquel.

— Eu queria dizer o *kadish* do Allen Ginsberg, ou um trecho do *Catcher in the rye*, queria que ele soubesse que sou grato, queria dizer que o melhor ficou lá atrás, quando éramos muito jovens, quando ainda tínhamos muitos sonhos, quando imaginávamos pertencer a uma puta geração!

— Eu ainda acho que é uma bela geração — retrucou Raquel.

— Eu vou dizer quem se salva na nossa geração: os músicos. Caetano, Mick Jagger, Bob Dylan, a poesia só subsiste nas letras das canções, a melhor poesia não está mais nos livros. O Leo tinha razão quando desancava a literatura. A literatura morreu!

— Nada morreu, Beny — disse Flora. — As coisas não são excludentes, elas se acrescentam.

— A nossa ótica pertence ao universo de Gutenberg! Isso já acabou! Pega um garoto de treze anos, pergunta se ele lê. Ele não lê nada, o negócio dele são *kits* eletrônicos, fliperama, videogames, computador!

— Sabe o que esse papo me lembra? Apocalípticos e integrados, aquelas conversas antigas da década de 60 — disse Bia se aproximando. — Não é nada disso, Beny. A humanidade está indo na direção da luz, esses meninos pertencem à Era de Aquário, eles vão ter outros valores, mas são valores transcendentais!

— Bia, você acredita mesmo que essas coisas têm algum fundamento? — perguntou Beny, espantado.

— Você tem a Lua em Capricórnio, a Lua dos poetas e dos suicidas. Tome cuidado.

— Como é que você sabe que eu tenho a Lua em Capricórnio?

— Porque fiz seu mapa. Uma vez, sua mãe me disse a hora em que você nasceu.

— Você me desculpe, mas se tem uma coisa com que eu tenho a maior dificuldade de lidar são os fundamentalistas. Quaisquer que sejam eles, religiosos ou políticos — disse Beny, afastando-se.

— Onde é que está mesmo a minha Lua? — perguntou Raquel.

— Em Touro — respondeu Bia.

— E isso é bom?

— Olhe pra você — respondeu Bia, temerosa de que tivesse magoado Beny. Ela desejava mobilizar os melhores sentimentos em todo mundo, pois isso se traduzia em energia positiva, e acabava revertendo em seu favor. Pela mesma razão, afastara-se discretamente de Lena e Ivan ao perceber que sua presença constrangera os dois. Aos olhos de Beny, podia continuar "fodida", mas dentro da sua alma estava em paz. "Integrada no cosmo", como tentara explicar à mãe quando, no dia anterior, ela interrompera abruptamente sua meditação.

— Você morreu ou só tá dormindo? — perguntara-lhe dona Iraci, com uma vigorosa sacudidela.

— Não faça mais isso — disse Bia, assustada. — Eu estava meditando, é um momento muito delicado, o metabolismo baixa, e agindo assim você me descompensa.

— Se é perigoso pra saúde você não devia fazer! — contra-atacou a mãe.

— Não é perigoso para a saúde. É muito bom para o corpo e para a alma. Durante a meditação eu fico integrada ao cosmo.

Dona Iraci sacudira a cabeça, desanimada.

— Diz que tem um padre exorcista na igreja de São Gonçalo que é uma verdadeira sumidade. Se eu fosse você, ia me benzer, porque pra mim você está com algum encosto.

O seu desenvolvimento espiritual se processava com uma rapidez tal que, nos últimos tempos, era capaz de ouvir as coisas mais absurdas de sua mãe e se manter absolutamente imperturbável.

No escrito latejava minha dor,
surgiam cães com raiva,
vicejavam flores selvagens, assim
cristalizadas em papel perecível.

Renato Pompeu

2

— *Passagens*. Eu ganhei um livro chamado *Passagens* quando fiz quarenta anos. Teve alguém que achou que eu não estava numa boa. Eu estava ótima. *Passagens*. A experiência dos outros nunca me ajudou. Nem a boa nem a má. Muito menos a de uma conselheira americana — acrescentou Ucha.

— Nem sempre o que é bom para os Estados Unidos é bom para o Brasil — observou Pedro, abrindo a porta do carro para ela.

— Obrigada — agradeceu, encantada. Havia alguns anos que ninguém lhe fazia mais esse tipo de gentileza.

— Eu sei que falo demais, mas quase nunca falo com ninguém, é por isso que fico tão ansiosa pra falar e ouvir.

— Você não trabalha?

— Eu sou *freelancer* — disse Ucha, desanimada. — Faço produção de moda de vez em quando para um fotógrafo amigo meu.

"Sabe há quantos dias não trabalho?", ela pensou em lhe dizer. "Vinte e dois. Dois patinhos na lagoa. Bingo! Mas eu sei que vai pintar trabalho, se Deus quiser, tem que pintar. O Miltão vai ligar. Não é que ele me considere uma puta profissional, mas, em homenagem aos velhos tempos, uma vez ou outra ele me dá uma colher de chá. Ele me chama de perua. Quando me fotografava eu era gata. 'Aquele sorriso, gata. Mistério, tesão, gata!' Agora é — 'ó, perua, tá muito devagar! Como é? Achou a locação, ou não achou?'"

— Quem é esse fotógrafo? — perguntou Pedro.

— O Miltão, você conhece?

— De vez em quando ele faz uns trabalhos pra gente — disse Pedro.

— Ele é um cara legal. Um amigão. Quando estou na pior é só ligar pra ele e pedir trabalho. É capaz de dispensar uma produtora muito melhor do que eu só pra me ajudar.

— Por que é que você não tenta a carreira de atriz?

— Porque não é a minha. Eu até que era bem convincente fazendo papel de grã-fina. Bastava vestir uma roupa de bom corte e ficar com um copo de vinho na mão. Ou uma taça de champanhe. Eu tinha mãos muito bonitas.

— Você ainda tem — disse Pedro, sem olhar para as mãos de Ucha, mas sentindo que ela precisava de uma palavra gentil.

— Imagina — respondeu ela, tocada pela delicadeza. — É claro que posso fazer um curso de arte dramática, por que não? Até faria se gostasse mesmo de ser atriz. Mas não gosto. Também não gostava tanto de ser modelo, mas era uma coisa que eu sabia que fazia bem e sempre me sinto legal quando experimento a sensação de competência. Na verdade, ainda não sei o que gostaria de ser ou o que gosto realmente de fazer. Estou enchendo o teu saco?

— Não — reafirmou Pedro. — Estou achando um barato.

— Antigamente eu gostava de trabalhar com gente divertida e me divertia muito enquanto trabalhava. Morria de rir. Eu adoro rir. De vez em quando ainda consigo rir — disse Ucha, pensando que não fazia mais isso com a mesma convicção ou o mesmo sabor do passado. Era bom rir quando, além da razão que a fazia rir, tinha outras razões para se alegrar. Agora, porém, só havia a razão imediata que provocava a gargalhada. Não existia nada à sua frente capaz de fazê-la perdurar, apenas a sensação de alegria momentânea, tanto mais fugaz quanto maior fosse o seu desespero para reter aquela sensação.

— Eu não sou muito de rir — disse Pedro. — Mesmo quando estou realmente me divertindo.

— Teve épocas em que fui muito feliz, me divertia no trabalho e com os amigos. Me divertia. Essa era uma palavra-chave para mim. Eu precisava constantemente me divertir. Talvez a felicidade não tenha muito a ver com isso, mas na minha cabeça eu só me sentia feliz quando me divertia. Eu não tenho uma grande vida interior — explicou.

— O que é que você costuma fazer quando não está trabalhando?

— Vou ao cinema — disse Ucha. — No momento é a coisa que mais me dá prazer. Vou quase todos os dias. Eu sento, fico esperando as luzes se apagarem e na hora que o filme começa esqueço totalmente de mim. Por duas horas a minha vida fica suspensa. Acho ótimo ficar fora de mim. Eu não sou mais uma companhia interessante para ninguém, nem para mim mesma. Acho que só estou viva porque há sempre outro filme pra ver amanhã.

— Já pensou em fazer algum tipo de terapia? — perguntou Pedro sem convicção.

— Eu não preciso de terapia, preciso de companhia. Eu sei que trabalho nunca vai me faltar. Pode não ser o que eu quero, mas sempre vai pintar alguma grana. Uma mulher que joga búzios falou que eu nunca vou acabar na sarjeta, porque sempre vai ter alguém que vai me chamar pra fazer alguma coisa. Eu só não aguento o ar de pena do Miltão, a vontade de me ajudar, isso é um pouco o espelho da minha decadência, entende? Mesmo que eu não gostasse tanto de ser modelo, ou atriz, o trabalho me conferia uma identidade. Eu era alguém. Agora não sou mais.

— Compreendo — disse Pedro, incomodado com a conversa. Queria chegar logo à casa de Lúcia, queria que Ucha mudasse de assunto, de preferência para algo bem leve e bem fútil, qualquer coisa que não o fizesse lembrar a todo momento sua própria condição.

— E você? O que faz quando não está trabalhando? — perguntou Ucha.

— Leio — respondeu Pedro, mentindo. — Também vou ao cinema — ele continuou a mentir. Na verdade, saía raramente e não fazia nada, exceto assistir à televisão. Ia para a cama cedo, abria um livro e dormia no primeiro parágrafo. Dormia imediatamente e cada vez mais e mais.

— Imagino que você deva ter um monte de amigos que convidam sempre para programas incríveis.

— Muitas pessoas imaginam isso.

Entretanto o telefone tocava muito pouco, seus amigos o procuravam cada vez menos desde que os aplausos tinham cessado.

Às vezes se perguntava se não estava sendo punido pelo pecado da *hibrys*, a soberba tão estreitamente ligada ao sucesso. Lembrava-se da sua primeira fã, uma mulher que escrevera logo após o lançamento de seu primeiro livro. A paixão da leitora, a curiosidade, o desejo de proximidade com o romancista, uma fã movida pela fantasia e pela ficção. "Sou sua admiradora", ela escrevera, e no fim deixara seu número de telefone. "Sou sua admiradora", repetira com sua voz grave e cálida, "gostaria de conhecê-lo". E porque ele também tinha sido movido pela fantasia e pela ficção, sucumbira à tentação de conhecer aquela mulher aficionada, devotada, embora não soubesse como reagir, como se comportar ou o que dizer. "Sou sua admiradora", ela disse, estendendo a mão. Que bom que era aquela mulher de meia-idade, de rosto maduro e olhar experiente. Mas o que faria com ela?

— Meu nome é Anita. Sou uma mulher muito comum. Fui casada vinte anos com o mesmo homem, me separei, tenho dois filhos adultos, trabalho no Tribunal de Contas, adoro ler, e você realmente me cativou desde a primeira linha... gosta de Saint-Exupéry? Ele diz que a gente é responsável por quem cativa — acrescentou com um sorriso repleto de intenções.

Ele não gostava de Saint-Exupéry, não queria a responsabilidade de cativar ninguém nem de ser fiel à imagem que ela construíra a seu respeito. Ao mesmo tempo receava que ficasse decepcionada com ele.

— Você é muito amável, Anita — respondeu gentilmente. Mas nunca mais atendeu aos seus telefonemas.

Na sua primeira noite de autógrafos, uma jovem dissera desapontada:

— Nossa, eu imaginava que você fosse completamente diferente!

Ele não era afinal aquele homem seguro que ela havia esperado. Apenas um cara tímido, quase pedindo desculpas por estar ali, sentindo-se muito grato porque as pessoas tinham ido comprar seu livro. E havia sido tão poucas naquela noite em que chovia a cântaros. Não que fosse tão tímido ou modesto na vida real, mas as situações em que se reconhecia indefeso, ou acossado, o deixavam assim. Nunca se defendera verdadeiramente dos ataques de Leo, nunca lhe dissera o que sempre pensou: "Olha aqui, para de encher o meu saco dizendo que eu sou medíocre, porque o teu problema comigo não é estético, mas puramente afetivo. Você morre de inveja de mim! Não tanto porque eu sou um sucesso! Mas porque consegui realizar alguma coisa e você não conseguiu realizar porra nenhuma!". Por que jamais o enfrentara? Por que sempre se intimidara, se justificara, se desculpara? Porque Leo descobrira antes o que todo mundo só iria descobrir depois? Havia uma pergunta que tinha que fazer a Lúcia. "Você acha que eu sou uma fraude?" Quando a fizera a Pingo, ele respondera:

— Claro que não, você tem um lugar importante na literatura de resistência, você pode não ter escrito *Grande sertão: veredas*, mas a tua obra reflete um período histórico.

A resposta de Pingo era perturbadora porque o inscrevia num tempo passado e tornava sua produção atual absolutamente irrelevante.

— Onde é que está o teu carro? — perguntou Tito.

— Com os garotos. Usam em dias alternados. De vez em quando eu uso o da Regina, mas ela ia precisar — respondeu Ivan.

— Não deu pra comprar o terceiro carro?

— Nem pensar, e você sabe como é essa meninada hoje em dia. Ninguém mais quer saber de andar de ônibus. Eu andava de bonde, de ônibus, até de trem quando meu irmão se mudou pra Santo André, mas os fresquinhos só querem saber de automóvel.

— A cidade é outra, Ivan — disse Tito, pensando nos filhos e na preocupação constante com Iara, que estudava à noite e dependia de transporte público. — E nós estamos pobres. Se lembra do tempo em que a gente tinha um ano de salário na poupança pra sobreviver a um passaralho? Agora não dá nem para acabar o mês, quanto mais comprar carro pra filho.

— A tua situação ainda é melhor que a minha. Esse negócio de trabalhar para o governo só dá certo dependendo do escalão.

— Eu não sei se a minha situação é melhor que a sua. Estou ouvindo falar de reformulação, rejuvenescer o jornal, você sabe o que isso significa para um cara da nossa idade.

— Mas eles têm que manter meia dúzia de caras como você pra ensinar essa moçada a escrever.

— Você não sabe o que é essa moçada, Ivan. Não têm informação nem educação nem sensibilidade. Mas são de uma arrogância! A maioria deles chega à redação achando que não precisa aprender nada, te olhando de cima. Não conseguem escrever um texto de cinco linhas sem erros de ortografia e de concordância, mas a prentensão, rapaz! "Se tiver problema, o computador corrige." Lembra da gente, pô? A gente era foca humilde, ficava ali grudado no Cláudio, ou no Samuel Wainer, seco pra aprender com eles.

— Será que a gente não está ficando velho, Tito? Sei lá, alguma virtude eles têm que ter.

— Têm, diante de um computador. Mas você não pensa com o computador, pensa com palavras, e o vocabulário desses caras é indigente.

— Eu gosto de bater papo com o meu filho mais velho — disse Ivan, suspeitando que a irritação de Tito com os jovens tinha muito a ver com o medo de perder o emprego.

— Eu também gosto de bater papo com o Carlinhos, mas o meu garoto é diferenciado. Ele lê, é politizado, milita, pensa!

— Então, como você pode ver, o mundo não está perdido — arrematou Ivan, tentado a perguntar a Tito: "Você não acha que ele é assim apenas pra encher o saco da mãe dele, que se separou de você por causa de tudo isso?".

— A Iara também é uma menina legal. Foi pra Cuba no ano passado e adorou.

— Dizem que as praias são maravilhosas — observou Ivan, sabendo que Tito ia contra-atacar.

— Mas a minha filha não foi a Cuba pra ir à praia! Ela foi ver de perto a experiência socialista.

— Eu também gostaria de ver antes que acabe.

— Mas não vai acabar! Não pode acabar! — protestou Tito. — É o único lugar da América Latina onde o indivíduo se sente realmente cidadão.

— O socialismo não vai permanecer apenas por ato da sua vontade, ou da vontade dos cidadãos, Tito. O buraco é mais embaixo, e você sabe disso!

— Mas a população vai resistir! Eles estão se preparando para resistir!

— Eles vão é morrer de fome sem a grana da União Soviética! E Tito, cá entre nós: qual é a diferença entre o Fidel e o Garrastazu Médici? A cor da farda.

— Você está maluco! Como é que tem coragem de fazer uma comparação tão idiota!... Você foi preso durante a gestão do Garrastazu! Eu fui preso! Amigos nossos morreram e outros se exilaram!

— Uma porção de gente também foi presa e morreu em Cuba, Tito!

— Você está defendendo a ditadura brasileira? — interpelou Tito, indignado. — Como é que você pode ser tão canalha, tão vendido, tão filho da puta?!

— Eu não defendo nenhum ditador, nem de direita nem de esquerda, esta é a nossa diferença!

— Nós temos muitas diferenças, Ivan. Algumas são absolutamente irreconciliáveis!

— Sem dúvida, temos diferenças. A grande vantagem da democracia é o exercício das diferenças!

— Você defendendo o Garrastazu...?! Eu não posso me conformar!

— Eu não defendi o Garrastazu, só estava querendo dizer que o Fidel é tão filho da puta quanto ele!

— Mas não é assim! Veja o que o Garrastazu fez pelo povo brasileiro e veja o que o Fidel fez pelo povo cubano! Eu estive lá! Ele é adorado! Adorado!

— Que bom pra ele — ironizou Ivan, querendo mudar de assunto.

— Um cara com o teu passado não pode defender um ditador!

— É o que eu estava tentando dizer a você!

— Você está totalmente equivocado — disse Tito, naquele tom que lhe recordava as reuniões políticas do final dos anos 60: "O companheiro está equivocado". Qualquer um que levantasse dúvidas, ou opusesse argumentos, estava "equivocado". "Equivocado por quê?", perguntara Leo numa dessas reuniões. "O companheiro precisa estudar Marx", responderam. "Que Marx? São vários. O do *Capital* ou do *18 brumário*?", insistira Leo. "Todos", aconselhara o companheiro. "Então eu suspeito que não poderei vir nas próximas reuniões, pois passarei os próximos anos dedicado à leitura de Marx!", respondera, o que foi interpretado pela maioria da assembleia como "provocação".

Ivan ficara fascinado com Leo, que enfrentara todo mundo como se não tivesse nada a perder. Ele partilhava da mesma opinião, mas não tinha coragem de se expor com medo de ser apontado como traidor, ou reacionário. Na saída, porém, discretamente procurou Leo para lhe dizer que pensava como ele. "É mesmo? E por que não falou?", perguntou Leo. "Cagaço", havia respondido. Leo apreciara sua franqueza e o convidara para um chope. "Eu não sei por que é que insisto em frequentar essas reuniões," Leo comentaria então, "a cada vez eu acho que vai ser diferente, que na célula tem gente de alto nível, mas em grupo todo mundo se nivela por baixo". Ivan concordara, mas, da mesma forma como não tivera coragem de se erguer para se alinhar às posições de Leo, aceitara participar da luta revolucionária.

— Eles dizem que são a vanguarda, mas não hesitariam em dizer a Chostakovitch que a sua música estava divorciada do gosto das massas. O problema nunca é o princípio da coisa, mas o caminho para onde esse tipo de coisas sempre conduz — disse Leo.

Tinham ficado horas trocando ideias e se separaram com a promessa de se encontrar mais amiúde, mas na semana seguinte diversos companheiros criticaram severamente a insubordinação de Leo, e Ivan passou a evitar seu contato. Quando cruzava com ele, cumprimentava-o sem efusão, logo abaixando os olhos, sentindo-se um canalha. "Um pequeno canalha", dissera Leo, quando se encontraram numa reunião do sindicato, em meados de 72, poucos dias depois de Ivan ter saído da prisão.

— Se você não acreditava, por que entrou? Por que passou a me evitar depois daquela reunião? E tudo aquilo que você me disse no Riviera? Era mentira?

Não, não era mentira. No fundo do seu coração, Ivan não acreditara nem por um momento nos movimentos armados nem em nenhuma facção revolucionária, apesar de ter dado sua contribuição. Ao ser preso, em 71, sentira-se personagem de um romance do absurdo. Era absolutamente insano que tivesse arriscado sua vida por uma causa que nem o empolgava nem o interessava. Como Leo, era um cético, mas ao contrário dele não queria ser acusado de ficar em cima do muro.

— Lévi-Strauss tinha razão. País que só consagra o presente não tem futuro — afirmou Caio.

— Ele disse isso? — perguntou Adonis.

— Não com essas palavras, mas dá no mesmo. Aquela história de ele ter dito que as nações tropicais passam do nascimento à decadência sem jamais ter conhecido o apogeu.

— Por que é que você está dizendo isso?

— Estava pensando no Leo. Uma vez perguntei por que ele não tinha uma produção literária regular, como o Pedro, e ele disse que este país era uma cilada para os escritores.

— Não só para escritores — completou Adonis, enquanto olhava as pessoas na paisagem urbana.

— O problema é que os escritores são pessoas muito sensíveis, muito vulneráveis. Eu acho que uma das razões pelas quais me consideram um editor de sucesso é porque sei afagar egos combalidos, aliás muito justamente combalidos, porque não há nada mais frustrante do que escrever neste país.

— Não sabia que Lévi-Strauss tinha falado sobre isso.

— Não é que fale exatamente sobre isso. Mas você se lembra do prefácio de *Tristes trópicos*, quando ele fala da sociedade paulista dos anos 30, aquela história de prestigiar a vanguarda mais recente, esquecendo-a imediatamente quando surge uma próxima? É assim que são as coisas não apenas nesta cidade, mas neste país. Episódios. A produção cultural é absolutamente episódica. O horror pela obsolescência é tamanho que o que está acontecendo hoje parece não ter a menor relação com o passado. O furor pelo novo rejeita qualquer conexão formal ou material. Descobre-se a roda a cada criação. Na literatura, é como se o próprio papel tivesse sido inventado para permitir a explosão do mais recente autor experimental. Puro antropofagismo. E é por isso que a nossa produção é tão pobre em todas as áreas. Todo mundo quer fazer uma obra-prima, e desse pecado também padeceu o Leo. Por que obra-prima? O importante é a produção regular competente, é isso que permite o surgimento de obras-primas. Como é o caso do Pedro, com todas as críticas que a gente possa fazer.

— Você faz muitas? — perguntou Adonis.

— Acho que ele está insistindo num filão totalmente esgotado. Ele tem que mudar de tom e de assunto. Ninguém aguenta mais histórias de repressão nem realismo fantástico nem aquelas coisas dos anos 70.

— O que é que faz na vida essa tal de Ucha? — perguntou Lena.

Estavam detidos num congestionamento na rua da Consolação.

— Produção de moda. Não tem mais idade para ser modelo. Mas podia ser atriz, se quisesse — respondeu Bia.

— Você também podia ser atriz, se quisesse — disse Raquel.

— Não. Perdi minha chance quando fiz a plástica no nariz. Fiquei sem uma cara, como se diz. Você se lembra daquela frase da Bette Davis quando lhe perguntaram qual era a principal diferença entre as jovens atrizes e as atrizes do seu tempo? "We had faces." Eu tinha uma cara, mas a minha mãe não aguentava olhar para mim, não aguentava o meu nariz, lhe dava aflição.

"Umas com tanto, outras com tão pouco", dizia dona Iraci, comparando-a a sua prima Ana Paula. Bia experimentava uma grande desolação quando se olhava no espelho e deparava com seus olhos muito juntos, o grande nariz ("Nariz de turca, puxou ao pai dela, coitada", dizia sua mãe), os cabelos finos e escorridos ("Cabelo de galega, puxou à mãe do meu pai, que tinha uma porcaria de cabelo"). Na adolescência engordou demais e teve espinhas. A mãe insistiu durante anos para que ela ao menos se submetesse a uma plástica de nariz. "Com essa cara, sabe quando é que você vai arranjar marido? Nunca!"

— No segundo ano da escola, finalmente, resolvi fazer a vontade da dona Iraci, não para arrumar marido, mas pra me sentir melhor. Já havia emagrecido, não tinha mais espinhas e imaginava que, se o nariz fosse menor, talvez os meus olhos se separassem e eu ficasse com a aparência da Jacqueline Kennedy. Quando voltei de férias, e a Maria José de Carvalho olhou pra mim, percebi que tinha feito uma grande cagada.

"Onde é que você foi achar esse narizinho ridículo? O que é que você fez com a sua cara?", ela perguntou. Foi aí que me toquei de que deixara de ser uma feia com personalidade para me transformar numa feia sem personalidade. Não tinha sequer um corpo bonito para ajudar.

— Mas você tem uma voz lindíssima — observou Flora.

— Foi o que me restou: ser professora de voz.

— Você já pensou em fazer locução? — indagou Raquel.

— Pagam uma miséria.

— E em cantar, Bia? — perguntou Lena.

— Cantei uns tempos na noite — disse Bia. — Vida de *crooner* não é fácil. Melhor dar aula na ECA.

— Arre! Até que enfim essa droga de trânsito começou a andar! — resmungou Lena, engatando a primeira.

— É por isso que quero me mandar — murmurou Bia, olhando através da janela —, para me livrar desta cidade suja e agressiva. "Ela não foi gentil comigo", pensou. "Quase nada foi", completou.

— Sobre o que você conversava com o Leo? Eu duvido que fosse sobre política, Tito! — Ivan lançou provocador.

— A gente desistiu de falar de política quando ele aderiu ao "surrealismo".

— Ou quando ele começou a fazer críticas ao Partido?

— O Leo sempre fez críticas ao Partido. Desde a invasão da Hungria, desde que o Kruschev abriu sobre o Stalin, desde que enfiou na cabeça que o Partido não gosta de arte de vanguarda.

— E gosta? — insistiu Ivan, divertido.

— Ele também não concordava com o caráter nacionalista da nossa luta — disse Tito, tergiversando. — A defesa do capital nacional e o apoio aos militares anti-imperialistas.

— Com razão. Foram os militares anti-imperialistas que torturaram a gente, e precisava ser muito ingênuo para imaginar que a burguesia iria aliar-se a vocês.

— De qualquer maneira, é assim que se escreve a História: por linhas tortas.

"Por linhas tortas?", perguntara Leo, irônico, no final dos anos 60. "Mas vocês não acertam uma. Pelo menos esses novos grupos têm alguma originalidade, querem fazer a revolução já, não acreditam em histórias da carochinha como vocês, eles sabem que o socialismo jamais virá pacificamente. Não é que eu esteja tão ansioso para que ele chegue. Eu sei o que costuma acontecer a pessoas como eu quando pessoas como vocês tomam o poder." E Tito brincara, dizendo que se tomasse o poder promoveria Leo a comissário da Cultura. "Comissário de Cultura eu? Não há nada a que eu seja mais avesso que pertencer à *intelligentsia* oficial, esse bando de capachos do poder, esmoleres de empregos públicos!" Era 1968 e, segundo Leo, o único investimento interessante do momento eram as experiências de todo tipo, artísticas ou sensoriais. Fora um dos primeiros a tomar LSD. E desde 1960 sua frase favorita tinha se tornado "Il faut faire du scandale". "A minha escolha? É a escolha dos *beats*. Solidão e consciência." E no momento de maior agitação da universidade escrevia uma novela experimental, definida por Pingo como uma "plúmbea abstenção da realidade brasileira". "Il faut faire du scandale", Lena repetia em defesa de Leo, embora tivesse dado sua contribuição à luta clandestina, sinceramente. "Ele pode fazer qualquer coisa porque é genial." E Leo não hesitava em vomitar sobre todas as flâmulas consagradas.

"No fundo, você sabe. Eu sou um romântico", dizia, provocando Tito.

— Você já pensou que precisa ter uma causa pela qual lutar, para não se matar, Tito? — perguntou Ivan.

— Todo homem precisa ter uma causa para sua vida ganhar sentido.

— Não foi bem isso que eu perguntei. Estava me referindo ao fato de que as pessoas se agarram a uma convicção como se fosse um barco salva-vidas.

— A minha convicção não é uma proposta de salvação pessoal, mas de redenção de milhões de seres humanos alijados dos bens mais primários.

— Será que não seria interessante consultar esses milhões de seres alijados se lhes interessa a tutela de vocês?

— Sabe qual é o seu problema, Ivan? Você ter ido trabalhar para aquele filho da puta e desde então ter se deslumbrado tanto com o poder que se satisfaz em viver na fímbria do poder, ocupando um espaço de merda, contentando-se com as migalhas que eles lhe dão e perdendo de vista a sua história, que é uma história muito digna até 1982, porra!

— Eu vou dizer qual é a minha história, Tito: é a saga de um cagão. Porque é exatamente o que eu era quando vocês imaginavam que eu fosse um herói! Eu tava me cagando de medo quando entrei naquele banco e apontei a metralhadora para o caixa! Era um cara parecido com meu irmão, se cagando tanto quanto eu. Era nisto que eu pensava: no meu medo! No medo do cara! Mas tinha que me lembrar da minha fala, "Passa a grana", que não é uma fala de mocinho, mas de bandido, e ainda tinha que fazer o papel do bom bandido, dizer pro cara: "Escuta, a gente tá fazendo este assalto para te salvar do teu patrão!" ou qualquer outra babaquice semelhante!

— Não era babaquice! Eu reconheço que a guerrilha atrasou em pelo menos quinze anos o projeto da revolução brasileira, mas não era babaquice!

— Eu vou dizer qual é o meu projeto, Tito: viver da melhor maneira os anos que me restam pra viver, não ter uma velhice miserável, conseguir uma atividade que me mantenha vivo e pensante até morrer.

— Ecos do neoliberalismo! Viva o indivíduo, a massa que se foda!

— A massa sempre acaba se fodendo de uma maneira ou de outra, nem a minha colaboração nem a sua podem fazer nada por ela!

— Se eu pensasse assim, eu me matava! — disse Tito.

— Acho que sim — respondeu Ivan.

— O que é que a gente vai escutar? — perguntou Beny junto ao aparelho de som.

— Aí só tem música convencional. O departamento de *rock* está no quarto dos meninos.

— Eu me contento com a caretice. Afinal, a gente não pode esquecer que se trata de um tributo ao Leo Rosemberg.

— O Leo não era careta! — defendeu Lúcia.

— Só gostava de música clássica, *jazz* dos anos 50, *rock* dos anos 60 e 70.

— Isso só prova que ele tinha muito bom gosto — disse Pingo, endereçando seu melhor sorriso para Ucha.

— Quer que eu ajude em alguma coisa? — Ucha perguntou.

— Não, nada — respondeu Lúcia, abrindo a porta da sala, que dava para um terraço cheio de plantas.

— É linda a sua casa — disse Ucha.

— Eu também adoro esta casa! Ela me lembra a minha juventude — comentou Pingo, estendendo-se no sofá. — O tempo em que eu era recém-marido e recém-pai e achava que podia tudo.

— Uísque? — Lúcia ofereceu.

— Por favor — disse Pingo.

— E você? — perguntou, voltando-se para Ucha.

— Uísque também.

— Eu ajudo você com o gelo — disse Pedro, precipitando-se atrás de Lúcia e rezando para Ucha não resolver segui-los até a cozinha.

Ele queria perguntar, finalmente, por que Lúcia estava tão esquiva, por que desviava seus olhos dos dele, por que tinha evitado ficar a sós todas as vezes em que houvera oportunidade.

— Tem gelo tirado do *freezer* — avisou Lúcia, pegando uma bandeja.

— Eu sei — disse Pedro, obrigando-a a voltar-se para ele. — O que é que você tem? Qual é o problema, Lúcia?

— Eu já disse que está tudo bem — ela enfatizou, tentando se afastar.

— Não desvia os olhos, me encara, olha pra mim, Lúcia. Fala pra mim. Ainda é por causa da última vez?

— Não, claro que não — respondeu, olhando tristemente nos olhos de Pedro.

— É vergonha, você ficou arrependida de...

— Não — ela cortou imediatamente. — Não fiquei arrependida, fiquei só com um sentimento muito estranho, muito incômodo, que não tem nada a ver com arrependimento — disse Lúcia, enquanto relembrava o momento em que se afastara de Pedro, "Não, Pedro, eu não posso, não dá!". Havia sido pouco depois de ela perceber que seu marido estava apaixonado por Helô.

O incidente à mesa fora precedido unicamente de um certo mal-estar. Rui não a procurava mais, não com a assiduidade com que costumava procurá-la, ele que costumava ser tão fogoso: menstruação, gravidez, nada o desencorajava. No segundo filho, saíram da cama diretamente para a maternidade, tudo o que lhe dizia respeito o excitava. A visão de uma calcinha, um roçar de coxa durante o sono, entrar no banheiro e vê-la sob o chuveiro, ou vê-la pronta para uma festa, seu perfume, o cheiro de seu suor, tudo o que vinha dela acionava seu desejo e sua paixão. Então, subitamente, ela percebeu que esse desejo tinha cessado. Mas logo depois, naquele jantar de família, constatara que o desejo de Rui ainda existia, apenas mudara de objeto.

Do fundo da sua insegurança, Lúcia sucumbiu ao impulso de testar sua sedução com outro homem. Era tudo muito previsível, começando com o fato de esse homem ser o belo e admirável Pedro, que sempre a cortejara, mesmo sabendo que ela só tinha olhos para o marido, ou, como diria Lena, exatamente por causa disso. Também era previsível que, após três sucessivos jantares à luz de velas, acabassem ambos nus na cama dele e, sobretudo, era previsível que Lúcia se levantasse antes de começarem a fazer amor e se trancasse no banheiro, perguntando a si mesma por que estava ali. "Eu não quero fazer amor com você porque não estou legal com o Rui. Eu quero fazer amor com você realmente querendo você, compreende?"

— Você acha que eu a seduzi, acha que eu a arrastei para uma coisa que você não desejava? — ele perguntou.

— Não. Fui eu que liguei pra você, eu que construí aquela situação.

— Por que não podemos ser como um dia fomos, Lúcia? Por que isso tem que ficar atravessado entre nós? Afinal, não aconteceu nada!

— Não... — murmurou Lúcia. Ao notar que Beny havia escolhido começar com Chico Buarque, comentou — "Atrás da porta". Eu adoro essa música! — e mais uma vez, como sempre, ela lhe evocou seu marido.

— Você não respondeu à minha pergunta, Lu.

Lúcia se esquecera da pergunta de Pedro, mas teve vontade de lhe dizer: "Não aconteceu nada, e eu morri de culpa, não por causa do Rui, mas pela minha covardia, pela minha inconsciência".

— Afinal, o que é que incomoda tanto você, Lu?

— Eu sentir que usei você.

— Use e abuse, eu não me importo.

— Eu sei. — Lúcia o beijou no rosto.

— Estão precisando de ajuda? — perguntou Ivan, entrando na cozinha e surpreendendo os dois. Na verdade, aquele clima de intimidade furtiva lhe evocava as festas em que Lena ia acompanhada pelo marido e, subitamente, se surpreendiam inventando situações que favorecessem seu contato, o contato de sua pele, braço com braço, dedos com dedos. Ficavam ambos em êxtase, com a respiração entrecortada, como se experimentassem um pequeno orgasmo.

— Desculpe — disse Ivan, fazendo meia-volta.

— Foi ótimo você ter aparecido! — acudiu Pedro. — Pega gelo no *freezer*! Eu pego os copos.

— Eu estava pensando que mais tarde a gente podia fazer um macarrão — disse Lúcia, abrindo o armário de mantimentos. Não estava embaraçada por ter sido surpreendida por Ivan. Tanto fazia, ou não fazia mais a menor diferença. Não se esforçaria mais para preservar o que na verdade já havia apodrecido — o seu casamento. Enternecera-se com o olhar de Pedro, estremecera ao contato de sua boca. "O que foi que eu senti quando nos beijamos naquela vez?", perguntava-se enquanto o observava alinhando os copos na bandeja. "Não foi repugnância nem aversão, ele não me era repulsivo, ao contrário. Foi medo, medo de mim, dele, de ser magoada outra vez. E se um dia à mesa do jantar eu perceber que ele também se apaixonou por minha irmã?", imaginou Lúcia, zombando imediatamente de sua tola suposição. "Medo do quê? De me apaixonar outra vez, medo de que afinal a minha relação com Rui, por mais crítica que estivesse, chegasse a um final prosaico e acabasse como acaba a maior parte dos casamentos, na vala comum da solidão, do desencontro, da procura impulsiva de uma terceira pessoa capaz de preencher um vácuo irreparável."

— Isso é ridículo! — disse Lena, entrando no escritório de Leo.

— Eu vou encontrar esse romance! Eu disse que ele existe e vou encontrá-lo! — exclamou Caio, cercado por pilhas de papel.

— E acho que é melhor eu examinar a estante da sala, porque este espaço é muito exíguo pra nós dois! — disse Adonis, levantando-se do chão com enorme esforço.

— O que é que vocês acharam até agora? — perguntou Lena.

— Contos, poemas, esboços de uma novela de janeiro de 83, cópias de matérias que ele fez, desde resenhas até verbetes de enciclopédia.

— Procura naquela pilha! — apontou Caio.

— A Flora comentou comigo que é perda de tempo!

— E você acha que ela seria capaz de identificar o romance do Leo se o visse? A Flora é uma boa moça, mas não é muito mais que isso.

— Não subestime a Flora. É mais esperta do que você imagina.

— E quem está falando de esperteza? Estou falando de um tipo de sensibilidade literária e daquela qualidade extra de sofisticação que nós dois sabemos que ela não tem.

— Nós não sabemos nada sobre a Flora.

— Vamos lá, meu bem! Você é uma pessoa razoavelmente perspicaz!

— A Flora esconde o leite. Por timidez, porque se sente inibida pela gente, mas ela sabe mais do que dá a perceber — disse Lena, pensando na precisão de Flora em abrir gavetas, coletar documentos, organizando-os e colocando-os em diferentes envelopes. A qualidade extra de Flora era a praticidade. Ela não se detinha numa foto, numa certidão, como Lena e Bia, que eram remetidas a todo momento para a história de Leo e sua relação com ele. A rapidez dos movimentos de Flora não deixava dúvida sobre sua determinação: livrar-se o mais depressa possível daquela empreitada. Porque era exatamente assim: uma empreitada, uma tarefa que era mister realizar e concluir.

— Vocês ainda vão demorar muito tempo aqui? — perguntou Raquel, entrando com o aspirador.

— Pergunta pra ele — respondeu Lena, indicando Caio.

— Benzinho, você está sofrendo outra vez da síndrome de dona de casa? — indagou Caio, sorrindo ironicamente.

— Alguém tem que fazer o trabalho sujo! — disse Raquel. — E parece que tá um bocado difícil. Vocês aqui, o Adonis na sala, a Flora e a Bia no quarto! Eu quero deixar esta espelunca em ordem antes de a Flora fechar. Sabe-se lá quando ela vai resolver entrar aqui outra vez!

— Por que é que você não começa pelo quarto do Davi?

— Já limpei. Já dei uma geral na cozinha e na área de serviço!

— O quarto de empregada! — exclamou Caio. — A gente não pode esquecer o quarto de empregada!

— Vocês estão todos ficando malucos! — disse Raquel, saindo.

— Eu te contei do Bernardo?

— Hoje ainda não — Lena respondeu, entediada.

— Ontem me ligou e eu não atendi — disse Caio sem coragem de lhe dizer que não tinha atendido à ligação do dia anterior, mas que atendera a daquela manhã e haviam almoçado juntos horas atrás.

— O que é que você viu nesse cara, hein, Caio?

"Claro que me apaixonei por ele, não era pra me apaixonar?", Caio explicara a Lena na primeira vez em que comentara sobre Bernardo, "um cientista social com passado político, tortura e exílio na França, onde passou o diabo, fome, falta de dentista, solidão, discriminação. Dá aula na Unicamp, tem pós-graduação na Inglaterra e doutorado nos Estados Unidos, é mestre no lazer da classe operária, aquele gênero de 'a cultura da pobreza'. Nesse meio tempo se casou com uma americana, uma fulana que podia ser mãe dele e que, logicamente, não aguentou três meses de Brasil, abandonou-o, órfão e carente. Ele tinha um livro pra publicar e me procurou. Eu não ia adotar? Claro que adotei. 'Eu gosto muito das coisas que você publica', ele falou. 'E eu adoro as coisas que você escreve', respondi.

Não é assumido, não trepa, só beija, mas é carinhoso e tem grandes gestos. Do tipo mandar flores, uma cesta de frutas e pães para o meu café da manhã, caixas de bombons, discos inesperados, mil atenções. Mas eu sou um veado público, e socialmente ele me evita um pouco, porque estar ao meu lado, você sabe. Ele é frágil, muito frágil, muito cuidadoso, um vampiro. Vampiriza suavemente."

Lena sabia que Bernardo não vampirizava suavemente, era suave apenas na forma, nas tessituras superficiais. Um olhar mais atento decifraria seu oportunismo, dissimulação e crueldade. Porque bastou sentir Caio em sua palma para confundi-lo ou martirizá-lo. Num momento mostrava-se propício, rendia-se à corte, fingia sucumbir. E quando, por fim, Caio acreditava ou imaginava tê-lo conquistado, ele surgia repentinamente à sua frente abraçado a uma mulher, "Eu quero que você conheça um grande amigo", e apresentava a moça como sua namorada. Acontecera pelo menos duas vezes, uma das quais numa festa, onde o casal se entregou a uma intensa sessão de beijos e carícias públicas. "Você está entendendo, Lena? Ele quer me atormentar, acirrar minha insegurança, o meu ciúme." Bernardo açoitava-o com uma pretensa e agressiva heterossexualidade, num calculado exercício de sadismo que sabia conduzir com perfeição. "Com perfeição", dizia Caio, aos prantos, na segunda vez em que o fato acontecera.

Lena, receosa de que ele se matasse, havia corrido para sua casa e ficara ouvindo-o madrugada afora, até ele desabar no sofá de dor e cansaço. Nessa noite, Lena apenas escutou, porque não ia feri-lo ainda mais dizendo o que pensava. Mas quando, dias após, ele a convidou para almoçar exultante porque Bernardo tinha ligado para se desculpar, Lena o desancou: "Olha aqui, você está terminantemente proibido de ligar para minha casa de madrugada chorando por causa desse filho da puta". Caio, porém, justificava tudo: "Ele tem problemas com a homossexualidade, é um cara dividido e torturado, Lena! No fundo, no fundo, fez aquilo porque não está suportando gostar de mim!". Lena levantara-se da mesa irritada e durante um mês não falou com Caio, só recebendo notícias dele por intermédio de amigos comuns. Está com o cara, saem pra jantar, pra ir ao teatro, ao cinema, mas ainda não pintou nada", informara Bia. "Nem vai pintar", dizia Lena. Num sábado à noite, Caio ligou para dizer que o incidente com a mulher voltara a se repetir e Bernardo não tinha sequer se dado ao trabalho de pedir desculpas. "Acho que você tem razão, Lena. Ele gosta de me magoar", concluíra, entristecido. "Caio, por que é que você não manda esse cara pro espaço e arranja um namorado legal, um cara que goste de transar com homem, um cara que tenha orgulho de sair com você?" Depois de um longo silêncio ele respondeu, soluçando, que estava perdidamente apaixonado por Bernardo. "A vida inteira sonhei com um companheiro, uma relação longa e estável como um casamento. Quando ele entrou na minha sala, eu pensei, 'Oh, meu Deus, faz com que seja ele'. Por algumas semanas tive certeza de que as minhas preces tinham sido atendidas. A gente tem tanta coisa a ver, ia ser um convívio tão ameno..."

— Gostou da trilha musical? — perguntou Beny, quando Lúcia entrou com uma tábua de queijos.

— Eu adoro o Chico Buarque.

— Eu também, principalmente o da fase romântica — acrescentou Ucha.

— Eu odeio, principalmente o da fase romântica — disse Beny.

— Essa é apenas uma frase de efeito — explicou Pingo. — Você adorava o Chico, uma vez você comentou que ele era um puta poeta.

— Só os idiotas não mudam de opinião — continuou Beny.

— *Il faut faire du scandale* — disse Ivan.

— À saúde do Leo — Tito propôs, erguendo seu copo. — Eu só não me lembro se ele era tão maluco pelo Chico.

— Ele era louco pelo Caetano — disse Ucha, tocando seu copo no de Tito. — Tintim!

— Tintim — disse Pedro, olhando significativamente para Lúcia.

— Aos vivos e aos mortos — completou Pingo —, inclusive a mim, que estou mais morto do que vivo.

— O que será que o pessoal da caça ao tesouro imagina que vai encontrar? — perguntou Beny.

— A gente podia fazer uma aposta — disse Ivan. — Afinal, o romance existe ou não?

— Não existe — insistiu Pedro. — Ou, se existiu, não existe mais.

— Será que isto que a gente está fazendo é legal? — perguntou Ucha, embaraçada. — Sei lá. Brincar assim com o trabalho de uma pessoa que morreu.

— Ele não morreu — disse Pingo. — Ele continua vivo enquanto a gente continuar brincando com a sua memória.

— É que eu sou supersticiosa — explicou Ucha.

— Mas o Leo não era nem um pouco — disse Beny. — Ele não vai cobrar nunca nada de você.

— Mas eu me cobro. Eu sempre me cobro. Como estar me divertindo aqui no dia em que ele morreu.

— Eu posso oferecer meu ombro pra você chorar? — ofereceu Pingo, sedutor.

"A facilidade com que esse pessoal corteja uma mulher", pensou Tito, invejando a desenvoltura de Pingo e Ivan. Jamais soube como conseguira se casar com uma mulher tão bonita como Vânia. Doía-lhe saber que ela tinha mágoas profundas a seu respeito, esquecer datas, para ela importantes, Dia dos Namorados, Dia das Mães, aniversário de casamento, por mais que ele insistisse em dizer que eram invenções do capitalismo. Doía-lhe saber que ela se casara outra vez, com um homem bem mais velho, mas obsequioso, do tipo capaz de fazer as pequenas e grandes gentilezas que ele nunca fez. "Eu não levo jeito pra essas coisas", justificava-se com as mulheres, ao mesmo tempo que lamentava ser obrigado a contentar-se com muito pouco, porque era absolutamente desajeitado com aquelas que queria de verdade. Ucha, por exemplo, por mais tola que às vezes parecesse, despertava nele o impulso de protegê-la, ou, como dizia um antigo colega de seminário, "de livrá-la de todo o mal, amém". Não tinha sido o caso de Vânia, mas certamente era o caso de várias mulheres por quem se sentia atraído, inclusive Ucha. "E por que não teria sido o caso de Vânia?", perguntou-se Tito, recordando a emotividade de sua ex-mulher. Por qualquer coisa seus olhos se enchiam de lágrimas, cenas de filmes e telenovelas, notícias, intempéries que devastavam regiões, desabrigando e matando homens e animais, a fome na África, a seca no Nordeste, a infância abandonada, amores possíveis e impossíveis, o extermínio de espécies animais, a velhice desamparada, toda sorte de coisas a sensibilizava, aguçava a consciência de que muito pouco podia fazer pelo ser humano e pelo meio circundante. No entanto, quando Tito foi preso, em 1975, revelou uma coragem surpreendente. Enfrentou os "recepcionistas" do DOI-CODI e com o dedo em riste advertiu-os de que não se dirigissem a ela como "meu bem" ou "queridinha".

— Eu não sou sua irmã nem sua prima, nunca vi você na minha vida e não admito ser tratada desse jeito! E agora eu quero notícias do meu marido! É pra isso que estou aqui!

E ia todos os dias saber do marido, morrendo de medo de que ele tivesse a mesma sorte de Vladimir Herzog. "Ele não vai acabar como o Vlado, entenderam?"

De onde tirava essa força? "Eles deviam pensar que a Vânia era parente de milico", dissera Beny, que a acompanhara diversas vezes. E quando Tito foi libertado ela estava com o passaporte dele na mão e a mala pronta. "Você vai pro Canadá! Eu encontro com você depois!", e despachou-o no primeiro avião. Tinha sido o melhor período da sua vida conjugal, anônimos, sem reuniões do Partido, sem ninguém para abrigar, sem fechamento de jornal ou revista, Vânia fazendo *baby-sitting*, Tito trabalhando no *gourmet food* de um supermercado, apenas os dois, porque os filhos tinham ficado com dona Margarida. "A vida que eu pedi a Deus, se tivesse as crianças e se o frio não fosse tão desgraçado", Vânia dissera a Lena ao retornar. "Mas o que era doce se acabou", acrescentou, vendo Tito abraçar os velhos companheiros. "Se tudo voltar a ser aquela merda, eu juro que me separo, eu juro!"

— Eu vi o Bernardo hoje, Lena. Almoçamos juntos, e foi muito legal.

— Quer saber de uma coisa? Eu desisto de você — disse Lena, desanimada.

— Você pretende terminar os seus dias sozinha?

— Não, mas não é por causa disso que vou insistir num caso perdido.

— E se não for, se as pessoas tiverem mudado?

— Quem? O Bernardo, o Ivan? Quem são essas pessoas?

— O Bernardo, o Ivan, por que não?

— Você sempre achou que o Ivan foi a pior viagem da minha vida!

— Ele não tirou os olhos de você o tempo todo no velório e no cemitério!

— E daí? O que é que isso prova? Que ele gosta de mim? OK, então suponhamos que o Ivan goste de mim: isso muda alguma coisa? Isso se traduz em alguma esperança de que eu possa dar certo com esse cara?

— Pois se eu fosse você, aproveitava. Outro tão boa-pinta na tua idade vai ser muito difícil!

— Eu não acredito que você esteja dizendo essas coisas pra mim!

— Ele não te fodia legal? Vocês não tiveram um puta romance? O cara não está a fim de voltar? Você está esperando o quê?

— Você quer que eu dê a maior força nessa tua história com o Bernardo, não é?

— Meu amor, na nossa idade o poder de escolha já se foi há muito tempo. A gente tem que arrumar o que tem!

— Eu acho que não estou assim tão desesperada.

— Já se olhou no espelho?

Lena olhou para Caio, atônita.

— Então se olhe.

— Não é por aí, sabia, Caio?

— Os melhores prazeres passam primeiro pelos olhos, não se esqueça disso!

— Eu sei que já tive dias melhores, mas não vou fazer uma plástica só para fazer um macho se interessar por mim!

— Ele é lindo e come você assim mesmo, Lena! O que mais você quer?

— Posso ajudar vocês? — perguntou Bia, entrando.

— Pode! Fica aqui no meu lugar que eu vou ajudar a Flora! — disse Lena, levantando-se e saindo do escritório intempestivamente.

— O que é que o Pedro foi fazer atrás de você na cozinha? Mais uma daquelas tediosas declarações de amor? — perguntou Beny.

— Sim, e desta vez pasme: eu não apenas a acolhi como também retribuí — disse Lúcia, sorrindo provocadora.

— Você não ia ter coragem de trair o bosta do Rui com ninguém, muito menos com o bundão do Pedro!

— Quando é que você vai se curar dessa maledicência compulsiva? Por que não se concede o benefício da dúvida de vez em quando?

— E por que você quer despertar o meu bom-mocinho? Você sabe que é tarefa inglória, meu bem, ou não sabe?

— O que foi que o Pedro fez a você?

— Ele existe — disse Beny.

— Não seja mauzinho.

— Você lhe dá atenção demais, Lu.

— De quem você gosta, além de mim?

— Hoje um cara me chamou de veado podre e aidético.

— Isso explica tudo? — perguntou Lúcia.

— Isso deve explicar alguma coisa — respondeu Beny.

— Mas você não é podre nem aidético.

— Não sei, nunca fiz o teste, posso ser portador, posso ter passado essa doença pra um monte de gente que já morreu dela.

— Você está querendo fazer terrorismo comigo ou o quê? — disse Lúcia, sorrindo incrédula.

— Eu não fiz o teste, certamente não farei. Se desse negativo, não mudaria nada; se desse positivo, você sabe muito bem o que eu faria, não sabe?

Lúcia assentiu. "Mas provavelmente, antes de se matar, contagiaria dezenas", pensou, lembrando-se da história de um homossexual que Beny contara, fascinado. "Saiu da primeira internação no Emílio Ribas, entrou numa sauna e fodeu com dezenas! Dezenas! Era um grande ritual de necrofilia celebrado apenas pelo condenado mais recente!"

— Você está sabendo que a terapêutica avançou, e hoje em dia um cara pode ficar anos e anos levando vida normal?

— E quem é que quer levar vida normal? Eu, Lu? Olha pra mim! Eu sou um sobrevivente, não um pedinte! Eu não sou do tipo que mendiga vida, meu consumo é o mais alto e o mais arriscado, é tudo ou nada, entendeu?

— Entendi que a morte do Leo mexeu com todos nós.

— Aquilo que eu disse à beira do túmulo, Lu: foi o momento máximo na vida do Leo! Aquele pessoal que saiu à procura da grande obra-prima não sacou que a única grande obra que o Leo cometeu foi o suicídio!

— Vocês acharam alguma coisa? — perguntou Bia, remexendo numa pilha de laudas.

— Nada. Nem sinal, nenhuma pista, nada.

— Eu acho que não está aqui.

— Por quê?

— Porque é muito óbvio — disse Bia, que passara grande parte da vida lendo romances policiais.

— O que é que você descobriu no quarto?

— Documentos e fotos, mas só fotos recentes. Não há fotos nossas nem dele mais antigas. Eu achei esquisito porque me lembro de que o Leo tinha um álbum horrível, uma coisa medonha que alguém da redação trouxe pra ele de Campos de Jordão, onde ele tinha colocado as fotos da gente.

— Que fotos você encontrou?

— Fotos dele com a Flora, muitas fotos do Davi, algumas fotos dele tiradas com polaroide, eu até acho que sei quem tirou, foi a Ucha, você sabe quem é, aquela loura alta.

— Devem estar guardadas em outro lugar.

— Eu procurei na sala, só tem porta-retratos com fotos do Davi, até comentei com o Adonis que estava achando muito esquisito o sumiço das fotos. Será que ele rasgou, queimou, jogou no lixo?

— Talvez — disse Caio, dando de ombros. Naquele momento não lhe interessavam as fotos, mas o romance. — O Adonis achou alguma coisa?

— Não. Nada.

— A Lena ficou puta porque eu voltei com o Bernardo.

— Tomara que ele não magoe você novamente — disse Bia, saindo do escritório.

"Eu diria que isso é quase impossível", pensou Caio. "Mas vou me cuidar. Desta vez, vai ser diferente", concluiu sem convicção.

— O que é exatamente que você está procurando? — perguntou Raquel.

Adonis deu de ombros. Na verdade, procurava bem mais que o romance, uma carta, um diário, um indício da decisão de Leo. Estava mais quieto que o habitual, tomado por uma imensa tristeza, desde o momento em que entrara naquela casa e se dera conta de que, certamente, seria a última vez que pisaria ali. Sempre gostara daquela sala repleta de quadros e livros, do escritório onde Leo usualmente lia, trabalhava, ouvia música e recebia os amigos, como ele, que não se incomodavam com a desordem. Por um momento, no escritório, olhou para o sofá e teve a impressão de que Leo o observava. Não é que estivesse corporificado ali, era apenas uma presença invisível que o olhava e sorria irônica, como se soubesse de alguma coisa que eles não sabiam e que sem dúvida estaria ligada à busca do seu livro. Durante alguns segundos perguntou-se se não estava tendo uma alucinação, como aquelas de quando entrava em surto. Mas não chegava a ser uma visão, era uma espécie de percepção.

Na clínica, entre suas alucinações mais comuns estava a de um velho sentado numa cadeira, lendo um livro, com uma manta xadrez nos joelhos. Ao contrário de outros colegas da clínica, Adonis não costumava conversar com suas visões. Apenas ficava olhando para elas até que se esvaneciam. E porque não acreditava em fantasmas, um dia em que fitava o velho longamente lhe ocorreu que ele podia bem ser a sua alma envelhecida, absorta na ficção, enquanto o tempo escoava lá fora. Quase sempre, depois de ter as suas visões, costumava sentar-se na privada e recitava as declinações latinas, como para se exorcizar. Mas, diante daquela nova e poderosa impressão — a proximidade de alguém que morreu —, não soube o que fazer. De uma coisa Adonis teve certeza: o que quer que estivesse procurando, não se encontrava no escritório.

— Está se divertindo? — perguntou Pingo.

— Bastante. Ele fala tão bem — respondeu Ucha, referindo-se a Tito.

— Ele é muito melhor quando fica nostálgico. Quando começa a falar da editora em que quase todos eles trabalharam. Tito! Você tem visitado o pessoal da editora? — Pingo provocou.

— Que pessoal? A gente passeia pelas redações e não conhece mais ninguém! Só tem moleque metido a besta!

Filhote de *yuppie* fantasiado de modelo da *Vogue*, falando que comeu no restaurante tal, que foi a Nova York e comprou não sei onde!

— E os caras daquele tempo, aqueles teus amigos? — continuou Pingo.

— A maioria morreu ou mudou de ramo, como o Ivan.

— Perdão, mas eu nem morri nem mudei exatamente de ramo — explicou Ivan. — Sou assessor de imprensa, ou seja: o meu sindicato continua o mesmo!

— O que eu quis dizer é que você saiu da redação, ou não saiu? Quando olho pra você, por exemplo, não te vejo mais como jornalista, mas como funcionário público.

— Eu quero agradecer o conceito que você tem de mim, Tito. Não é que eu ache que ser jornalista seja uma grande maravilha, mas é o que ainda sou, apesar da impressão, má, que você tem de mim.

— E os que não morreram ou mudaram de ramo, Tito? — insistiu Pingo. — Que é que aconteceu com essa gente?

— Foram promovidos. Não aparecem mais na redação. Tornaram-se diretores, distanciaram-se da massa, habitam o Olimpo, são inatingíveis. Para chegar, você tem que ter o salvo-conduto da secretária, "Quem gostaria?", manja?

— E pensar que hoje você também podia estar entre eles... — ironizou Beny. — Tinha todos os atributos, inclusive a filiação partidária!

— Eu acho que não estou entendendo você!

— Vocês servem aos grandes *publishers* como ninguém! São os melhores editorialistas, os melhores executivos, vocês brilham nas funções editoriais e administrativas, são o ornamento preferido dos empresários liberais, vocês são o bálsamo da má consciência do poder!

— Eram — provocou Ivan. — Agora não são mais.

— Se é sobre competência que você está falando, tem toda a razão — retrucou Tito, olhando para Beny e ignorando o comentário de Ivan. — É claro que qualquer patrão esperto vai querer se cercar do que há de melhor.

— É claro, principalmente porque promover não deixa de ser uma forma inteligente de neutralizar.

— Nunca nenhuma promoção me tirou do combate! — rebateu Tito.

— Por isso você nunca chegou ao sexto andar. Nem vai chegar — acrescentou Beny.

— Eu não estou interessado no poder, jamais estive! Coloquei minha vida a serviço de uma causa muito mais importante!

— Nunca se arrependeu? — perguntou Lúcia.

— Não. Em nenhum momento. Mesmo quando estava sendo torturado.

— Como são Lourenço, san Gennaro e outros mártires da cristandade — disse Ivan.

— Você também passou por isso, deve saber muito bem do que estou falando.

— Mas, ao contrário de você, eu não tinha mais nenhuma crença, nenhuma divindade a quem me agarrar. Não é que me sentisse um idiota, não me sentia coisa alguma. Houve um momento em que comecei a rir, tive um frouxo de riso na cela, o carcereiro achou que eu tinha pirado! Muita gente acabava pirando, mas eu estava lúcido, lúcido como nunca tinha estado na vida.

— Vocês ainda não se cansaram de falar sobre isso? — perguntou Beny, irritado.

— E quem está obrigando você a escutar? — disse Pingo.

— E eu tenho opção? É só vocês se reunirem e já começa a hora da saudade. Parece que não têm outro assunto, que não viveram mais nada, porra!

— Eu me orgulho muito de ter vivido o que vivi — afirmou Tito, nostálgico, pensando na militância política e no tempo em que trabalhava na editora. — Eu gostei de ter trabalhado na *Realidade*, de ter lutado por um país melhor, de viver o meu tempo ao lado dos justos...

Não disse "Gosto de me encontrar com as pessoas, como agora, e rememorar...", por pudor. Mas olhou ternamente para todos eles e pensou em quanto o comovia reconhecer no seu envelhecimento, no que ainda tinha restado do velho entusiasmo juvenil, o fervor ideológico daquela geração, uma parte significativa de si, do tempo em que eram um grupo de amigos. Tito rejeitava a pecha de saudosista, mas era obrigado a reconhecer que sentia falta da alegria, do destemor, da família que constituíam, na qual todos se conheciam, talvez excessivamente, daquela quase promiscuidade em que viviam e que, apesar disso, não o incomodava nem um pouco.

— Caio, não quero ficar aqui neste escritório espremida entre estas montanhas de papel — disse Bia. — Eu mal consigo me mover!

— Por que é que você não vai pro quarto de empregada?

— O que é que o Leo ia guardar no quarto de empregada? — retrucou Bia.

Estava com fome, frustrada, desenergizada demais para prosseguir na busca, mas ainda assim se arrastou até o quarto de empregada, que na verdade nunca tinha sido senão um quarto de despejo, ocupado apenas uma vez por semana pela faxineira para trocar de roupa. Nem no tempo de Flora haviam tido uma empregada regular, porque ela não gostava de ter sua intimidade devassada.

Bia olhou para as prateleiras improvisadas que ocupavam a parede maior e desanimou diante das pilhas de revistas e jornais, livros policiais, discos antigos, panelas fora de uso, aparelhos eletrodomésticos e toda a sorte de objetos que os armários da pequena cozinha não comportavam. Atenderia primeiro ao apelo da sua curiosidade, checando as pilhas de revistas fora de circulação. Então, sentou-se na cama onde dormira tantas vezes na época de Flora, a cama dos bêbados, dos desabrigados e dos que não queriam voltar para casa, e principiou pela revista *Senhor*. Era no mínimo intrigante que, apesar de suas ideias, Leo tivesse subscrito assinaturas de jornais como *Movimento*, *Opinião*, *Em Tempo*, e mais intrigante ainda que continuasse a guardar esses tabloides. "Qual seria o objetivo?", perguntava-se Bia, "debruçar-se sobre a História, escrever sobre esse período, ele que não aguentava cinco minutos de qualquer sessão de *Memórias do cárcere*?..." No fundo, concluía, Leo era um romântico, um bom pisciano sentimental e nostálgico, incapaz de jogar fora um único número do velho suplemento literário do *Estadão*, porque eventualmente poderia conter uma matéria de Anatol Rosenfeld, com quem privara na década de 60 e que entendia como ninguém de teatro e literatura alemã. "Qualquer pessoa que é assim também é capaz de guardar um romance que em vida ocultou de seus amigos por pudor."

— Não sei se a gente tem saudade daquilo que realmente viveu, ou daquilo que pensou ter vivido, ou daquilo que desejou viver. A memória seleciona e idealiza, Lu — disse Pedro, lembrando-se do tempo em que era um sucesso e do qual sentia uma saudade dolorosa. No entanto, o êxito não o deixara mais feliz nem mais sereno, apenas mais confortado e seguro. O telefone sempre tocava, sempre havia alguém pela casa, namorada ou amigo, pessoas vinham de fora para conhecê-lo, jornalistas não cessavam de querer entrevistá-lo, sua opinião abalizava qualquer tema. Tudo o que lamentara ter perdido, porém, não havia sido fonte de prazer, mas de irritação e enfado. As namoradas cobravam, os amigos eram invasivos, a mídia o importunava, os admiradores o exauriam.

Tinha fantasias de solidão, de viagens longas a lugares ermos, onde os raros habitantes jamais lhe perguntariam o que achava do Natal, o que pensava do amor nem lhe pediriam para dar uma palestra ou seminário ou *workshop* de literatura. Mas, quando olhava para trás, via a si mesmo plenamente satisfeito e lamentava sua impaciência e ingratidão. Se lhe fosse dado outra vez experimentar o sucesso, agradeceria a todas as dádivas, iria bendizer todos os importunos, as mulheres que lhe perguntavam ronronando: "Você gostou de fazer amor comigo?".

— Eu sinto saudade, porque me sinto exilada da felicidade ou, pelo menos, da ideia de felicidade — disse Lúcia.

— Eu não sei o que é isso, a felicidade — considerou Pedro.

— Mas eu sei, e como sei — ela prosseguiu, pensando que fora muito feliz na época em que as pessoas se sentiam culpadas de ser felizes porque o país mergulhara na escuridão, porque os amigos estavam presos, mortos ou exilados. A única condição objetiva necessária à sua felicidade eram Rui e a sua paixão.

— Já pensou no que vai fazer com este apartamento? — perguntou Lena.

— Não quero pensar nisso nos próximos dois meses. Provavelmente vou alugar e depositar o aluguel numa caderneta de poupança para o Davi.

— Você pode fazer isso tranquilamente, Flora. Do ponto de vista legal, você continua sendo mulher do Leo.

— Mas eu não quero nada dele, Lena. Não me pergunte por quê, mas eu não quero nada, nada.

— Eu entendo.

— É tudo do Davi, Lena. Eu não quero levar nenhuma palha deste apartamento para minha casa.

— O que é que você vai fazer com os móveis, discos, livros...? — perguntou Lena.

— Colocar num guarda-móveis até o Davi chegar à idade de escolher o que quer e o que não quer.

— Eu estava pensando, Flora: pelo menos no que me diz respeito, gostaria de ficar com alguma coisa que pertenceu ao Leo. Um livro, um disco, uma foto.

— E por que não um livro, um disco e uma foto? Sirva-se. Você e os outros.

— Sem problema, Flora?

— Eu já disse que não quero nada do Leo!

— E por que não, Flora? Você já pensou nisso? Por que essa pressa em exorcizar o Leo?

— Eu não quero exorcizar o Leo, só quero me livrar deste pesadelo, Lena! Você acha que está sendo fácil pra mim? — explodiu Flora, rompendo em lágrimas.

— Não. Não está fácil pra ninguém, muito menos pra

você, que foi mulher dele, que teve um filho dele — Lena consolou Flora, apertando sua mão.

— Por que é que eu tinha que casar com ele, Lena? Eu não tinha nada a ver, não tenho nada a ver, as coisas a que ele dava importância não têm a menor importância pra mim!

— Eu sei — disse Lena, lembrando-se de ter recebido, com absoluta surpresa a notícia de que Leo ia se casar com Flora. "Mas você não tem nada em comum com essa moça!", ela falou. "Você também não tem nada em comum com o Guto, o que não a impediu de se casar com ele!", Leo respondeu, divertido. "Exatamente por isso, seu idiota! Quer repetir a minha cagada, por quê?", Lena argumentou, chamando-o à razão.

"Queridinha, todos os casamentos são mais ou menos a mesma merda. Sabe-se que é uma relação muito forte e sabe-se também que vai ficando mais forte à medida que fica pior." Lena apontava o exemplo de Lúcia, "é esse modelo que a gente tem que perseguir!". Mas a última coisa a que Leo aspirava era um casamento feliz. Ao contrário de Lúcia, ele não tinha a vocação da felicidade. Conhecera Flora no Riviera, embora ela não fosse *habituée*. Fora com duas amigas após o cinema, Leo tinha bebido demais, caíra literalmente sobre a sua mesa, e, ao contrário do que imaginava, não o escorraçaram. Chamaram o garçom, pediram um copo de água e um antiácido e o carregaram para o banheiro feminino para que ele vomitasse. No final da noite, Flora decidiu levá-lo para casa e tratara dele. "Ela sabe cuidar de um porre como ninguém", argumentara, justificando a sua decisão. "Eu não vou dizer quanto o seu discurso é machista, porque não estou a fim de brigar com você. Mas já estou morrendo de pena dessa moça! Se bem que ela não pode dizer que não foi avisada", considerou Lena. Depois, aceitou ser testemunha do "infausto evento", junto com Adonis, Tito, Pingo e Raquel.

— Você se incomoda que eu continue aqui? — perguntou Lena.

— Claro que não, fique à vontade — disse Flora, entrando no quarto de Davi.

— Por que é que a gente tem que viver no passado ou no futuro, por que será que é tão difícil viver o presente? — indagou Ucha com voz tímida.

— Porque é insuportável — respondeu Pedro.

— Houve uma época na minha vida em que eu só conseguia viver o presente. Nunca pensava no passado, nunca. E o futuro nem passava pela minha cabeça — Ucha acrescentou.

— Você era feliz? — perguntou Lúcia.

— O Leo achava que não, que eu só me aturdia, mas eu gostava de me aturdir daquela forma.

— E você, o que achava? — continuou Lúcia.

— Eu gostava de estar sempre em movimento, de não parar pra pensar... gostava de estar agora em São Paulo, daqui a uma hora no Rio, no dia seguinte em Paris, almoçar em Milão e jantar em Nova York, era como se eu vivesse à base de anfetamina o tempo todo, mas eu nunca curti droga nenhuma, nem pó, e todo mundo cheirava ou tomava alguma bola. Eu só tomava champanhe. No avião, no café da manhã, no almoço e no jantar, eu adoro champanhe.

— Tem uma garrafa na geladeira. Você quer? — ofereceu Lúcia, com um sorriso que não deixava dúvida sobre a sua satisfação em atender ao desejo de Ucha.

— Mas só pra mim...? — perguntou Ucha, sensibilizada.

— Você merece, meu anjo — disse Pingo.

— Nossa! Eu nem sei o que dizer!... — Ucha tentou se justificar quando Lúcia foi para a cozinha.

— Não diga nada. Beba! — incentivou Ivan.

— Se eu ficar bêbada, alguém me leva para casa — Ucha brincou.

— Eu posso levar — adiantou-se Tito, surpreendido com a própria coragem, o que equivalia a uma declaração.

— Vocês devem achar que sou esnobe, que não tenho nada na cabeça. Não é que tenha muita coisa, mas me preocupo com a situação do país.

— Todos nós nos preocupamos, meu bem — disse Pingo.

— Eu não tenho a cultura de vocês, não vivi nada que vocês viveram...

— Viveu muito melhor, posso lhe garantir — cortou Ivan.

— Imagina. As pessoas com quem eu me relacionava são muito fúteis, ninguém lê nada, a não ser revista de moda e revista que está na moda.

— Como é que você conseguiu escapar? — perguntou Tito, interessado.

— Porque sempre gostei de escrever.

— Qual é a sua especialidade? — ironizou Beny.

— Não precisa responder. Ele só está provocando você — acudiu Pingo.

— Poesia — respondeu Ucha, muito digna. — Na verdade, eu acho que nem sei escrever poesia, mas não importa. O Leo não curtia meus versos, curtia a minha inquietação.

— Parece que o Leo era uma referência muito importante pra você — disse Lúcia, colocando o balde de gelo no bar.

— Muito — respondeu Ucha, correndo para ajudá-la.

— Eu faço questão de abrir. Permite? — perguntou Ivan, pegando a garrafa de champanhe.

— Claro — murmurou Ucha, encantada.

— Salão de festas ou quarto de hotel? — continuou Ivan, muito galante.

— Eu queria ver se ele seria tão prestativo se a Lena estivesse aí! — zombou Beny.

— Eles retomaram o caso? — perguntou Tito, admirado.

— Eles nunca terminaram de verdade — disse Pingo.

— Eu me sinto tão por fora — lamentou Ucha.

— Sorte sua — disse Ivan, servindo-a. — Nós não somos tão interessantes quanto o Leo.

— Eu quero brindar a ele — disse ela, com os olhos marejados.

— Brinde a quem você quiser, meu bem. O champanhe é todo seu — prosseguiu Ivan, colocando a garrafa no balde de gelo.

— Esse cara é um profissional — comentou Pingo, referindo-se a Ivan.

— Você também — retrucou Pedro.

— Já tive dias melhores — Pingo observou, com uma nota de pesar na voz. — Fui um homem que amou as mulheres...

— Ou era apenas sensível à sua admiração? — perguntou Lúcia.

— Sabe que é horrível conversar com você? Tá sempre fazendo perguntas de consultório! Que merda! — disse Pingo, irritado com o poder que Lúcia tinha de tocar suas feridas.

— Você é um grande vaidoso, sempre foi, Pingo — ela definiu, sorrindo.

— Eu fui um grande conquistador, fui um grande dom-juan, agora não sou mais porra nenhuma — disse Pingo, que não amava as mulheres, mas a imagem que elas faziam dele. Precisava continuamente que alisassem seu ego, precisava da aprovação geral, da corte, da louvação. "Pobre ego, pobre de mim, que preciso de tanta coisa para me assegurar de que não sou uma completa bosta", pensou. Uma só mulher nunca lhe bastou, e mesmo que estivesse perdidamente apaixonado, como quando abandonou Raquel, não dispensou a devoção de outras admiradoras, e quando ela não surgia espontaneamente, conhecia os meios de estimulá-la: bastava telefonar e dizer "Que saudade", o que não era inteiramente falso, porque sentia falta da adulação, ainda que se traduzisse em frases tão simples como "Que bom ouvir a sua voz".

Nos últimos meses ligara-se a uma orientanda que lembrava Ucha no tipo físico e na candura. Era casada com um médico famoso, tinha sido *glamour girl* e frequentava a melhor sociedade de Campinas. Era muito tensa, fumava demasiadamente, sentia demasiadamente e tinha uma compulsão demasiada para se apaixonar. "Minha tese é sobre Camilo Castelo Branco, porque eu me identifico com o romantismo", dissera na primeira reunião. Na segunda beijaram-se, na terceira ela sugeriu que fossem para um motel. Escrevia longas cartas onde aludia sinceramente ao seu ardor e celebrava suas qualidades de amante. E como ela o romanciava, ele se romanciava também e, em alguns momentos, chegava mesmo a acreditar que voltara a ser um grande sucesso. Mas, invariavelmente, ao recordar sua pífia atuação, lamentava a si mesmo e sentia uma pena infinita da condição feminina. "Pobre de mim, pobres mulheres que não buscam sexo, mas apenas fantasia."

— Raquel, quer parar com essa limpeza furiosa, por favor?

— Esta casa está precisando de uma grande faxina! — respondeu Raquel, ligando o aspirador.

Lena se sentou na cama e começou a examinar os livros. *Intellectual memoirs*, *The catcher in the rye*, que jamais saía de sua cabeceira, *Evelyn Waugh*, os três volumes de *L'idiot de la famille*, *Shakespeare and Company*, *Sylvia Plath*, *Perto do coração selvagem*, *Books and portraits* e *The Proust screenplay*. Lena escolheu *Catcher in the rye*, porque falava de uma época que tinha sido muito cara a todos eles, e hesitou entre o *Screenplay* de Proust, jamais realizado, que Leo descrevia como uma obra-prima de Pinter, e as memórias intelectuais de Mary MacCarthy, porque a autora tinha sido uma paixão comum. "Resta escolher um disco e uma foto", pensou Lena, abrindo o envelope onde Flora escrevera em letras de forma: *photos*. Entre todas as que entrevira sobre a cama, desejara uma tirada por Caio no escritório: Leo em branco e preto, de olhos semicerrados, um cigarro entre os dedos e sua ironia eternizada no leve sorriso, na expressão do rosto e do olhar.

— O que é que você acha? — mostrou a Raquel.

Raquel deu de ombros e continuou a passar vigorosamente o aspirador.

— O Caio ainda está no escritório?

Raquel assentiu, contrariada.

— O que é que você tem? — Lena perguntou.

— Vocês ainda vão demorar muito nessa fuçação?

— Só depende da Flora — respondeu Lena, abrindo a gaveta do criado-mudo, onde havia um *walkman* e algumas fitas. "Por que não?", considerou. Levaria uma fita, em vez de um disco. Aqueles deviam ser os cassetes mais ouvidos por Leo nos últimos tempos. Lena tocou neles, como tinha tocado nos livros, ternamente, pensando que as mãos de Leo os tinham tocado muitas vezes, não desse modo ritual, mas do modo dessacralizado, como a maior parte dos gestos cotidianos: dois concertos para piano de Mozart, *Canções sem palavras*, de Mendelssohn, uma peça de Carl Emanuel Bach, vários *requiem*, *stabat maters* de autorias diferentes, gravações de John Coltrane, Charlie Parker, Lester Young e Coleman. Lena examinava as fitas e pensava nas eras de Leo. O gosto por *jazz*, que começara junto com o seu, nos anos 50, a música clássica que se convertera no seu fundo musical desde os anos 70. "Lembra-se da gente quando ouvia Charlie Parker?" Lena escolheu Charlie Parker e se deteve diante dos diversos *requiem*. Escutaria ao menos os acordes iniciais de alguns antes de se decidir, começando pelo de Boccherini, mas, ao abrir o walkman para colocar a fita, percebeu que ali havia outra, sem identificação. "A última fita que ele escutou", concluiu, colocando os fones de ouvido.

— Posso? — perguntou Raquel, passando o aspirador na beira da cama.

Lena acionou o botão e acomodou-se na cama para

escutar, enquanto observava Raquel absorta na labuta doméstica, como se tivesse retomado o tempo em que vivia com Pingo e era apenas uma dona de casa no estilo americano, daquelas que faziam tudo.

— Está nervosa? — Lena perguntou, ouvindo os acordes iniciais da marcha fúnebre.

— Se não estivesse não estaria fazendo limpeza.

— O que é que está grilando você?

— O clima. Muito pesado. Você não está sentindo?

Lena estava lívida.

— Você está passando bem? — perguntou Raquel, assustada.

— Oh, meu Deus! — balbuciou Lena, ouvindo Leo dizer *I'm the ghost of an infamous suicide*.

— O que é que está acontecendo?

— Escuta isto! — disse Lena, retirando os fones de ouvido e colocando-os em Raquel.

— *I have suffered the atrocity of sunsets, into a dark world I cannot see at all...*

— É a voz de Leo! — disse Raquel, amedrontada.

— Você acha que a gente deve mostrar essa fita a Flora?

— Claro! Vai chamá-la!

— *A vulturous boredom pinned me in this room, it's not a heart, it's a holocaust I walk in... now I'm easy, I'm peaceful...*

— O que é que está se passando? — perguntou Flora, entrando atrás de Lena.

— Ele está se explicando — disse Raquel, colocando os fones de ouvido em Flora.

— *I have no fear, this is not death, it is something safer...*

— Eu não entendo muito bem inglês — disse Flora, devolvendo os fones a Raquel.

— *Dying is an art, like everything else* — disse Raquel, repetindo as palavras de Leo. — *I do it exceptionally well, I do it so it feels like hell, I do it so it feels real, I guess you could say I've a call...*

— O que é que ele quer dizer com isso? — perguntou Flora, magoada com o fato de que aquela mensagem não se dirigia a ela, mas aos outros que sabiam inglês.

— É um poema de Sylvia Plath — respondeu Lena. — Fala da morte, de suicídio, da vocação que ela tinha para a coisa. Ela acabou se matando — esclareceu.

— E o que é que ele pretendia com isso? — insistiu Flora. — Que a gente o perdoasse? Pois está perdoado — disse Flora, retornando ao quarto de Davi.

— O que é que a gente faz com esta fita? — gritou Lena.

— O que você quiser — respondeu Flora, fechando a porta.

— Melhor você ir ver o que está acontecendo com ela — disse Raquel, referindo-se a Flora.

— O que é que a gente faz com a fita? Levamos pra casa da Lúcia, mostramos aos outros?

— Lena, na hora que ele falou do coração, eu tive

vontade de chorar. *This is not a heart, this is a holocaust I walk in*. Será que isso também é da Sylvia Plath? — perguntou Raquel, emocionada.

— Não sei — respondeu Lena, enquanto saía do quarto.

Raquel olhou para o *walkman*, para a foto que Lena escolhera, Leo sorrindo, o sorriso de um cético, de alguém que gostaria de se encantar e só encontrara desencanto, e começou a chorar. Pensava em Leo preparando a própria morte, produzindo aquela fita, selecionando a trilha musical, as palavras a dizer. Fazia anos, muitos anos que não se sentia tão triste, tão arrependida de sua solidariedade. Desde que havia entrado naquele apartamento sentia-se mal, assolada pelos pensamentos mais soturnos e pelas premonições mais sombrias. Tentou reagir acionando sua melhor disposição, mas o sentimento mais vigoroso que assomou foi uma profunda irritação. De início sentiu-se como na presença do mal, depois identificou essa presença como a morte. Era tudo o que não desejava, ela que ressurgira dos mortos. Devia ter feito como Pingo e ido direto para a casa de Lúcia.

— Será que eles encontraram alguma coisa? — perguntou Tito, sentindo-se culpado por não ter ido à casa de Leo.

— No fundo, no fundo, você gostaria que o romance estivesse em alguma gaveta com uma dedicatória "aos meus amigos" — disse Ivan.

— No fundo, no fundo, espero alguma coisa do Leo que tenha exatamente o sentido dessa dedicatória.

— Nós não éramos assim tão importantes para ele — disse Pedro.

— Não todos, mas alguns de nós éramos toda a família que ele tinha — retrucou Lúcia.

— Eu não me sinto parte dessa família — resmungou Beny.

— Você foi parte dessa família, todos nós fomos em algum momento — continuou Lúcia.

— Ele era tão só, tão só — disse Ucha, com as lágrimas escorrendo pela face. — Uma vez ele me levou ao colégio onde vocês estudaram, fez um *tour* comigo pelo centro da cidade para mostrar os lugares que vocês frequentavam quando eram jovens, os cinemas, os bares, a faculdade. Mas não foi para mim que ele falou, foi para si mesmo.

— Ora, ora, ora — ironizou Beny. — Será que o Leo era um sentimental?

— Ele era gente, muito gente — disse Ucha, assoando o nariz. — Ligava pra mim de madrugada e ficava falando de vocês, dele, do passado, das coisas que ele gostaria de ter feito e não fez...

— O que é que ele gostaria de ter feito e não fez? — perguntou Beny.

— Queria ter viajado para o exterior...

"Gostaria de ser um turista inocente, sem pejo de me deslumbrar com o óbvio, queria ver um show na Broadway, conhecer a casa de Mozart em Salzburgo, a casa de Anne Frank em Amsterdã, queria ir a Stratford-upon-Avon, andar de bonde em San Francisco, queria ir a Delfos, a Siracusa, ao Louvre, à National Gallery, ao MoMA, queria conhecer o cemitério judeu em Praga, queria encontrar Fernando Pessoa na Brasileira, queria morrer em Madri", dissera dias atrás. "*Morrer em Madri*, por quê?", Ucha havia perguntado. "É o nome de um filme, Morrer em Madri", Leo respondera. "É bom?", ela quis saber. "Era bom quando eu o vi, mas meus olhos eram diferentes." Ucha não compreendera. "Eu vi esse filme quando era muito jovem." E lhe contara sobre a Guerra Civil Espanhola. "Por que é que você não faz essa viagem? É grana?" Ele riu do outro lado da linha. "Não, não é grana."

— Às vezes o Leo me falava umas coisas que eu não entendia, mas acho que ele só dizia aquelas coisas pra mim. Exatamente porque eu não entendia.

— Eu sei que não está sendo fácil, mas a gente tem que dar um destino pra essa fita! — disse Lena, entrando no quarto de Davi.

— Faça com ela o que bem entender! — respondeu Flora, chorando. — O que é que ele queria que se fizesse? Que eu e o Davi escutássemos? Se ele quisesse isso falava em português!

— Eu acho que essa mensagem é pra todo mundo, inclusive pra você!

— E por que é que seria pra mim se o Leo nunca me considerou?

— Ele considerava você, sim, Flora.

— Me tolerava como um mal necessário, alguém que o erguia do chão e colocava na cama, que enfiava a cabeça dele na pia pra ele vomitar e depois limpava. Por que é que eu me casei com o Leo? Se a vida inteira sonhei em me casar com um médico, ou engenheiro, um cara que tivesse um bom emprego, carro da companhia, que me desse um sítio pra eu plantar minhas flores e um apartamento na praia, onde eu passasse o verão com os meus quatro ou cinco filhos. Foi pra isso que eu nasci, Lena. Pra gerar, plantar, cuidar dos filhos, do marido, da casa.

— Eu tive tudo isso e não era feliz — disse Lena, abraçando Flora.

— Mas você é diferente de mim, você é intelectual! O Leo devia ter se casado com uma mulher como você!

— Não casou porque não era besta. O que é que eu ia fazer com um cara de porre? Botava pra fora e trancava a porta! Eu tenho horror de vômito, de fezes, eu vomitava toda vez que trocava a Marina. Você acha que eu só tive uma filha por quê?

— Sobre a fita, Lena: dê o destino que você quiser.

— Você se incomoda se eu levar pra casa da Lu?

— Não. Contanto que ninguém me obrigue a escutar.

— Falta muito aí pra você terminar?

— Só duas gavetas.

— Eu te ajudo — disse Lena.

— Não, eu preferia que você avisasse o Caio e os outros que estão procurando o romance, que estou terminando e vou fechar a casa na hora que acabar aqui.

— Eu vou apressar o Caio — disse Lena, saindo.

Flora ouviu-a entrar no escritório e dizer "Como é, achou alguma coisa?", ouviu o ruído do aspirador no quarto de Leo, fechou a porta atrás de si. Sentia-se alijada, desconsiderada, pensava na sua vida com Leo, nas vezes em que o consolara, limpara, enxugara, saciara, procurara compreender sem a menor esperança de reciprocidade e começou a chorar. O que diria a Davi quando ele tivesse idade para entender? "Fui menos que nada na vida de seu pai", "Não fui ninguém, apenas uma mulher que sabia amparar sua cabeça quando ele vomitava, ou o abraçava nas longas noites de pesadelos", "Que mulher fui eu?" Flora perguntava-se, no passado e no presente: "Afinal quem sou, o que quero da vida?", já que abdicara dos velhos sonhos sobre felicidade doméstica, daquelas imagens de tranquilidade que tinha afagado desde a adolescência, toda vez que assistia na televisão a um comercial sobre seguros ou automóveis.

— Você vai mesmo fazer o jantar? — perguntou Ucha.

— Vou fazer um espaguete, porque vai chegar uma hora em que as pessoas vão ter vontade de comer alguma coisa quente. Mas estou só adiantando.

— Você é psicoterapeuta, não é?

Lúcia assentiu.

— Eu fiz análise mais de três anos. Quando era casada com o Heitor. Quando não me faltava trabalho e eu tinha grana pra pagar.

— Foi bom pra você? — perguntou Lúcia.

— Na época foi, mas na época estava tudo bem, tudo era bom, eu nem sei por que é que resolvi fazer análise. Quer dizer: eu sei... por causa do Heitor. A gente não tinha nada a ver. O Raul nunca entendeu por que me casei com ele. Com tanto cara dando em cima de mim, muito mais fino, muito mais culto, muito mais rico. O dinheiro do Heitor era bem recente — informou. — Ele tinha uma construtora. Ganhou uma fortuna construindo casas populares...

— Casou com ele, por quê? Porque estava apaixonada?

— Casei com o Heitor porque ele estava apaixonado por mim.

— É uma boa razão.

— Mas não a razão certa — disse Ucha.

— Será que há uma razão certa pra casar? — perguntou Lúcia.

— Se você não sabe, como é que eu iria saber? — Ucha sorriu.

— Por que é que você imagina que eu saiba mais sobre casamento que você? — indagou Lúcia, ligando o processador.

— Você está brincando comigo, não está?

— Não — respondeu Lúcia, acentuando com um movimento negativo com a cabeça.

— Imagina! — exclamou Ucha, rindo. — Saber mais de casamento que você?!

— Por que não? — perguntou Lúcia, sorrindo.

— Não é só porque você é psicoterapeuta. A Bia comentou comigo que você é casada há milênios.

— Acho que sim, só que isso não me qualifica para entender mais de casamento que você.

— Mas eu nem tive filhos! Passava mais tempo no avião que na minha casa e quando estava em casa sempre inventava um motivo pra sair, ou pra dar uma festa. Eu nunca me senti casada.

— Eu sempre me senti casada. Desde o primeiro dia de namoro com Rui, desde sempre — disse Lúcia, colocando a cebola moída num recipiente de vidro.

— Morro de inveja de você.

— Não morra.

— Você é muito diferente do seu marido? — perguntou Ucha.

— A gente tem muitas afinidades, mas não sei se vemos a vida do mesmo modo.

— Quando eu falo que o Heitor não tinha nada a ver comigo, não me refiro só ao temperamento, mas às coisas de que a gente gostava. Ele adorava filme de faroeste, de terror, fitas violentas, tinha loucura por luta livre, corrida de automóvel, futebol, adorava ir a estádios, autódromos, era capaz de pegar um avião e se mandar pra qualquer lugar do mundo só para ver uma corrida de Fórmula 1.

"Ele nunca foi comigo a um teatro nem ver um filme mais delicado, só me acompanhava a *vernissages* por causa da badalação, não lia um livro, ficava na maior irritação porque eu escrevia poesia... Aliás, eu acho que só publiquei aquele livro para irritar o Heitor!" — acrescentou.

— Foi muito difícil pra você a separação?

— Na hora não foi! Eu saí com o Raul pra comemorar! Passei a noite no Gallery tomando champanhe e dançando! O Raul era um amigo meu que morreu... ele era homossexual — esclareceu Ucha.

— É horrível perder os amigos — disse Lúcia, pensando em Leo.

— Quinze dias entre o diagnóstico da maldita e a morte. Eu fui visitá-lo no Emílio Ribas... estava muito magro, o olhar comprido, os olhos saindo da órbita, enormes... sorriu para mim apesar de saber que ia morrer, e eu feito uma idiota, dando a maior força, "Você vai sair dessa!". Aquela coisa de fazer de conta que ia dar tudo certo... "Olha, na semana que vem você vai sair daqui, é só uma crise..." Tão ruim a sensação de despedida, você ver o doente terminal ocupar um lugar que ainda não é o lado dos mortos, mas também não é mais o dos vivos, você entende?

— Muito bem — disse Lúcia, lembrando-se de Rui, muito nervoso, admoestando-a contra seu pessimismo e lhe dizendo palavras animadoras: "Você vai sair dessa", como Ucha dissera a Raul, a marca registrada do otimismo de quarto de hospital. "Talvez eu saia dessa, mas não é o que ele sente e talvez não seja o que ele quer", escrevera em sua agenda, que acabara se transformando numa espécie de diário da sua doença. "Meu pai chora no corredor a morte da minha mãe e a minha morte provável. Camila o consola, forte, já assumindo meu papel, porque é assim que vai ser se eu não sair dessa. Todos já se investiram de seus papéis. Laura, a caçula, está em processo de regressão. Os terrores noturnos voltaram, e ela se levanta e vem para o meu quarto. Dorme abraçada a mim. Fortemente." Quando saía das transfusões, como ao sair das sessões de quimioterapia, se sentia cada vez mais velha, mais triste, mais só.

— Você não sabe o que a gente encontrou — disse Lena, sentando-se ao lado de Caio e esquecendo-se de que meia hora antes saíra dali amuada.

— O que é isso? — Caio perguntou, enquanto Lena lhe colocava os fones de ouvido.

— É o Leo, do fundo da sua dor — disse ela, erguendo-se para chamar Bia e Adonis. Na passagem entrou no quarto de Leo e instou Raquel a largar o aspirador e se juntar a eles. "A gente precisa ficar junto, eu não sei por quê, mas é o que estou sentindo, e você sabe que não sou muito de sentir essas coisas!"

— Eu estou na minha, Lena. Eu sei o que faço! Quando for a hora de me juntar a vocês eu vou. Não acrescentou "É o que estou sentindo, e você sabe que eu *também* não sou muito de sentir essas coisas", porque seu tom não deixava a menor dúvida. Na verdade, sentia-se no meio do pesadelo dos outros, a todo momento sob ameaça de que se tornasse seu. Via-se na cama, três semanas sem alimento sólido e sem banho, o corpo esquálido e sujo, a cujo odor se acostumara, a morte paciente à sua espera, era como se a visse sentada na poltrona à sua frente. Morreria de amor, deliberadamente. Era capaz de resistir ao desinteresse, à desatenção, à traição, mas não ao abandono. Resistiria a tudo, menos à ausência e privação do objeto amado. "É uma obsessão", dizia Lena, que se irritava com a bonomia de Raquel em relação às "garotas" de Pingo. "Isso passa, ele sempre acaba voltando pra casa", e voltava. "É uma linda doença", dizia Lúcia, capaz de compreender que Raquel aguardasse Pingo com a sua melhor camisola, mesmo sabendo que ele tinha acabado de se despedir de outra mulher, provavelmente dormido com ela, na sua sala, no automóvel ou, se o caso precisasse de alguma discrição, num motel na zona do aeroporto. Mas ele chegava, e Raquel exultava, estava sempre de braços abertos e o acolhia grata por ele ter voltado para casa. Sabia que seria assim desde a primeira vez que saíram juntos, e ele a levou a uma festa de uma colega sua do curso de letras. Passara o tempo todo cortejando a anfitriã e suas amigas, que não partilhavam nem participavam muito da vida acadêmica por estarem inseridas no "gueto" das grã-finas. "Por que é que você deu em cima delas?", perguntou Raquel na saída. "Porque elas se vestem bem, cuidam dos cabelos e se perfumam, e eu gosto de mulher perfumada", disse Pingo. "Por que é que não avisou? Eu só estou vestida desse jeito porque achei que você gostava!", respondeu Raquel, que trabalhava em regime de meio período como secretária e levava, por assim dizer, uma espécie de vida dupla, já que não podia usar a mesma roupa no emprego e na faculdade sob pena de ser considerada alienígena em ambos os lugares. Mas, se Pingo gostava de mulheres bem-arrumadas, assumiria o risco, como assumiu, de ser vaiada pelos colegas de classe e até de ser apontada por um grupelho como agente do DOPS, infiltrada na Universidade de São Paulo. O que era claro para Pingo e Raquel é que ela estava na vida para agradar-lhe e iria levar essa missão ao paroxismo de se deixar morrer quando, pela primeira vez, sentiu que o que a ameaçava não era uma transa, um namorico, um caso passageiro, mas a paixão de quarentão por uma jovem pouco mais velha que sua filha. Era possível competir em muitos campos, menos no da juventude, ela que dissipara a sua a serviço do seu homem e dos filhos que tivera com ele. Quatro, em menos de cinco anos, os mais novos gêmeos, criados como os outros, sem o auxílio de ninguém, pois sua família se reduzia a uma velha tia e um primo solteirão que moravam num sítio perto de Araxá.

"Você é meu tudo", dizia, abraçando o marido. E durante vinte anos foi. Até que um dia, em que a morte a espreitava, ela fechou os olhos e, em vez de morrer, sonhou que estava no lago Vitória. O panorama que descortinava era magnífico, assombrosamente belo, ela nunca vira nada que se assemelhasse. "Vou para a África", disse ao ressuscitar. Demorou quatro anos para concretizar seu sonho.

"Nunca pensei que você conseguisse viver longe do Pingo", dizia Bia. "Nem eu", ela confessara sem ressentimentos. *It's here to stay*, dizia para si mesma, todos os dias, sem nomear a felicidade. Mas desde que entrara no apartamento de Leo sentia que essa preciosa sensação, conquistada quase à custa de sua própria vida, estava ameaçada por um impulso vagamente familiar, o mesmo que a tinha prostrado na cama durante semanas, indiferente aos cheiros de suas secreções de mulher, aos apelos dos filhos para que vivesse.

Desde que entrara na casa de Leo vira a si mesma apagada e vazia de qualquer chama vital e teve muito medo de que por alguma razão mergulhasse outra vez no reino das trevas. Incomodava-a viver esse íntimo contato com a morte, incomodava-a pensar que anos atrás ela fora sua primeira opção, defendia-se das lembranças e da imagem de Leo lhe dizendo num aniversário de Pingo festejado em Vinhedo: "É tão fácil pensar na morte como a única solução, a gente está sempre por um fio, nada é mais precário que isso que você chama de felicidade ou bem-estar". Raquel queria sair dali o mais depressa possível.

— Quando você acha que vai terminar? — perguntou Raquel a Adonis.

Adonis deu de ombros e continuou vasculhando uma pasta azul.

— Está tudo bem?

Ele assentiu.

— Pelo jeito esta pasta está muito interessante — disse Raquel, saindo da sala com o aspirador.

"Mas não há nada de interessante nesta pasta", pensou Adonis, lendo a resenha que Leo fizera de seu livro. A sua loucura se transformara em "realidade exterior", era uma resenha gentil, "um momento genuíno de boa literatura". Lembrava-se de Leo, o primeiro a visitá-lo sempre que saía da clínica. "Descansou?", perguntava. "Me senti um ovo num quadro de Brueghel", respondera Adonis, certa vez. "Então devia ser um belo e antropomórfico ovo", dissera Leo, fazendo um esforço para não levar sua loucura muito a sério. "Às vezes era só um ovo, sem maior expressão", informara Adonis. "Você sentiu medo alguma vez?", desejava saber. "Eu sempre tenho medo quando sei que vão me aplicar eletrochoques."

Embora o choque fosse aplicado com anestesia, não queria viver a humilhação do ritual: a bocarra aberta para que um pano grosso fosse enfiado ali, as peças, como fones de ouvido, apertando suas têmporas, o corpo estremecendo com violência, as costas arqueadas, pernas e mãos agitando-se freneticamente apesar de amarradas, a cabeça desejando projetar-se para fora do pescoço, os músculos do rosto contraídos num ríctus medonho, a onda de choque percorrendo cada veia sua como um *poltergeist* furioso.

— Mas, se você está inconsciente, como sabe que tudo isso acontece? — perguntara Leo.

Adonis sabia porque uma vez, por curiosidade, e para saber como era com ele, se oferecera para ajudar na aplicação a um colega. A partir de então, a simples palavra eletrochoque o remetia para a própria experiência, mas o cenário não era o da clínica e sim o de um deprimente hospício do século XIX. Na cena, era ao mesmo tempo paciente e psiquiatra visitante, um doutor Freud estarrecido, percorrendo as dependências do hospital do doutor Charcot.

Leo era a única pessoa que não ficava inquieta quando ele contava esse tipo de coisas. Pedro, Caio e o próprio Pingo sentiam-se desconfortáveis ouvindo-o falar de suas experiências e sensações. "Você já conversou com o seu psiquiatra?", ou "Você já falou sobre isso ao seu psicanalista?", perguntavam. "Eu não acredito na psiquiatria e muito menos na psicanálise", respondia para desconcertá-los.

— Adonis, você está legal... quer dizer: legal mesmo? — perguntou Lena, entrando.

— Legal como? — devolveu a pergunta, intrigado.

— O Leo deixou uma mensagem pra gente. Você acha que está bem para ouvir?

— Bem, como? É tão grave assim pra eu ter uma crise e quem sabe precisar de camisa de força?

— Não é isso, Adonis.

— Do jeito que você está propondo...

— Eu sei que sou péssima para estabelecer contato, mas só estou tomando cuidado com você!

— Eu posso chorar, mas não sou solúvel em água, fique tranquila!

— Então escuta — disse Lena, colocando-lhe os fones de ouvido e acionando o botão do *walkman*. — Está escutando? — perguntou depois de um tempo.

Adonis estava chorando.

— Eu acredito quando ele diz *I'm easy, I'm peaceful...* — disse Lena, apertando sua mão.

Adonis assentiu e continuou a chorar.

— Eu dei um romance da Clarice Lispector para um cara. Ele não entendeu nada. Me devolveu o livro — disse Ucha. — Era o contato de uma agência. Resolvi que ia ter um caso com ele porque ele dava em cima de mim e eu tava na pior. O nome dele é Erotildes, Eron, ele dizia que se chamava. Descobri que era Erotildes uma vez num motel. Ele tinha largado os documentos no criado-mudo, e dei uma olhada na carteira de identidade quando ele se levantou pra ir ao banheiro. Erotildes, acredita? Podia mudar de nome. Um conhecido do meu pai mudou. Chamava-se Stalin, coitado. Mudou para Antônio, em 1958. Demorou mais de cinco anos o processo.

— Mas certamente não foi por causa do nome que a relação não funcionou — observou Lúcia.

— Não, claro que não. Era horrível a nossa relação. Quer dizer, tinha momentos bons. Mas um dia acordei disposta a acabar com tudo. "Puxa vida, tantos anos de análise pra quê?", eu pensei... Ele não entendeu nada. "Mas por quê?", ele falou. "Porque você tá me fazendo muito mal", respondi. "Mas você também me faz mal!" Ele achava que eu o agredia toda vez que o chamava de Erotildes. É claro que não chamava de graça. Toda vez que ele me magoava eu mandava um Erotildes. "Eu te magoo, você me magoa, paixão não é assim? Na cama não é legal? Eu não sou gentil com você???", ele falou.

— E era? — perguntou Lúcia.

— Como era! — suspirou Ucha. — Ele era do tipo que ficava legal em duas circunstâncias. Primeiro quando bebia, depois quando transava. O resto do tempo era uma motoniveladora. Principalmente depois de ter sido muito delicado. Numa fração de segundo, esquecia as palavras bonitas que tinha dito na cama e começava a falar na mulher e nas filhas, em quanto a mulher era uma puta companheira, de como as filhas eram lindas, de como a família era unida e primorosa, e que merda ele estar se arriscando a perder essa verdadeira maravilha por causa de uma aventura à toa. Eu, aventura. Em menos de trinta segundos passava de meu amor, minha amada, para uma merda de aventura, uma merda de modelo que apareceu na agência disposta a dar pro primeiro cara que lhe arranjasse uma merda de figuração. O desgraçado me tratava como se eu fosse um saco de lixo não reciclável.

— E você, o que fazia? Chamava-o de Erotildes? — perguntou Lúcia, espantada com o desabafo.

— E mais nada, me comportava como nada — respondeu Ucha. — Um nada ferido que dizia coisas do tipo "Eu vou ligar pra sua mulher e contar que você tem um caso comigo" ou "Você costuma transar com sua mulher como transa comigo?", e ele fazia um ar safado de mistério. Mas um dia ficou puto e reagiu invocado: "Costumo, por quê?". "E ela gosta?", eu falei. Ele ficou uma fera. "Gosta, por quê? Você não gosta? Tá a fim de me sacanear por quê, hein?", ele falou. "Você não se manca que me sacaneia quando começa a falar da tua mulher e das tuas filhas? Eu também tenho família, poxa!" Puta nível, né? E o cara ainda queria saber por que é que resolvi terminar. "Porque você só é carinhoso comigo quando está bêbado! Porque eu sou uma pessoa sensível, eu sou poeta!" Ele não acreditou. Precisei mostrar um volume de *Cama desfeita* pra ele acreditar que eu escrevia. "Eu gosto muito de você", ele ainda teve coragem de dizer. Disse que me amava, você acredita? Aposto que ficava fazendo o mesmo tipo de clima com a mulher dele, sugerindo que tinha uma amante muito mais interessante do que ela, só pra gerar insegurança. Tem cara que é assim.

— Você é sempre assim tão explícita quando fala da sua vida com as pessoas? — perguntou Lúcia, sorrindo maternal.

— Não. Quero dizer, depende da pessoa. Com você é fácil porque eu sei que você é terapeuta — respondeu Ucha, embaraçada.

— Você já pensou por que costuma atrair esse tipo de homem?

— Não. Na época do Heitor era diferente. Antes dele também. Acho que é porque estou na pior e me castigo por estar na pior. Naquela hora em que você me perguntou se senti a separação, claro que senti. Não na hora. Depois. Quando ninguém me chamava pra mais nada. Eu estou arrasada com a morte do Leo porque ele gostava de mim, me respeitava. Com ele me sentia importante, ele me tratava com delicadeza — disse Ucha, enxugando as lágrimas e lembrando-se de Leo a seu lado no enterro de Raul, as palavras gentis, o convite para jantar, a paciência com que a ouviu falar sobre o falecido. "Eu estou me sentindo tão sozinha", e as palavras dele, segurando sua mão:

— Todos nós somos, meu bem, e não há muito o que fazer nesse sentido. Quer ir ao cinema? Um bom filme pode fazer você esquecer que é tão sozinha.

Ela quis assistir à reprise de *Uma linda mulher.* Leo dormiu quase imediatamente. No final, Ucha perguntou:

— Se não era teu gênero de filme, por que assistiu?

E ele respondeu:

— Porque você queria ver.

E ela se desculpou.

— Eu adoro histórias de Cinderela. No fundo, espero que um dia aconteça comigo, que chegue o cara certo e eu volte a ter muito sucesso.

Leo sorriu indulgente.

— Eu não acredito em histórias de Cinderela nem em Papai Noel nem em fada madrinha, mas passei boa parte da minha vida imaginando que se tivesse casado com a Lena tudo podia ser diferente. O que foi uma tolice, uma idealização estúpida, porque ninguém tem esse poder.

— Olha você aqui na casa da Granja!

Bia olhou para si vinte anos antes e sorriu saudosa. Estava no jardim, deitada na espreguiçadeira, tomando sol em *topless*, e a visão de sua nudez era absolutamente angelical nessa foto que Leo tirara de surpresa.

— Eu tenho tanta pena de nós, Lena! Quando olho para a gente nestas fotos, aquilo que a gente era, no que a gente acreditava e no que se tornou, Lena. Um bando de gente triste e desesperançada.

— A Raquel não é desesperançada — Lena tentou confortar.

— Ela faz o que pode! Todos nós só fazemos o que podemos, e a gente pode tão pouco. Olha você e a Lu naquele *réveillon* maluco na casa dela — disse Bia, mostrando uma foto colorida do *réveillon* de 1980, em que Lena e Lu apareciam sorridentes e abraçadas, infinitamente belas, infinitamente jovens.

— Grande ano aquele! — murmurou Lena, pensando em Ivan.

— Mesmo a Lu hoje em dia. Não é mais a mesma pessoa depois daquela doença.

— Não, não é — concordou Lena.

— Não é só que as pessoas envelheceram, as pessoas ficaram sombrias.

— O país ficou sombrio.

— Não é que antigamente eu fosse uma pessoa muito feliz, mas eu tinha esperança, Lena.

— Todos nós tínhamos, menos o Leo.

— Houve uma época em que ele se agarrou à metafísica com a mesma força com que eu me agarro ao sobrenatural.

— Parece que ele não foi tão bem-sucedido quanto você.

— Eu preciso aprender a ser fio terra e a deixar de ser radar. Eu fico captando tudo o que está no ar e sofro demais.

O que estava no ar, Bia explicou, era o espírito do desassossego.

— Posso mostrar ao Caio? — perguntou Lena, referindo-se ao álbum.

— Claro. Eu já estou terminando aqui — disse Bia, assoando o nariz.

Na passagem, mostrou uma foto a Adonis. Ele dormia numa rede, a boca aberta, certamente roncando, depois de um lauto almoço no sítio de Pingo e Raquel. Adonis não se movera. Tinha os olhos fixos numa pilha de laudas à sua frente, o nariz vermelho e entupido, o que dificultava sua respiração.

— Adonis, você pode contar comigo — disse Lena, beijando-o na face. Mas ele não respondeu.

— Posso fazer alguma coisa pra te ajudar? — perguntou Raquel, entrando no quarto de Davi.

— Eu já estou terminando, obrigada — respondeu Flora com os olhos marejados.

— Não sei se digo pra você "pare de chorar", "não vale a pena" ou "chore bastante que vai lhe fazer bem".

Flora assoou o nariz, enxugou os olhos e colocou a sacola maior sobre a cama para guardar os brinquedos de Davi, abriu o gavetão sob a cama e estacou. Sobre as caixas de jogos destacavam-se dois enormes cadernos espirais de capa vermelha. Seu coração disparou. Sabia que não eram cadernos convencionais, não pertenciam a Davi. "Acho que isso é pra mim", pensou enquanto os olhava fixamente antes de decidir tocá-los. "Agora ou nunca", disse, pegando o primeiro e depois o segundo, onde, preso a um clipe, havia um breve bilhete. "Flora, dê isto ao Davi quando achar que ele está preparado." Flora abriu a esmo e estremeceu. Era o diário de Leo, o diário da Granja que ele depusera na gaveta de brinquedos do filho, certo de que Flora seguramente o encontraria ali. Principiava em 31.12.72 e na primeira página, numa linha entre aspas, como uma epígrafe, escrevera: "Não é minha culpa, não é culpa de ninguém". E logo abaixo começava: "Sozinho. Como devo chamar isto? Diário da minha angústia? Quase meia-noite. Há uma festa lá fora. Há sempre uma festa lá fora".

Flora tentou prosseguir, mas as lágrimas dificultavam a sua visão. Era impossível continuar, e ela não tinha vontade de dividir sua descoberta com ninguém. Suspeitava que fosse o texto que todos procuravam, mas suspeitava também que, mesmo diante da evidência do diário, as pessoas continuassem a procurar o romance, porque era isso que elas queriam encontrar. Ficção. Não. Não havia ficção. Flora sabia que Leo era incapaz de escrever duas coisas importantes ao mesmo tempo. Podia produzir numa única semana duas resenhas, um verbete, uma matéria sobre os avanços da biogenética, um tratado sobre a gastronomia francesa do século XVII, um roteiro pelos bares do *lower east side*, mas um romance e um diário dessa envergadura jamais.

Flora envolveu os dois cadernos numa toalha de banho e colocou-os dentro da maleta das roupas do filho, que já estava fechada ao lado da cama. "Afinal, ele confiou em mim."

— Já terminou? — perguntou Lena ao entrar.

— Quase — disse Flora, começando a colocar os brinquedos na sacola.

— Achou alguma coisa interessante?

— Não — respondeu Flora, desviando o olhar.

— A Bia achou.

— O quê? — perguntou intrigada.

— O álbum do Leo com as fotos da gente.

— Ah... — disse Flora, com certo alívio.

— A Bia está chocada.

Deixara-a com a fita, depois de ter arrebatado o *walkman* das mãos de Adonis. "Quantas vezes você escutou?", e ele respondera "Uma vez só". Lena não compreendia o que ele ficara fazendo tanto tempo com o *walkman* na mão, não sabia conversar com Adonis, embora tivesse grande carinho por ele. Na época do seu romance com Ivan, ele a convidara para tomar chá em sua casa e lhe perguntara por que, entre todos os homens do mundo, ela escolhera exatamente aquele para ter um caso.

— Qual é o problema, Adonis? O que é que está incomodando você? — ela indagara sem se ofender.

— O Leo está arrasado com essa história. Ligou ontem no meio da noite, um pau de bêbado, dizendo "Por que não eu, por que não eu?". Fiquei morrendo de pena — acrescentara depois de uma pausa.

— Legal essa tua preocupação, mas o Leo pra mim é como um irmão. Seria incestuoso transar com ele — Lena explicara.

— Ele gosta tanto de você.

— Eu também gosto dele, mas não do jeito certo, do jeito que dá pra ter um caso — Lena respondeu.

— É muito difícil pra uma mulher se deitar com um homem de quem não está a fim? — Adonis perguntara.

— Pra mim seria impossível. Eu não vou pra cama com um cara pra transar, mas pra fazer amor.

No meio da conversa, a mãe de Adonis entrou na sala para renovar o bule de chá. Era uma mulher pequena e miúda que se apresentara de um modo muito simpático:

— Meu nome é Ondina. Nesta família todos temos nomes de deuses — disse, olhando embevecida para o filho e sorrindo para Lena de uma forma que não deixava a menor dúvida: pelo tom privado da conversa, imaginava que fosse namorada de Adonis. "É a primeira vez que ele traz uma moça aqui em casa." Ficou muito inquieta quando viu a aliança na sua mão esquerda.

— Casada? — perguntou, sem disfarçar o desapontamento.

— Há quase dez anos — Lena respondeu.

— Se quiserem mais chá, é só me chamar — disse, retirando-se.

Não voltou à sala nem para se despedir.

— No fundo sofre porque eu não casei, não tenho ninguém pra cuidar de mim quando ela morrer — desabafou Adonis.

— Você tem a nós — Lena disse, sinceramente.

— Eu tenho o Leo, esse sei que tenho.

Não era de surpreender que ele ficasse tão emocionado com a fita, a voz de Leo se despedindo dele, morto o único amigo com quem ele podia contar.

"Até quando a gente vai ficar aqui?", perguntava-se Raquel, invejando as pessoas que tinham optado por ir à casa de Lúcia. "Devem estar ouvindo uma música legal e tomando um uisquinho, enquanto eu estou aqui me sentindo na suíte do hotel de *O iluminado*", dizia para si mesma ao passar furiosamente o aspirador e olhar para Adonis e para o retrato que Leo tinha feito dele muitos anos atrás.

— Você não mudou nada! — disse, indicando a foto.

Adonis olhou para Raquel sem entender.

— Você não mudou nada — ela repetiu, depois de desligar o aspirador.

— Acho que sim — murmurou Adonis se aproximando. — Todos nós mudamos.

— Você não! — disse ela, passando o dedo sobre a moldura e retirando uma espessa camada de pó. — Adonis, me faz o favor. Você que é mais forte, tira da parede que eu vou aproveitar pra limpar. Já que tou com a mão na massa...

Adonis retirou o quadro, e Raquel recuou, estarrecida. No espaço retangular ocupado pela tela na parede destacava-se em tinta rubra: *Je m'évade, je m'explique*.

— O que é isso? — perguntou Raquel, sufocada.

— Ainda não sei — disse Adonis, retirando o quadro acima daquele, atrás do qual estava escrito: *J'ai eu raison dans tous mes dédains: puisque je m'évade*.

— O que é isso, Adonis? — gritou Raquel aflita.

— A carta de despedida — respondeu Adonis, liberando uma grande tela circular que continha uma longa mensagem: *Ciel! Sommes-nous assez de damnés ici-bas! Moi, j'ai tant de temps déjà dans leur troupe! Je les connais tous. Nous nous reconnaissons toujours; nous nous dégoutons. La charité nous est inconnue.*

— O que é que querem dizer essas coisas? — perguntou Raquel, aturdida.

— O que é isso? — perguntou Bia, que acabava de entrar.

— É de *Uma estação no inferno* — informou Adonis.

— O que é que ele quis dizer com isso? — indagou Raquel aos prantos.

— É mais outro recado pra nós — respondeu Bia com a voz embargada.

— Eu não entendo francês! Querem ter a bondade de traduzir esse negócio pra mim? — gritou Raquel.

— Ele diz que se vai, que não aguentava mais, que é um maldito, que se reconhece entre os malditos — disse Bia.

— Será que era só isso que o Leo queria dizer? — Adonis perguntou, retirando outra tela da parede, mas ela não mascarava nenhuma mensagem.

— Gente, para com isso, por favor! Está me fazendo mal! — pediu Raquel.

— Acho que era só o que o Leo tinha a declarar — disse Bia, olhando para Adonis que retirava os quadros da parede um após o outro, mas atrás dos quais nada havia senão espaços mais claros, desenhando quadrados, círculos, retângulos, losangos, segundo a forma da tela que ali se encontrava.

— Eu quero ir embora! — disse Raquel, largando o aspirador. — E é isso que vou fazer! — acrescentou, encaminhando-se para a porta.

— Espera aí que eu vou com você! — disse Bia, saindo atrás.

— Você acredita mesmo que nós somos uma família? — disse Beny.

— Não tenho a menor dúvida, você tem?

— Eu sou um homem de muitas dúvidas, Tito. Ao contrário de você, que tem muitas certezas.

— É uma certeza amável essa do Tito acreditar que constituímos realmente uma família — disse Lúcia.

— Você sempre acolhe de boa vontade todos os sentimentos babacas!

— Sou uma pessoa muito acolhedora, Beny. Acolhi você, por que não posso acolher um sentimento que você considera babaca?

— Beny, por favor. Vê se vai devagar — pediu Pingo, observando Beny se servir de uísque.

— Que bela família! — disse Beny.

— Por que ele está assim? — perguntou Ucha, impressionada.

— Porque ele é assim — disse Tito, enfatizando o verbo.

— Não é, não — disse Lúcia, levantando-se e caminhando em direção ao bar. — Vamos conversar?

— Aqui não — disse Beny.

— Serve no escritório?

Ele assentiu, indefeso.

— Não se pode dizer que ele não tinha bom gosto — observou Caio, referindo-se às mensagens de Leo na parede. — Eu fico impressionado como Rimbaud é atual, como esse grito se parece com o dos *beats*. Não é fortuita essa mesma atração pelo Norte da África, Burroughs não era um turista acidental, era um viajante. Você se lembra daquela frase do Bowles, Lena...? *We are not tourists, we are travelers*, ou qualquer coisa assim...

— O Leo era louco pelo Rimbaud — disse Lena, pensando que Beny também era louco por Rimbaud e que a grande identidade de ambos era literária, e que apesar do discurso de Caio a ter irritado, porque sempre se irritava com o hábito de ele sobrepor a teoria ao fato doloroso, o que era uma atitude defensiva, precisava admitir que ele tinha razão ao aproximar Rimbaud dos *beats*, e que o grande fascínio de Leo pelos *beats* originara-se do reconhecimento de que Rimbaud tinha sido um profeta da modernidade: "Ele antecipou tudo, ele e Baudelaire pertencem ao século XX".

— Você tem certeza de que não quer ir com a gente? — perguntou Lena.

— Absoluta — respondeu Flora, enquanto trancava a porta. — Será que fechamos tudo, persianas, torneiras etc.?

— Quer dar uma geral? — disse Lena.

— Não sei por que estou sempre me preocupando com as ninharias — censurou-se Flora, apertando o botão do elevador.

— Alguém tem que se preocupar com essas coisas.

— Mas eu sempre me pergunto: por que eu, por que eu?

— Pergunte pra Bia. Talvez ela tenha uma explicação — sugeriu Caio.

— Que maravilha a astrologia. Eu sou Virgem, portanto é assim que sou, é assim que me comporto. Nenhuma responsabilidade; de todas as falhas estou isentada — disse Flora, entrando no elevador.

— Sempre nos resta algum livre-arbítrio, segundo ela — ironizou Lena. — O de fazer as piores escolhas, provavelmente.

— Você acredita em astrologia? — perguntou Flora.

— Atualmente gostaria de acreditar em qualquer coisa — respondeu Lena —, inclusive em astrologia. Mas não acredito em nada nem em ninguém, o que significa que as minhas chances de encontrar a serenidade são muito remotas.

— Minha ex-cunhada frequenta um holandês aí — disse Flora ao sair do elevador e pensando que talvez fosse o caso de procurá-la e assistir a uma reunião. "Eu estou tão bem", Vanda tinha dito no aniversário de sua mãe, porque, embora separada de Renato, continuava frequentando as reuniões da família do ex-marido.

— Esse holandês ao menos é bonito? — perguntou Lena, acendendo um cigarro.

— Se beleza fosse a questão, você se contentava com o Ivan.

— É possível — disse Lena com um sorriso.

— Você nunca teve nada com o Leo?

— Que pergunta, Flora! Você sabe que a gente teve uma relação de amizade muito longa e profunda.

— Você nunca foi pra cama com ele? — Flora insistiu.

— Não... — Lena respondeu, desviando o olhar.

— Que dia! — disse Caio, acendendo um cigarro. — Estou morrendo de vontade de tomar um uísque, você não?

— Não estou bebendo — respondeu Adonis, lamentando não poder beber.

— Você não pode transigir nem uma vez?

— Se transigir uma vez, vou transigir muitas vezes, aí o remédio vai deixar de fazer efeito, e eu não quero ser internado novamente.

— Eu sempre achei que o mundo da loucura fosse uma bênção antes de ler aquele seu livro que trata do assunto. Não pensei que se sofresse tanto, que o nível de consciência fosse tão doloroso.

— É muito doloroso. Antes, durante e depois — disse Adonis, com os olhos postos em uma mulher que atravessara a rua fora da faixa dos pedestres e agora caminhava pela calçada. Ele não conseguira ver seu rosto, porque ela virara a cabeça ao passar à sua frente, mas fora atraído pelo seu perfil delgado e agora eram suas costas que lhe chamavam a atenção por serem extraordinariamente estreitas. Lembrava-se da única história de amor que tentara escrever, ambientada numa repartição pública, envolvendo um burocrata soturno que se apaixonava por uma escriturária. Na longa fileira de mesas impessoais, habitadas por seres impessoais, ela ocupava a última e sentava-se de costas para ele, como todos os outros. Ele jamais entrevira o rosto; contudo, diariamente, lia os relatórios manuscritos que ela mandava e tentava apreender a sua alma a partir da expressão da caligrafia. Obsessivo, tornou-se um estudioso de grafologia. Seu objetivo era descobrir nos traços dos "ts", nas hastes dos "çs", na prudência das maiúsculas e na timidez das minúsculas vestígios de inquietude e carência que lhe pudessem indicar o momento exato de enfrentá-la. Mas Adonis acabou desistindo da história pouco antes de esse grande momento acontecer.

— Apesar da fita, do álbum de fotografias, daquele Rimbaud na parede, estou frustrado — disse Caio, apagando o cigarro no cinzeiro, ou "mal apagando o cigarro no cinzeiro", como pensava Adonis, que detestava cigarros, cinzeiros e, acima de tudo, cheiro de cigarro mal apagado.

— Posso? — perguntou Adonis, pegando a ponta do cigarro com todo o nojo e cuidado, pressionando-a mais contra o cinzeiro e fechando-o.

— Eu sempre esqueço que você não fuma — desculpou-se Caio.

"Porque não olha para outra coisa a não ser o seu próprio umbigo", pensou Adonis, enquanto observava a mão ágil de Caio procurar uma fita, entre as muitas que guardava no porta-luvas, e colocá-la no toca-fita, sem ter desviado um instante seus olhos da direção.

— Eu adoro o Queen, você não? — perguntou Caio, quando os primeiros acordes de *We are the champions* começaram.

— Não entendo de *rock* — disse Adonis.

— Eles são um clássico, como Led Zeppelin, Jim Morrison e aquele pessoal de que a gente tanto gostava.

— Eu nunca gostei de *rock* — explicou Adonis. — Só gosto de música brasileira, mas não da atual música brasileira, e gosto dos clássicos.

— Eu me lembro de que você gostava de *jazz* quando estava no colégio.

— Gostava daquele *jazz*, não do que veio depois.

— Eu nunca deixei de acompanhar o que está acontecendo. Adoro *jazz*, rock, adoro pertencer a este tempo.

— *Forever young*, como dizia o Leo — ironizou Adonis.

— O Leo era um velho. Eu não. Por isso não vou morrer como ele.

— Todo mundo vai morrer de uma forma ou de outra — continuou Adonis.

— Eu quero dizer que não vou me matar! — esclareceu Caio. — Eu não estou na vida para ser infeliz como a maior parte de vocês! Estou na vida pra me divertir, para desfrutar de todas as coisas, até do sofrimento, desde que venha acompanhado de uma boa qualidade estética.

— Era isso que você estava procurando na casa do Leo?

— E o que mais? — Caio retrucou. — Ele era muito bom no sofrimento.

— Foi isso que ele disse naquela fita.

— *We are the champions, my friend* — cantarolou Caio. — Eu acho que este devia ser o hino da nossa geração! Grande Fred Mercury! Chorei pra cacete quando ele morreu.

— O hino da nossa geração é o *Subdesenvolvido*! — disse Adonis, que não tinha lamentado a morte de Fred Mercury nem de Jim Morrison nem de nenhum roqueiro nacional ou estrangeiro.

— Que horror! E a gente envolvido até o pescoço com aquele negócio de CPC.

— Eu não lamento ter me envolvido com o CPC — disse Adonis, que tinha saudade daquela época.

— Você é um romântico, Adonis!

— É a primeira vez que alguém me diz que sou um romântico.

— Você e o Tito. Sob essa fachada sisuda, dois grandes românticos.

— Também é a primeira vez que alguém diz que sou sisudo — continuou Adonis, abrindo a janela para poder respirar melhor, pois Caio havia acendido outro cigarro.

— Você entendeu o que eu quis dizer — disse Caio, alheio.

"Na verdade, está cada vez mais difícil entender o que você quer dizer", pensou Adonis, olhando para fora e percebendo, pelas ruas escuras e arborizadas, que já estavam no Alto de Pinheiros, portanto muito perto da casa de Lu.

— Eu morreria de medo de morar por aqui — disse Caio.

— Eu não. Passei grande parte da minha vida morando em casa — retrucou Adonis, pensando na casa de seus pais, numa rua tranquila da Vila Buarque, que havia se transformado no edifício em que morava.

— Eram outros tempos. Agora só dá pra morar em casa se você tiver um puta esquema de segurança. Eu estou muito satisfeito com o meu apartamento nos Jardins — acrescentou Caio depois de uma pausa.

— Eu sempre sonho com a minha casa. Meu quarto, a cozinha, o porão habitável — disse Adonis, recordando sua infância pacata, sem muitas brincadeiras e amizades, porque era filho único e estava quase sempre acamado devido à asma ou à febre reumática. "Miocardite mata", dizia seu pai sem rodeios. Especializara-se na matéria para poder tratar melhor do filho, o lindo Adonis, que fora chamado assim por ser a criança mais bonita do berçário. "As enfermeiras nunca tinham visto nada semelhante", explicava a mãe. "Nasceu criado, pesando mais de quatro quilos, a pele cor-de-rosa, o cabelo preto, a boquinha era um botão de rosa vermelha, não era um recém-nascido, era um sonho!", dizia entusiasmada. Uma vez perguntou à mãe quando tinha começado a engordar e dona Ondina tergiversou:

— Gordinho você sempre foi... saudável, robusto, você sempre foi...

— Quando comecei a ficar disforme? — continuou Adonis.

— Disforme como? Você nunca foi disforme! — protestou a mãe, indignada.

Adonis, porém, se sentira disforme desde que tomara consciência do próprio corpo. A memória mais antiga que guardava de si mesmo situava-se por volta dos três anos, ele deitado na cama, folheando uma revista em quadrinhos, e sua mãe chegando com uma bandeja repleta de frutas, bolo e um prato fumegante de mingau: "Você precisa se alimentar!".

— A minha casa também tinha porão habitável, só que era no Brás! E não virou prédio, virou cortiço! Pelos cálculos do meu cunhado, devem morar lá mais de sessenta pessoas — disse Caio. — Na partilha dos escassos bens dos meus pais, a casa, graças a Deus, ficou com a minha irmã. Mas eu ainda sonho com aquela casa, a gente brincando de esconde-esconde, os velhos sentados em cadeiras na calçada, as matinês aos domingos no cine Glória, os filmes de guerra no cine Piratininga, o maior da América Latina — continuou Caio, sorrindo nostálgico.

— Você gostava realmente de morar no Brás? — perguntou Adonis, lembrando-se de que Caio nunca convidava ninguém para estudar ou para ir a sua casa.

— Gostava, claro... por quê?

— Por que é que você nunca convidou a gente para ir a sua casa?

— Por causa do meu pai — disse Caio. — Ele bebia, era um horror!

— Não sabia que seu pai era alcoólatra, acho que você nunca contou.

— Eu nunca contei uma porção de coisas — disse Caio, pensando nas histórias que costumava fantasiar sobre sua família. O pai tinha um heroico passado anarquista, a mãe era uma mulher de alta extração social, que enfrentara a família para viver uma grande história de amor com o revolucionário. Viviam no Brás, porque seu velho jamais quis se distanciar dos antigos companheiros e, embora vivesse folgadamente, afinal descendia de prósperos imigrantes espanhóis e italianos, mantinha-se fiel aos seus princípios, escrevendo e dirigindo um pequeno jornal em que defendia a causa operária.

Na verdade, seu pai era um modesto relojoeiro, com um modesto passado de militância socialista, que escrevia ocasionalmente para jornais de bairro sobre a história de Roma, provavelmente a única paixão da sua vida. Quando bebia demais, o que acontecia com muita frequência, surrava a família, começando por sua mulher, ex-tecelã das indústrias Matarazzo, cujo maior prazer era a leitura dos romances da coleção das moças. Caio jamais convidara os amigos do colégio para ir a sua casa por causa do alcoolismo de seu pai, mas morria de vergonha do mau gosto de tudo ali, os bibelôs de louça, bichinhos amáveis, casais de jovens camponeses de mãos entrelaçadas, almofadas de cetim com gatinhos pintados, a infinidade de quadros de gesso com cenas bucólicas, as samambaias e espadas-de-são-jorge plantadas em latas de todos os tamanhos.

— Só havia uma pessoa na família que eu teria orgulho de apresentar a vocês. A mãe do meu pai. Era uma espanhola de Aragão, veio para o Brasil com uma companhia de zarzuela. Meu avô era empresário. Chegou a ganhar bastante dinheiro no teatro, mas acabou perdendo tudo no jogo e com mulheres. Quando ele morreu, minha avó foi lavar roupa pra fora. À noite, trabalhava como camareira no antigo Teatro Colombo. Tinha cinco filhos pra alimentar. Cinco caras que não conseguiram ser porra nenhuma na vida.

— Eu nunca me droguei — Tito declarou enfaticamente. — Nunca.

— Acredito — disse Ucha, sorrindo.

— Eu puxei muito fumo — disse Pingo. — Fiz duas viagens de ácido maravilhosas no fim dos anos 60 e experimentei uma carreirinha, por que não?

— A única vez em que cheirei fiquei broxa — disse Ivan. — Mas durante muito tempo, acho que entre 76 e 82, costumava fumar um baseado para relaxar. Não havia nada melhor contra a insônia. Mas aí a Regina começou a encher meu saco por causa das crianças.

— Eu nunca me liguei nessas coisas — disse Pedro. — A única vez que experimentei maconha dormi. Não achei a menor graça.

— Eu também — nunca achei a menor graça em droga — repetiu Ucha.

— O Leo tomou muito ácido. Foi o primeiro das minhas relações a querer fazer a viagem — disse Pingo. — *As portas da percepção* do Huxley tinha acabado de sair. Ninguém falava em outra coisa senão em ácido lisérgico no começo dos anos 60.

— A experiência do Huxley não foi com mescalina? — perguntou Tito.

— Não lembro mais. O fato é que o Leo fez não sei quantas viagens de ácido. A última parece que não foi muito legal — respondeu Pingo.

— Ele se via perseguido por lagostas — disse Pedro — ainda muitos anos depois. Eu era recém-casado. A gente foi acampar em Toque-Toque e convidou o Leo. Ele acordou no meio da noite, gritando e apontando para o fundo da barraca. As lagostas estavam ali, olhando pra ele. Eu disse: "Leo, quem teve alucinação com lagostas foi o Sartre, você é um cara mais original". Tentei fazer piada, mas ele estava em pânico. Aí a Márcia teve a ideia de entrar com ele ao mar.

— E resolveu? — perguntou Ucha.

— Naquele fim de semana, sim. Mas ele continuou vendo lagostas durante muitos e muitos anos. Estava apavorado com a possibilidade de que o Davi nascesse com malformações porque tinha lido em algum lugar que a ingestão excessiva de ácido provocava alterações genéticas.

— Ele nunca me falou sobre essas coisas — Ucha comentou.

— O Leo falava muito pouco sobre ele, meu bem — disse Pingo. — A gente não sabe nada do Leo. Nada.

— Que horas são? — perguntou Lena, acendendo um cigarro.

— Quase oito — respondeu Flora.

— Por isso o trânsito está mais tranquilo — disse Lena, soltando uma baforada e acelerando o carro pela avenida 23 de Maio.

— Que dia, Lena, que dia! — disse Flora com um suspiro.

— Você tem certeza de que não quer pegar o Davi na casa de sua mãe?

— Absoluta. Hoje eu não tenho condições de responder a nenhuma pergunta.

— Pensei que você não quisesse ficar sozinha. Acho que não gostaria de ficar sozinha no dia da morte do Guto, mesmo estando separada dele há tantos anos.

— A gente sempre fica sozinha nessas horas, de uma maneira ou de outra.

— Você tem razão. Acho que a gente se ilude pensando que é possível não ficar. Como essa reunião na casa da Lu, por exemplo. Por que você acha que foi todo mundo pra lá?

— Se ao menos o grupo fosse unido — disse Flora, recordando-se das discussões exaltadas e das agressões veladas, ou abertas, entre eles.

— Eu pensei que as pessoas gostassem umas das outras — comentara horrorizada com Leo na primeira vez.

— E se gostam, ou gostam tanto de si mesmas que se reconhecem no outro de alguma maneira — Leo explicara.

— O que é que a Lena pode reconhecer no Adonis?

— A sua adolescência. Fomos colegas de escola, ela, ele, Pingo, Caio, Beny. Por maiores que sejam as nossas diferenças, o apelo nostálgico é irresistível. Toda vez que estamos juntos vemos a face da nossa juventude, ou pelo menos a parte mais significativa dela.

Flora não sabia que Leo podia se abandonar a nostalgias, e o argumento dele não a convencera. "Como é que a Raquel pode se reconhecer em Beny, e vice-versa?"

— A Raquel é diferente — Leo argumentara. — Ela chegou depois, pela mão de Pingo.

Em outras palavras, pertencia à categoria dos agregados, como Rui, Guto e ela mesma. Eram diferentes de Bia, Tito, Lu, Pedro e Ivan, que, apesar de não constituírem o núcleo original, faziam parte dos eleitos.

— Uma fita? — perguntou Lúcia, intrigada.

— Lena vai trazer, é impressionante — disse Bia.

— Eu quero um uísque, pelo amor de Deus! — pediu Raquel, desabando no sofá. — Ainda estou muito impactada.

— Tudo isso por causa de uma fita? — indagou Pingo, caminhando para o bar.

— Não foi só a fita, foi tudo. Como se não bastasse, culminou com as mensagens atrás dos quadros — respondeu Raquel.

— Que mensagens? — perguntou Tito.

— Bia, conta você. Eu não quero mais falar desse assunto.

— Na sala, atrás dos quadros — começou Bia, emocionada.

— O que é que tinha atrás dos quadros? — Ucha a interrompeu, nervosa.

— Ele escreveu umas frases de Rimbaud — continuou Bia, com voz sufocada.

— *Je m'évade, je m'explique*... — disse Beny.

— Como é que você sabe? — Raquel se assustou.

— Foi o que Leo disse quando desistiu de pintar, foi o que ele disse quando se exilou na casa da Granja.

— E o romance? — perguntou Pingo, servindo Raquel e sentando-se a seu lado.

— Não havia nenhum romance — respondeu Bia.

— É claro que havia — disse Lúcia. — Estava na cara de todo mundo.

— Não falo desse, falo do outro — esclareceu Pingo. — Um monte de laudas datilografadas.

— Quer um uísque? — perguntou Pedro.

— Eu não bebo mais álcool pesado. Aceito um copo de vinho, água, um suco — respondeu Bia.

— Tem suco de tomate na geladeira do bar — disse Lúcia.

— Eu pego — Tito se adiantou.

— *Je m'évade, je m'explique* — murmurou Beny. — Não se pode dizer que ele não tinha bom gosto.

— Mensagens ocultas pelos quadros — considerou Ivan. — Há certo sentido plástico em tudo isso — completou, irônico.

— O Leo estava sofrendo muito — disse Ucha.

— Não sei se eu perderia esse tempo me explicando se estivesse a fim de me matar — considerou Pingo.

— Ele estava pensando em vocês! — explodiu Ucha. — Ele achava que devia essa satisfação!

— No que me concerne, ele não precisava se dar a esse trabalho — arrematou Ivan.

— Porque você não é amigo dele como os outros. A Lena, o Adonis, a Bia, as pessoas que gostavam do Leo de verdade!

— Calma, benzinho! Eu não disse nada ofensivo. Ou disse?

— Ele tinha que se explicar e se explicou.

— O que mais me impressiona nessa história é a premeditação. Há quanto tempo será que ele estava tramando esse suicídio? — indagou Tito.

— Desde que nasceu — disse Beny.

— Será que seria possível a gente mudar de assunto? — implorou Raquel.

— Acho que vai ser impossível não falar da morte do Leo — retrucou Ivan.

— Por que é que você ficou tão abalada, amorzinho? — perguntou Pingo, passando os braços no ombro de Raquel.

— Não acho legal a gente ficar falando sobre a morte do Leo — ela explicou nervosa.

— Mas o Leo fez o que fez para que a gente ficasse falando sobre isso — disse Lúcia. — Era exatamente o que ele queria: uma reunião de todos nós em que o assunto central girasse em torno dele. A fita é dirigida a quem, as mensagens são dirigidas a quem? Aos seus amigos.

— O que é que você colocou aqui? — perguntou Lena, ajudando Flora a carregar a mala para dentro do elevador.

— São livros — disse Flora, reprimindo um impulso quase irresistível de lhe dizer: "É o livro do Leo, aquele que todo mundo estava procurando", pois se sentia vagamente culpada de ser a única depositária de um segredo que, na verdade, Leo não lhe pedira para guardar. Sentia que o diário de Leo, mesmo dentro do porta-malas, começava a queimar em suas mãos. "Conto a Lena, ou não conto?", perguntava-se. As instruções de Leo eram claras: que ela desse o diário a Davi, um dia no futuro, quando achasse que ele estivesse pronto para conhecer o inferno particular de seu pai. Nesse meio-tempo, porém, o acesso a esse inferno particular não estava interditado a quem nele desejasse penetrar.

— Eu também estou precisando de um banho — suspirou Lena, assim que acabou de colocar as sacolas no elevador.

— Sobe comigo pra lavar as mãos e o rosto — propôs Flora, desejando que Lena aceitasse o convite.

— Se eu subir vou perder a vontade de ir pra casa da Lu.

— Que pena — lamentou Flora, sinceramente.

— Por que é que você não sobe, toma um banho e vai se encontrar com a gente, Flora? — perguntou Lena, segurando a porta do elevador.

— Não. Obrigada por tudo — Flora agradeceu, beijando-a.

— Por tudo o quê? Eu não fiz nada — disse Lena ao abraçar Flora. Lembrou-se de Leo, sentado à sua mesa na redação, na editora em que quase todo o grupo trabalhava em meados dos anos 70, perguntando, logo depois de tê-la apresentado a Flora.

— Então... o que achou?

— Acho que ela gosta muito de você, que vai fazer o possível pra ter um casamento legal e que vai se machucar — Lena respondeu.

— Você está morrendo de ciúme da Flora, da discrição, da suavidade, do fato de existir outra mulher em minha vida.

— Eu estou adorando que você tenha se interessado por outra mulher. De verdade, Leo. E é claro que admiro a suavidade da Flora, mas não tenho ciúme nem inveja, porque sei o que a espera. Porque, a despeito da sua boa vontade, o seu casamento vai ser uma cilada pra essa moça. Ela está acreditando que você é do tipo casável, mas nós sabemos que não é. Nem com ela nem com ninguém. E não me venha com a história de que comigo poderia ser diferente, porque seria a mesma merda, aliás, se você quer saber, acho que seria muito pior.

— Você teve medo por quê, e do quê, Lena?

— Meu assunto com você neste momento é a Flora. Não eu, Leo.

— É sempre tempo de a gente falar da gente, Lena.

— Você gosta mesmo dessa moça com quem vai se casar?

— Gosto, gosto muito — ele respondeu.

— Eu também. Quero ser amiga dela, Leo. Procure não machucá-la — recomendou Lena, beijando-o no rosto. Então pegou um cigarro do maço de Leo, um cigarro sem filtro, a mesma marca que fumavam quando eram jovens, e sorriu ternamente. Leo olhou-a nos olhos. Ambos estavam muito comovidos. "O nosso, sabe? É um amor necessário", Lena teve vontade de lhe dizer antes de sair da redação.

— Durma bem — disse Lena, fechando a porta do elevador.

— Lena! —Flora chamou.

— Hein? — Lena respondeu, mas o elevador já estava subindo.

— Eu ligo pra você amanhã! — gritou Flora.

— Eu trouxe isso pra você — disse Bia, estendendo para Ucha o pôster enrolado. — A Flora diz que todo mundo pode pegar uma lembrança do Leo. O Caio pegou o álbum de fotografias, a Lena escolheu alguns livros, eu fiquei com um disco do Bob Dylan.

— O que é isso? — perguntou Ivan, aproximando-se de Ucha.

— Frank Zappa — ela respondeu com os olhos marejados. — Estava na porta do quarto dele — acrescentou, abrindo o pôster.

— A pose não é muito delicada — observou Ivan.

— Não — murmurou Ucha enquanto pensava: "Há sempre um homem cagando pra mim". A escolha daquele pôster não deixava dúvidas sobre o estado deplorável de seu ego.

— Quer mais champanhe? — Ivan veio em seu socorro.

— Sim, por favor — ela respondeu, estendendo a taça.

— Eu adoro essa música — disse Bia, ouvindo os primeiros acordes de *Holly Estácio*. — Adoro.

— Eu também — disse Beny. — Pra mim o Luiz Melodia é um dos maiores poetas brasileiros.

— "Se alguém quer matar-me de amor, que me mate no Estácio..." — cantarolou Pingo. — Está melhor, amorzinho? — perguntou a Raquel.

— Essa música me lembra a época em que eu era maluca por você.

— Você ainda é, amor. Está apenas dando um tempo — disse Pingo, beijando-a na orelha.

Estavam muito juntos, de mãos dadas, como quando eram namorados, e Pingo resolvia devotar a Raquel o que chamava de "alguns momentos de dedicação exclusiva".

— Parece que ele gosta um bocado dessa mulher — sussurrou Ucha.

— Agora — disse Bia, observando Raquel. — Você não sabe o que era antes. Ele nunca pensou que ela tivesse coragem de abandoná-lo. Mas parece que não é só mulher que gosta de apanhar.

A indignação de Pingo quando descobriu que Raquel estava morando com Fausto! "Ele tem idade para ser filho dela!" Pingo nunca tinha pensado que as meninas que namorava também tinham a idade de sua filha. "Mas é diferente!", ele se escusava. "Eu não sustento as minhas garotas, nunca fui explorado por elas!", argumentava. Até que um dia, Lena explodiu:

— Pingo, você está imaginando que a Raquel está sendo explorada por esse rapaz? Ele é roqueiro, ganha uma puta grana, ganha num único show o que você não chega a ganhar num ano de trabalho!

— Isso é um absurdo, um absurdo! — dissera, indignado. — Em que país a gente vive!

— Pingo, em todos os países é assim!

Ele estava perplexo e humilhado.

— Oi — disse Lucas, entrando e estranhando a reunião. — É uma festa? — perguntou, sorrindo.

— Antes fosse — disse Lúcia depois de beijar o filho.

— Que foi que aconteceu?

— O Leo morreu.

— Que chato! — disse, e seu rosto se iluminou ao ver Raquel. — Oi, tia! Fazia tempo que eu não via você!

"Que bonito", pensou Beny, que não via os filhos de Lúcia havia muitos anos. Lucas tinha se transformado num louro belo e viçoso, alto como Rui, os olhos claros de Lúcia, o cabelo liso descia até a altura dos ombros.

— Você está lindo! — disse Raquel, beijando-o.

— E o Fausto, tia? Me falaram que ele e a Teca tão saindo do conjunto, é verdade?

— Parece que o grupo andou se desentendendo. Eles acharam melhor partir pra outra.

— Vão formar o conjunto deles, será?

— Foi o que eu sugeri — disse Raquel, sorrindo.

— Será que tem uma boquinha pra mim?

— Baixo ou guitarra?

— Baixo, tia. Eu tou muito melhor que aquela vez que você me viu no Sesc Pompéia. Quer ouvir?

— Claro — disse Raquel, erguendo-se e caminhando com Lucas para a "sala de música", como Lúcia havia denominado a antiga garagem da casa.

Pingo estava surpreso com a desenvoltura e a familiaridade com que Raquel tratava de assuntos juvenis.

— Quer um uísque? — perguntou Ivan com um sorriso zombeteiro.

— Não, estou servido — respondeu Pingo, abatido.

— Ele parece que não sentiu muito a morte do Leo — observou Tito, referindo-se a Lucas. — Não perguntou sequer como morreu.

— Não acho que ele tenha convivido tanto com o Leo para se sentir abalado com a morte dele — desculpou Lúcia.

— O Leo não era ligado em criança — disse Bia. Nem no próprio filho. Lembrava-se de Leo no nascimento de Davi. Sem entusiasmo. "Leo, pelo amor de Deus, que desânimo! Um filho é vida, continuidade, esperança." Ele não respondera.

— Também, como é que ele podia achar que um filho era o máximo? Havia dois suicídios na família. Ele foi o terceiro. Que garantias ele tinha de que isso não ia acontecer na quarta geração?

O som cavo do baixo de Lucas invadiu a sala e se sobrepôs à música de Luiz Melodia.

— O *réveillon*... — murmurou Lúcia, olhando as fotos.

— Posso ver? — perguntou Ucha, timidamente.

— Claro — respondeu Lúcia ao notar que Pedro e Ivan também se aproximavam.

— Foi uma festa linda! — disse Caio, pensando em Nick. — A Lena tem razão quando diz que antigamente a gente se divertia mais.

— A gente acreditava mais — observou Pingo. — Em 79, então! O ano da anistia, os exilados voltando.

— Ainda não tinha acontecido a catástrofe Tancredo, o Sarney e o Collor ainda não tinham assumido o poder — acrescentou Tito.

— Tito, você está aqui dançando com a Vânia! — exclamou Lúcia. — Como é que isso pôde acontecer?

— Eu devia estar de porre!

— Você estava nesse *réveillon*, Adonis? — perguntou Ivan.

— É possível — respondeu Adonis, que nunca se deixava fotografar.

— Estava, sim — disse Lúcia, lembrando-se de que ele seria internado semanas depois.

— O Pedro, para variar, sempre muito bem acompanhado... — observou Ivan, admirando a bela mulher.

— Você se deixa levar demais pelas aparências — disse Pedro. — Essa mulher era uma pentelha.

— Eu não me incomodaria de sair com ela — respondeu Ivan.

— Naquela noite você não prestou a menor atenção nela — rememorou Caio. — Naquela noite você só tinha olhos para uma mulher.

— Deram a maior bandeira — acrescentou Bia, sorrindo. — Quem não sabia de você e da Lena naquela noite acabou sabendo.

— Não o Guto — disse Pingo. — Ele se recusava a enxergar — acrescentou, pensando em Raquel. Lucas tinha parado de tocar e agora chegavam até a sala os ecos de suas risadas.

— Eu acho que a Regina sacou que o Ivan estava de caso com a Lena — disse Caio.

— A Regina também fez de conta que não era com ela — observou Ivan. — Minha mulher é muito esperta. Sabe que se perder este marido vai ser muito difícil encontrar outro.

— Você já pensou na possibilidade de a tua mulher te abandonar, Ivan? — perguntou Lúcia.

— Eu não mereço tanto — respondeu ele, rindo.

— Se isso acontecer de verdade, você não vai achar engraçado.

— Você não sabe o que eu daria para me livrar da minha mulher.

— A Regina é uma mulher muito legal com você — disse Bia, que não gostava de Regina, mas era incapaz de fazer um comentário desfavorável sobre alguém.

— Mire-se no exemplo de Pingo — disse Tito. — Nunca mais ele se recuperou depois que a Raquel o abandonou.

— Peraí! Também não é assim, porra! — protestou Pingo.

— Olha você aqui abraçando a minha irmã — disse Lúcia, mostrando uma foto em que Pingo dançava escandalosamente agarrado a Helô.

— Não foi só o Ivan e a Lena que bandeiraram naquela noite. Você também não deixou barato — observou Bia.

— Eu tinha bebido demais — justificou-se, sorrindo à entrada de Raquel.

— Você nunca precisou beber para aprontar comigo!

— Eu era um idiota — disse Pingo enquanto lhe beijava a mão.

— A idiota era eu — disse Raquel, colocando-se ao lado de Ucha para ver melhor o álbum.

— O Leo aqui! — exclamou Lúcia.

— O Leo, sim, bebeu demais! — disse Raquel. — Amarrou o maior pileque naquela noite.

— Por causa da Lena e do Ivan — informou Bia.

— E desde quando ele precisava de pretexto pra beber? — perguntou Beny.

— Mas naquela noite ele estava sofrendo demais — retrucou Bia, lembrando-se de Leo bebendo no jardim. "Eles são obscenos, obscenos, Bia!", dissera transtornado. Leo não estava indignado com a exibição pública do romance de Lena e de Ivan, mas magoado com a falta de cuidado dela. "Ela não podia dançar assim com ele na minha frente, ela não podia me ferir assim!" Bia procurara confortá-lo. Todos estavam bebendo demais, argumentava. "A paixão é despudorada e alheia a tudo o que não lhe diga respeito." Lena olhava para Leo e não o via. Não via ninguém naquela noite a não ser Ivan.

"O que é que esse cara pode fazer por ela?", perguntava Leo. "Ela não quer nada, Leo. A não ser viver essa paixão!", respondera Bia sem rodeios. Na verdade, Lena acalentava expectativas maiores que simplesmente viver um ardente romance. Esperava que Ivan fosse capaz de se separar para ficar com ela. "Não é apenas uma opção por mim, é o gesto, é ele se dar conta de que é capaz de alguma grandiosidade!", Lena havia desabafado. "Se você queria um amante capaz de gestos grandiosos, tinha que ter escolhido o Leo e não o Ivan!", Bia ponderara. "O Leo é um irmão!", Lena assegurava. "E o que é que você tem contra o incesto?"

Agora vamos ter que inventar a fantasia
para poder sobreviver à fenda.

Lidia Aratangy

3

"I'm the ghost of an infamous suicide... I have suffered the atrocity of sunsets, into a dark world I cannot see at all... A volturous boredom pinned me in this room, if he were I, he would do what I did... It's not a heart, this holocaust I walk in... I'm easy, I'm peaceful... I have no fear... This is not death, it is something safer. I shall be as good as new... Dying is an art, like everything else, I do it exceptionally well... I do it feels like hell... I do it so it feels real, I guess you could say I've a call..."

Um profundo silêncio desceu sobre a sala, a voz de Leo lenta e pausada em som estereofônico tinha muito mais impacto do que ouvida no *walkman*. Lúcia chorava de olhos baixos e pensava: "Este é o Leo, sua grande obra-prima, finalmente". Lena fumava, nervosa. Pingo e Tito choravam. Bia e Ucha soluçavam.

— Ele sempre teve um forte sentido dramático — observou Beny.

— De quem são esses versos? — perguntou Pedro.

— Sylvia Plath — respondeu Caio. — São versos de diferentes poemas, o Leo pinçou o que lhe convinha.

— Adonis, eu acho que essa fita deve ficar com você — disse Lena.

— Por quê? — ele indagou, surpreso.

— Você é a melhor escolha, Adonis. Fique certo — assegurou Pingo.

— Já acabou tudo? — perguntou Raquel, retornando do jardim.

— Já — respondeu Bia.

— A gente precisa exorcizar esta sala! — disse Beny junto ao aparelho de som.

— Também acho! — reforçou Ivan.

— Enfim um sopro de vida! — exclamou Raquel ao ouvir a voz de Cazuza cantando *Bete Balanço*.

— Será que tem aí *Sampa* do Caetano Veloso? — perguntou Ivan.

— Isso lá é hora de pensar em música? — Lena protestou.

— O Leo adorava música, adorava o Caetano, qual é o problema?

— Você não está gostando do Cazuza? — indagou Pingo.

— Eu não pedi pra tirar o Cazuza. Só perguntei se não tem aí o Caetano Veloso! Imagina se eu tivesse pedido o Roberto Carlos!

— Eu adoro o Roberto Carlos — disse Lena.

— Eu sei — retrucou Ivan, olhando para ela significativamente.

— Se alguém colocar Roberto Carlos, vou embora — ameaçou Tito.

— Um pouco de romantismo não faria mal a você — disse Bia.

— Prefiro Tchaikovski.

— Pronto! — disse Beny. — Atendendo a pedidos, Caetano Veloso!

"Alguma coisa acontece, no meu coração, que só quando cruzo a Ipiranga e a avenida São João..."

— No dia em que eu morrer — disse Ivan — espero que alguém se lembre de tocar essa música no meu enterro.

— Você vai enterrar todos nós, Ivan — Adonis lançou, definitivo.

— Adoro essa música — disse Pedro ao ouvir *Sampa*.

— Eu também — concordou Lúcia, cortando um pedaço de queijo. — E adoro cozinhar — completou, olhando ao redor. — O lugar onde se processa a alquimia, onde se urde e se ousa, quando não é possível ousar em mais nada.

— Às vezes eu esqueço que você tem um lado de mulher comum.

— Mas sou absolutamente comum. Cada vez mais comum.

— Não concordo.

— Outro dia fiz uma palestra pra mulheres, eram quase cem, de meia-idade em sua maioria. E eu falei, meio sincera, meio hipócrita, porque no fundo as desprezava, desprezava seu mundinho miúdo de dona de casa em que sua aventura máxima é fazer um curso de extensão cultural, ouvir uma psicóloga como eu, falando dos distúrbios do climatério. Mas naquele dia eu estava num momento especialmente carente, e era muito importante que elas gostassem de mim, naquele dia era importante que qualquer um gostasse de mim, até aquelas mulheres de meia-idade com um pé na depressão, pensando no que vão fazer da vida agora que os filhos estão criados. Então, subitamente, elas começaram a me fazer perguntas de ordem pessoal e a dizer coisas muito pessoais. Percebi que se identificavam comigo, porque eu sou mesmo identificável: uma dona de casa com filhos, marido, diarista, sogra e as vicissitudes decorrentes. Mas, quando terminou, percebi que uma delas não tinha ido embora, como as outras. Estava me esperando na porta, porque tinha uma coisa de ordem muito íntima para me perguntar. Ela queria saber o que podia fazer para não perder o marido. Tinham sido apaixonados a vida inteira, a vida inteira, repetiu, e agora sentia que ele estava muito distante. E eu disse, muito emocionada, comungando inteiramente com sua desolação: "Não sei. Eu não sei...".

— Por que você insiste tanto nesse casamento? Por que você se comporta como se o Rui fosse o único homem do mundo pra você?

— Por nostalgia, acho — disse Lúcia, separando a salsa do manjericão. — Pela memória que tenho da nossa relação. Ela foi incomparável, incomparável.

— Me responda a uma pergunta, Lúcia. É muito importante para mim. Você ainda está apaixonada pelo Rui?

— Não. — Mas não teve coragem de acrescentar: "O que não quer dizer que esteja disponível para outro homem". Murmurou apenas: — Preciso começar a preparar o jantar.

— Você se incomoda se eu ficar aqui? — perguntou Pedro.

— Claro que não — respondeu Lúcia enquanto pegava a panela de ferro.

— Fiquei muito tocado com a fita do Leo.

— Quem não ficou?

— Fiquei pensando: poderia ter sido eu.

— Poderia ter sido qualquer um — observou Lúcia, colocando a panela no fogo.

— E de alguma maneira a gente sobrevive.

— Mas não gosto das minhas marcas, não me reconheço mais quando olho no espelho.

— O que é mais difícil: se levantar ou se deitar? A possibilidade do dia ou do pesadelo?

— Todos os momentos em que não estou trabalhando são difíceis — respondeu Lúcia, revolvendo o refogado com uma colher de pau. — Todos os momentos em que sou obrigada a pensar em mim.

— Pra mim é mais difícil acordar — disse Pedro. — Sempre acordo com a sensação de que tenho que preencher meu dia, inventar alguma coisa para fazer.

— E a revista?

— É como se não fizesse parte da minha vida. A minha depressão se manifesta na falta de vontade de sair, na vontade de ficar em casa assistindo à televisão. Assistir à televisão de dia, veja você — acrescentou. Suas parcas satisfações tinham se reduzido a receber de tempos em tempos cartas de leitores e levar de vez em quando as filhas para jantar. Mas nas últimas semanas a correspondência rareara, e as filhas estavam muito absorvidas em seus namoros e afazeres. Tudo isso, mais a falta de dinheiro, contribuía para que se sentisse muito infeliz.

— Que aroma delicioso! — disse Lena, entrando na cozinha.

— Foi bom você aparecer. Lava pra mim este manjericão! — pediu Lúcia.

— Estou morrendo de fome. Praticamente não almocei, engoli um sanduíche depois que saí do IML e me mandei pro velório.

— Por que a Flora não veio com você? — perguntou Lúcia, colocando o molho de tomate na panela.

— Estava muito deprimida, muito cansada. Como é que você quer o manjericão?

— Só as folhas — respondeu Lúcia.

— Eu tenho a impressão de que a Flora não veio porque não curte todas as pessoas que estão aqui. Ela nunca se sentiu parte desta turma.

— Será que o Beny se sente parte desta turma? Ou o Ivan...? O que é que eles têm a ver com o Leo?

— O Beny tinha muito a ver. Quanto ao Ivan, tenho minhas dúvidas.

— O Ivan só tem a ver com ele. Muito hábil, muito esperto, um grande sobrevivente, o Ivan. Às vezes fico pensando, Lu. Será que esta crise que estou vivendo não é um pouco autopunição por ter me envolvido com o Ivan? Tem uma frase do Nelson Rodrigues, "Traição dá câncer", não sei se dá câncer, mas dá uma culpa desgraçada. O Guto era um marido tão legal. Ele não merecia ter sido traído por mim daquela maneira tão pública, tão desrespeitosa.

— Você está me dizendo que se arrepende de ter se separado do Guto? — perguntou Lúcia.

— Não. Me arrependo de tê-lo traído. É verdade que eu não tava legal com o Guto. Na maior parte do tempo chegava a ser insuportável. Principalmente naquela hora da manhã, em que eu acordava e sabia que ele também estava acordado, e eu fingia que ainda estava dormindo para ele não me tocar. Eu pensava: "Meu Deus, não tenho nada a ver com este homem, me incomoda a sua proximidade, o que faço com ele, o que faço da minha vida?". Me sentia tão só e o fazia tão só naquele momento, e o fato de saber que ele gostava de mim só aumentava a minha culpa e a minha pena. Já era assim antes do Ivan.

— Por que se casou com o Guto? — perguntou Lúcia.

— Porque ele gostava de mim, porque eu gostava dele, porque a gente transava bem. Por toda sorte de razões idiotas. Mas na véspera do meu casamento tive um *insight* do que seria. E não tomei conhecimento, como sempre acontece quando a gente tem esses *insights* esclarecedores.

— É meio como ir a uma vidente, ela nos advertir contra uma pessoa, e a gente ignorar porque não acredita em videntes.

— Eu não procurei nenhuma vidente. Tomei um táxi e fui até a Granja pra conversar com o Leo.

— Mas você sabia por antecipação o que ele diria!

— Sabia que era suspeito, mas era com ele que eu queria falar.

— De qualquer maneira, você acabou se casando com o Guto.

— No começo não era tão ruim. Ficou pior depois que a Marina nasceu, depois que ele se acomodou e tomou ares de pai de família. Ele chegava em casa, e eu murchava. Levava sempre algum tempo pra me refazer. Me irritava quando ele perguntava "Cadê o resto do jornal?" e coisas assim. Ele, minha sogra, minha mãe, a empregada, todos me irritavam profundamente, cada um à sua maneira tinha o condão de agitar uma sombra. Eu reagia, agredindo todo mundo, dizendo coisas horríveis pras pessoas. Não suportava a mediocridade, a ignorância, a autopiedade. Minha vontade era fazer a mala e ir embora. Até que um dia acabei indo — disse Lena, lembrando-se dela segurando Marina pela mão, as malas prontas ao lado da porta: "Guto, já que você não sai, eu saio!".

— Também acho que não é justo lamentar ou me arrepender de ter tido um caso com o Ivan. Me apaixonei, vivi loucamente aquela paixão e pronto. No final, eu estava na fase de ver demais, de implicar demais, de querer demais. Ele jamais poderia me dar o que não tinha, ou o que não era. O Guto era uma pessoa infinitamente melhor que ele. É muito melhor que eu, muito mais forte, muito mais corajoso e, claro, também muito mais feliz que eu.

— Seria uma tolice você se arrepender de ter tido um caso com Ivan. Foi tão intenso, tão bonito.

— Ainda tenho um bilhete que você me escreveu sobre uma ilustração que o Ivan me deu naquela época. Era um quadro de um pintor tcheco, um casal de amantes acuado no canto do quarto, e contra a janela os olhos das pessoas espreitando.

— Era lindo, você ainda tem?

— Não. Alguém pensou que não fosse importante e jogou fora numa das minhas mudanças. Não duvido que tenha sido minha filha, ou minha mãe. Mas tenho o bilhete que você escreveu... "Agora eles vão ter que inventar a fantasia para sobreviver à fenda, para fazer face àquilo que vai nascer no instante em que esse abraço encontrar seu destino."

— É tão difícil suportar a responsabilidade da paixão, merecê-la, vivê-la integralmente sem pejo, sem medo, sem ressalvas.

— Você devia escrever — disse Lena.

— Eu escrevo.

— Livros sobre comportamento. Não vale. Estou falando de ficção.

— A ficção é assunto do Pedro e do Adonis.

— O Leo dizia, e tinha razão, que entre todos você era a pessoa que escrevia melhor.

— Eu sinto muito bem — disse Lúcia. — Tenho uma enorme precisão no sentir. É de longe o que faço melhor.

— Lu, não se separe do Rui.

— Nem para viver um grande amor? — perguntou Lúcia, sorrindo.

— Com o Pedro?

— Por que não?

— Você não está apaixonada por ele — disse Lena.

— Não ainda, mas posso ficar! Talvez seja um contraponto interessante à minha desinteressante vida conjugal. — Lúcia arriscou.

— Você vive tão mal com o Rui?

— A maior parte do tempo parece que não. Como estamos sempre às voltas com filhos, trabalho, amigos, nos sobra pouco tempo para pensar detidamente no assunto. É claro que ele sabe que não estou feliz, é claro que teria muitas coisas para lhe dizer, eu vivo dizendo coisas, e ele não suporta. Mas, de tanto falar ao longo dos anos, cansei. Não quero lhe dizer mais uma vez o que acho dele, de mim, de nós. Estou muito cansada.

— Não chega a ser uma tragédia — observou Lena.

— Não. Não tem essa grandeza — disse Lúcia, tampando a panela e pensando em Pedro abraçando-a. "Não é uma paixão, mas é uma possibilidade." Não havia nada que desejasse mais naquele dia de feridas abertas do que a possibilidade de uma paixão. Qualquer uma.

— E agora, Tito? — Beny perguntou. — Quais são os caminhos possíveis para o socialismo?

— Se está pensando que o socialismo morreu, você se engana.

— Está morto e sepultado! — disse Ivan. — Foi assassinado pela população dos países que o experimentaram.

— Vocês estão totalmente equivocados! — protestou Tito.

— O que mais me impressionou quando estive na União Soviética não foi a população agasalhada ou alimentada, foi a indiferença. A massa propriamente dita estava pouco se lixando para o socialismo — disse Caio.

— Mas se beneficiava dele! — Tito retrucou.

— Os soviéticos não acreditavam em nada — Pingo interferiu. — Ironicamente, não fazia a menor diferença porque o sistema só se sustentava na base do cinismo. O povo fingia acreditar que estava recebendo o melhor, e o poder fingia acreditar que estava dando o melhor.

— Acho que estivemos em países diferentes! Não foi isso que eu vi na União Soviética! Ao contrário: foi muito orgulho, muito entusiasmo, vontade real de ultrapassar as dificuldades!

— Quando foi a última vez que você esteve lá? — indagou Ivan.

— Em 83, e, a cada vez que eu ia, me impressionava com o progresso, com o nível de bem-estar da população.

— Você tem certeza de que esteve na União Soviética? — perguntou Beny.

— Eu visitei fábricas, hospitais, escolas, conversei com operários, camponeses, intelectuais! Claro que havia dificuldades, descontentamento, impaciência por parte de alguns setores, mas nada que me levasse a crer que o projeto marxista tinha fracassado!

— O que mais precisa acontecer para você se convencer de que fracassou? — insistiu Ivan.

— Eu não sei se fracassou! Ainda é tudo muito recente, muito confuso, a começar pelo golpe! Quem queria dar o golpe, afinal? A direita do Partido, o Exército, os devotos de Gorbatchev para fortalecer a sua posição, os agentes da CIA infiltrados na população que promoveu as agitações?

— Sabe por que é que a União Soviética se desintegrou? — disse Pingo. — Porque, a partir de determinado momento, as pessoas se cansaram de fazer o jogo do cinismo, e o rei ficou nu.

— Acabou, Tito! Eu sei que deve ser duro para você depois de tantos anos devotados à causa!

— Vocês ainda assistirão à Rússia e ao Leste Europeu se erguerem em armas pela volta do comunismo!

— O que é que você quer falar comigo? — perguntou Adonis. — Ainda é sobre o Leo?

— Não. Estou mal na editora — respondeu Caio. — Minha relação idílica com o *big boss* terminou. Ele me diz coisas. Está usando de todos os estratagemas para que eu peça demissão.

— Que coisas ele diz?

— Reclama da minha despesa de representação. Eu estou gastando demais, ele fala. O que é uma heresia em tempos de crise. Explico que faz parte do meu trabalho, que escritores e agentes devem ser bem tratados, mas o cara não é do ramo, é um empresário tacanho, um cara que ganhou um monte de dinheiro exportando suco de laranja, só comprou a editora porque a mulher dele tem veleidades poéticas. No começo eles me convidavam pra todas as coisas, agora não me convidam pra mais nada.

— Você está preocupado porque tem medo de perder o emprego, ou está sofrendo porque não é mais convidado pra nada? — Adonis desferiu, certeiro.

— As duas coisas — respondeu Caio, surpreendido com a própria franqueza. Nem para Lena admitiria que sofria quando não era convidado para uma festa importante. Sentia-se infeliz, excluído, deitava-se na cama e chafurdava na depressão, dizendo a si mesmo que era muito infeliz, embora só estivesse momentaneamente infeliz, pois bastava o telefone tocar e algum notável acenar com um programa que ele corria para o chuveiro e cantava uma ária de ópera enquanto pensava na roupa que iria vestir. Se, porém, o telefone não tocava, ficava prostrado na cama, com o controle remoto na mão, percorrendo ansioso todos os canais sem se deter em nenhum, e lamentava profundamente não ser um escritor para usar a sua desolação como matéria ficcional.

— O que mais me dilacera — continuou Caio — é saber que minha depressão não provém de nenhuma angústia profunda, é pura superfície relacionada a coisas superficiais.

— O Proust também se dilacerava quando não era convidado por madame Verdurin — consolou Adonis.

— Eu sei que estou muito bem acompanhado quando me magoo por ter sido esquecido ou desconsiderado, mas não sou um artista frívolo, sou apenas um homem frívolo. Jamais vou conseguir transcender as pequenas misérias do meu cotidiano — disse Caio, apagando o cigarro. — A verdade é que estou num momento muito difícil da minha vida. Profissionalmente, afetivamente — pensava em Bernardo e imaginava que, se vivessem juntos, não seria tão ávido nem tão ansioso, não se obrigaria a dizer o tempo todo frases inteligentes e engraçadas, razão pela qual era tão assiduamente convidado pelos ricos e chiques da cidade. Via-se deitado a seu lado, assistindo a uma ópera no videodisco e, no dia seguinte, comentando com os amigos que fora uma experiência memorável, um raro momento estético e humano.

— Realmente não sei o que dizer a você — desculpou-se Adonis, para quem o mundo de Caio era uma estranha ficção. — O mercado está uma bosta, imagino que deva estar também para você.

— Eu tenho alguns amigos no governo, poderia arrumar uma sinecura em alguma autarquia. Mas não quero apenas um emprego. Eu gosto do meu trabalho, não consigo sobreviver sem ele, gosto da notoriedade, gosto de comer e beber bem — justificou-se.

— Por que é que você não conversa com a Lu? Quem sabe ela pode ajudar — sugeriu Adonis.

— Eu não preciso de terapeuta, preciso de segurança, preciso de companhia — disse Caio. — Preciso de um companheiro, não quero terminar meus dias como um veado solitário, recebendo as tias remanescentes da maldita para o chá das cinco e levando pra casa um michê que pode me matar...

— Não há mais nenhuma alternativa? — perguntou Adonis.

— Outro dia perguntei à Lena se ela queria casar comigo. Ela está sozinha, eu estou sozinho, a gente se dá razoavelmente bem, gosta dos mesmos filmes, mas ela não aceitou. Não está tão na pior, disse. É claro que está, mas imagina que não. Disse que a gente se mataria na primeira semana, o que não é difícil, mas de certa maneira resolveria definitivamente o meu problema e o problema dela. Eu só fiz essa proposta porque, uns dias antes, comecei a suar frio e tive uma crise de taquicardia. Eu estava sozinho, fiquei com medo de morrer sem ninguém para me acudir, virar um daqueles cadáveres que a polícia só descobre porque os vizinhos ligaram reclamando do mau cheiro. Angústias — completou. — Você não tem medo de que isso te aconteça?

— Nunca pensei no assunto — respondeu Adonis, percebendo que ele acendia outro cigarro. — Você não acha que devia consultar um cardiologista?

— Eu morro de medo — disse Caio, soltando uma baforada. — Mas, de alguma maneira, o piripaque mexeu comigo. Comecei a pensar se vale a pena aguentar conviver com um empresário matuto que se orgulha de dizer que livro, pra ele, só de sacanagem, e se refere a mim como perobo pernóstico. A secretária dele comentou com a minha, isto é, ex-minha, porque foi demitida em nome da crise.

— E você acha que vale a pena aguentar essas coisas só porque gosta de comer e beber bem? — perguntou Adonis.

— Eu sei que você vai dizer que nem só de pão vive o homem, mas para mim, que vim da merda, isso é muito importante!

Adonis sorriu. Lembrava-se de Caio nas assembleias do colégio. Ele sempre soube que sua veemência política, bem como a de Lena e a de Pingo, só se dirigia ao sistema porque eles se sentiam excluídos. Adonis percebia que lhes faltava consistência e que, quando falavam do povo, soava falso, porque não eram verdadeiramente povo, estavam divorciados da coletividade que diziam defender. "Ressentimento não é uma boa base para a formação política", observava Adonis constantemente, para irritação de Caio e de Pingo, que imaginavam pertencer à minoria esclarecida, aquela que iria conduzir as massas ao encontro de seu grande destino.

Adonis nunca pretendera ser um condutor de homens, sua atuação sempre fora discreta, silenciosa e casta, como ele. Na faculdade, reprovava acordos, manobras, conciliábulos, alianças, tudo o que fosse revisionismo. Aspirava pertencer a um partido onde todos fossem íntegros e ilibados, professassem política com a determinação e o rigor de monges radicais. No primeiro ano de filosofia, decepcionado com seus pares, mudou-se para São Miguel Paulista e foi trabalhar no setor de Controle de Qualidade de uma fábrica de móveis de cozinha. Dois meses depois, profundamente decepcionado com a classe operária, pediu demissão.

"A consciência inexiste. Eles só querem ganhar mais dinheiro pra ter acesso aos bens da burguesia", comentara. Leo se divertira muito com o desapontamento dele.

— Por que você imaginava que eles fossem diferentes? — perguntou. Adonis deplorava o imediatismo, os valores equivocados, ele mesmo não dava a menor importância às coisas materiais.

— Se não tem pra mim, por que teria para eles?

— Porque você sempre teve tudo aquilo que eles querem — respondera Leo.

— Você acredita mesmo que se o Leo tivesse alguma coisa comigo podia se salvar, Lu? Com todo aquele *background* de suicídios na família?

Ao abrir o álbum de fotografias, se deparara consigo na primeira página, aos quinze anos de idade, sorrindo em preto e branco num piquenique promovido pelo Centro Anarquista Espanhol do Brás. Embaixo, a legenda: *Lena de short e frente única, escandalizando os anarquistas*. Uma das suas lembranças daquele piquenique fora um comentário de Leo: "Eles são muito mais pudicos, moralistas e conservadores que o pessoal da AP". Lena sabia que havia outras fotos daquele piquenique, na represa de Guarapiranga, algumas num álbum muito antigo na casa de seus pais: Adonis dormindo depois do almoço, Beny, Caio e Pingo tomando sangria, Leo fumando ao lado de um veterano da guerra civil. As demais Pingo distribuíra, ou guardara, e talvez nem existissem mais.

— Você também está se sentindo culpada em relação ao Leo?

— É inevitável. Sei que é uma tolice, sei que vai passar, mas é tão fácil me sentir culpada. Não custa assumir mais esta culpa, ao menos hoje.

— Você nunca teve nada, nada com o Leo? Às vezes eu imagino que o Pedro pode resolver todos os meus problemas simplesmente porque gosta de mim. Você nunca se sentiu assim, nunca teve a impressão de que o Leo podia te compensar de alguma maneira?

— Não. Quero dizer, nunca achei que ele pudesse resolver todos os meus problemas, mas algumas vezes imaginei que ele pudesse me consolar, como quando rompi com o Ivan. O Leo foi a primeira pessoa que procurei — disse Lena, lembrando-se de Leo abrindo a porta, sonado. "Aconteceu alguma coisa?", e ela, chorando: "Acabou tudo, Leo". Num raro momento de sensatez, tomara a decisão de terminar com Ivan e iniciar uma terapia.

— Quando te vejo de novo? — perguntou Ivan.

— Nunca mais. Acabou, meu velho, acabou.

— Por quê? — perguntou ele, atônito. — Por quê?

— Porque você está me fazendo mal! — disse ela, saindo do carro.

Ivan sentia-se tão seguro que se permitia ser evasivo, irônico, mentiroso, zombeteiro, certo de que tudo lhe seria perdoado. No dia anterior telefonara como se nada houvesse acontecido: "Oi, tudo bem?".

Lena ficara furiosa.

— Como tudo bem? Você prometeu que ligava na segunda, hoje é quinta-feira e você ainda pergunta tudo bem?

Ivan reagira com estranheza.

— Não liguei na segunda, tou ligando na quinta, qual é o problema?

Lena esperava que ele inventasse uma desculpa caridosa, do tipo "Tive que ir pra Brasília", "Tive fechamento", "Meu filho ficou doente", mas ele não se dava mais ao trabalho de inventar desculpas caridosas. Estava tão seguro de sua paixão, tão certo da sua rendição que nem percebera o mutismo de Lena naquela noite, não dissera "Você está diferente", porque nem sequer a via mais, via apenas a si mesmo, um grande narciso deleitado com o prazer que concedia a uma mulher.

— Mas por quê? Por quê??? — gritava Ivan, caminhando atrás dela.

Ele não havia percebido que ela queria muito mais.

— Como foi que o Leo reagiu ao teu rompimento com Ivan? — perguntou Lúcia.

— Me colocou um copo de uísque na mão, ligou para o Guto dizendo que talvez eu chegasse um pouco tarde em casa e ouviu a noite inteira as minhas lamentações.

— Não foi um pouco cruel da sua parte procurar o Leo para chorar a perda de Ivan?

— Eu não chorei a perda de Ivan. Só lamentei ter perdido a cabeça por um cara como ele. Enchi a cara de uísque, vomitei, o Leo me fez um chá, me botou na cama e passou o resto da noite tomando conta de mim.

— Não é curioso que você sempre tenha procurado o Leo nos momentos mais cruciais?

— Podemos ajudar? — perguntou Raquel, entrando na cozinha com Bia e Ucha.

— Você pode olhar o mundo de duas maneiras — disse Adonis. — Observando seu exterior, ou se debruçando sobre a essência interna dos seres e das coisas.

— Eu sou raso — explicou Caio. — Você me conhece há mil anos, não adianta querer enganar você.

— Por que é que não se tornou político? Acho que você poderia ter uma carreira muito bem-sucedida.

— Eu odeio política, não tenho o menor saco, não acredito — disse Caio, apagando o cigarro.

— Você levava jeito — observou Adonis, lembrando-se dos discursos inflamados de Caio nas assembleias do curso secundário.

— Era para disfarçar meu homossexualismo. Naquela época era uma barra ser homossexual. Fruta, como dizia meu pai. A melhor coisa que me aconteceu foi aquela bolsa da Fulbright, foi eu ter me mandado para os Estados Unidos no auge do movimento *hippie* e ter soltado a franga em grande estilo. Isso me poupou ter entrado de cabeça na luta clandestina. Imagina eu, que adoro um bom champanhe, naquele desconforto de Caparaó.

— Você não era tão fresco quando eu te conheci — disse Adonis.

— No fundo eu sempre fui chegado a uma música de Cole Porter. Mas não ousava confessar. Tive um caso com um cara de Boston. Ele me ensinou tudo o que eu queria saber sobre os ricos e tinha vergonha de perguntar. Quando voltei, em 71, era outra pessoa.

— Você foi um *yuppie avant la lettre.*

— Meu pai nunca me perdoou — murmurou Caio.

— Um monte de gente não te perdoou.

— Eu sei — aceitou Caio com uma ponta de tristeza. — O Leo me achava patético. Você me acha patético, e de certo modo acho que vocês têm razão. Chorar porque uma perua não me convidou pra jantar. Me torturar porque alguém esqueceu, ou não me incluiu na sua festa onde geralmente não tem uma única pessoa com quem valha a pena conversar, ou, quando tem, é tudo tão rápido, o ambiente é tão dispersivo que no final sobra apenas uma sensação de insuficiência e de vazio.

— Sabe que você foi o responsável por boa parte das ilusões que eu perdi na adolescência?

— Eu??? — perguntou Caio, admirado.

— Você me fez revelações definitivas — disse Adonis, lembrando-se de Caio lhe dizendo que a Revolução Constitucionalista de 32, ao contrário do que lhe tinham ensinado os seus pais, não devia ser fonte de orgulho para os paulistas, mas de vergonha. A razão não estava com os legalistas, mas com Getúlio, o golpista. "Mas e a Constituição?", perguntara Adonis, chocado. "Qualquer livro de história de boa procedência vai te dizer quem eram os reacionários! Os paulistas desejavam a continuidade das oligarquias da Primeira República, Getúlio queria uma revolução de âmbito nacional onde as massas finalmente pudessem participar do processo político!" Adonis ficara desolado. Seu tio-avô Apolo, que lutara bravamente na divisa com Minas Gerais, morrera sem saber que guerreara em vão. Mais devastadora do que essa revelação tinha sido descobrir a verdadeira face de seus ancestrais.

Desde menino, Adonis deleitava-se em ouvir seus pais contarem a saga da família já nas primeiras décadas do século XVII. Descendiam de bandeirantes, seus antepassados tinham desbravado sertões, dilatado as fronteiras do país para muito além do que previra o Tratado de Tordesilhas. Quando ouvia essas narrativas, Adonis imaginava-se de botas e gibão de couro, faca na cinta, olhar destemido, palmilhando caminhos jamais percorridos.

No curso clássico, porém, durante um seminário sobre entradas e bandeiras, Caio desmistificou todo o heroísmo e referiu-se aos bandeirantes como capitães do mato, predadores de escravos, agentes do imperialismo ibérico, matadores profissionais. Estarrecido, Adonis encolheu-se envergonhado na carteira, sentindo as vergastadas, o terror do negro acuado, via a si mesmo sendo rudemente conduzido pela tropa, canga no pescoço, as mãos amarradas, a carne rasgada pelos açoites e espinhos da vegetação. Ficara de tal maneira abalado pela história que um dia, durante as férias na fazenda dos seus avós paternos, acordou convencido de que não descendia de bandeirantes, mas de índios. Em pé, diante do espelho do banheiro, examinou seus cabelos pretos, de fios grossos e lisos, os olhos levemente amendoados, e concluiu:

"Sou índio". Então despiu o pijama, caminhou nu até a sala de jantar, onde a família reunida tomava o café da manhã, e comunicou: "Eu sou índio!".

Esse fato ocasionou a sua primeira temporada numa clínica de doenças nervosas.

— Lamento ter sido o agente de suas ilusões perdidas. Geralmente sou o contrário disso, você sabe. O provedor de ilusões, aquele que não consegue viver sem fantasia — disse Caio, acendendo outro cigarro.

— Se não fosse você, seria outra pessoa. Mas eu fiquei traumatizado. De certa maneira, foi um divisor de águas — acrescentou Adonis.

— Que bobagem. A gente precisa rever tudo isto: Revolução Constitucionalista, bandeirantes, corrigir todas essas bobagens que os politicamente corretos, ou ideologicamente equivocados, andaram bosquejando sobre esses assuntos.

— Você já pensou em parar de fumar? — perguntou Adonis.

— Lena, por que é que você não vai viajar comigo? — perguntou Raquel.

— Para onde você vai?

— Vou ao Quênia, desta vez via França, porque tenho um amigo em Aix-la-Provence, e ele me convidou pra ficar uns dias. Depois pego um trem em Marselha, entro na Itália, sigo até Brindisi e tomo um barco para

Patras. Aí sigo para Atenas e vou de metrô até o Pireu. Chegando lá, pergunto se está saindo algum navio para o Egito. Viajo no porão, com as mulheres gregas. Elas fazem tricô e contam histórias, falam uma língua que não conheço, mas compreendo tudo. Uma escala em Rodes, outra em Chipre, e chego a Alexandria. Então é só pegar um trem para o Cairo e lá comprar uma passagem bem baratinha para Nairobi.

— Puxa! — exclamou Ucha impressionada, embora jamais tivesse imaginado fazer esse tipo de viagem que lhe contavam da África, onde mulheres brancas eram invariavelmente sequestradas, estupradas e depois vendidas como escravas brancas.

— Você não se anima, Lena? — insistiu Raquel.

— Não posso. Tenho a agência, a Marina, mil problemas para resolver — desculpou-se. Lena admirava, mas não invejava Raquel. Não viajava nunca à procura de paisagem, gostava de Nova York, Londres, Paris, das grandes cidades. Campo só ao lado de Caio, que a arrastava por sedutores itinerários literários e sentimentais.

— Quanto tempo você pretende ficar? — perguntou Bia.

— Quatro meses — respondeu Raquel.

— Se fossem dois meses, janeiro e fevereiro, eu iria com você.

— Dois meses não dá pra ver nada quando se viaja assim.

— Enquanto você falava, me dei conta de como fiquei exigente — disse Lúcia, colocando o macarrão para cozinhar. — Esse tipo de viagem seria praticamente impossível eu fazer. Eu enjoo no mar, acostumei-me ao quarto com banheiro, certos confortos de que não consigo mais abrir mão. Por causa disso acabo viajando muito menos e conheço do mundo uma parte muito menor que você — acrescentou. Lúcia omitia que não viajava mais sozinha por medo de que se repetisse o pânico vivido em Paris, nem tinha mais vontade de viajar com Rui, temendo se tornar uma daquelas turistas tristonhas ao lado de seu homem infeliz. Na época em que viajar com Rui era uma festa, um de seus passatempos favoritos era reconhecer nos restaurantes e museus esses casais entediados e contrafeitos, sobre os quais construíam histórias em que o final era sempre: então eles voltam para a sua cidade, revelam as fotos, reúnem os amigos e descobrem que foi uma viagem muito divertida.

— A gente tem que ser um pouco esquizo para enfrentar o casamento — comentara com Leo no seu último aniversário.

— Não só para enfrentar o casamento — ele respondera.

— E o que é que a gente faz com a aguda lucidez e a aguda consciência? — Lúcia perguntara.

— Se mata — ele dissera.

— O Igor vai casar??? — perguntou Júlia.

— Vai — disse Lúcia. — Parece que a Cláudia está grávida. Finalmente descobriu que não é onipotente e que engravida como todas as mortais.

— Isso é indireta porque eu não tou tomando pílula?

— Por que vocês acham que isso não acontece com vocês? Por que não se cuidam, não tomam cuidado?

— E quando eles vão casar?

— O mais rápido possível, imagino. Você vai jantar em casa?

— Não, vou assistir a um jogo em Santo André. O treinador quer que eu veja uma levantadora que é demais.

— Você joga vôlei? — perguntou Ucha, entusiasmada. — Eu também joguei. Era boa de bloqueio.

— Eu sou razoável — disse Júlia.

— Seus filhos são lindos! — comentou Ucha.

— Também acho — Lúcia respondeu.

— Eu gostaria de ter filhos — disse Bia. — Nunca evitei, nunca engravidei. O médico dizia que eu era perfeitamente normal.

— E você queria um filho como, Bia? Produção independente?

— Não pensei que quisesse um filho antes dos quarenta. Depois comecei a pensar que a mulher não tem sentido se não procriar.

— Se você quiser, mando a minha pra você — gracejou Lena.

— Esta noite sonhei com um homem que não conheço — Bia mudou de assunto. — No sonho ele estava apaixonado por mim. Acordei triste, carente e pensei, entre duas lágrimas, "Só mesmo em sonho".

— Eu só queria um amigo que não morresse, como o Raul e o Leo, só não queria esta sensação de orfandade — disse Ucha.

— Acho que tenho essa sensação desde que nasci — acrescentou Lena, sorrindo complacente para Ucha.

— Eu pensava que estaria a salvo para sempre, pensava que nunca iria envelhecer, que nunca me faltaria trabalho nem amantes nem amigos — prosseguiu Ucha, confortada pela expressão de simpatia que Lena lhe oferecia francamente.

— Você deve ter nascido em berço esplêndido para acreditar que tudo lhe era devido — observou Bia.

— Não posso me queixar — disse Ucha, evocando a casa da sua família no Brooklin Velho, seu pai levando-a ao Colégio Porto Seguro no Ford Fairlane, as festas do Clube Transatlântico, a lareira acesa no inverno, a avó dinamarquesa fazendo sanduíches de arenque defumado, sua mãe lendo romances policiais em alemão e a escola dominical na igreja luterana. De tudo o que vivera restara a memória do aconchego, odores de lavanda, pinheiro, eucalipto, da culinária da Europa do Norte, da cera que semanalmente a empregada passava no chão e depois lustrava com uma enceradeira americana, comprada na

Sears Roebuck. Restavam também os últimos dólares da venda da casa de seus pais, com os quais vinha se mantendo nos períodos de escassez. Às vezes, quando saía do cinema, tomava a direção do Brooklin Velho, voltava para casa, embora ela não existisse mais. Em seu lugar havia agora um edifício imenso ao lado de outros edifícios semelhantes, o bairro perdera por completo o caráter bucólico. Numa dessas peregrinações, retornando pela Marginal, abriu o vidro do carro e durante alguns minutos uivou de dor. "Chorei todas as minhas perdas", disse a Leo, "dolorosamente."

— Raquel, de quanto dinheiro a gente precisa pra fazer a viagem que você vai fazer? — perguntou Ucha.

— Nunca viajei com mais de cinco mil dólares — respondeu Raquel.

— Posso ir com você? — indagou, lembrando-se de que cinco mil dólares era exatamente o que lhe restara da venda da casa dos pais.

— Você sabe mesmo o tipo de viagem que eu vou fazer?

— Uma mochila, três mudas de roupa, um par de tênis e seja o que Deus quiser.

— Não esqueça um par de botas e um bom agasalho. Você quer mesmo fazer essa viagem comigo?

— É só o que quero. Na volta penso na vida.

— Pode ser uma boa ideia — disse Lúcia, experimentando um fio de espaguete. — Mais dois minutos — considerou ao tampar a panela.

— Minha avó cozinhava divinamente — disse Ucha. — Eu sou uma negação.

— Eu só sei fazer bem arroz integral — disse Bia, que nos anos 70 aderira à macrobiótica e atualmente só fazia restrições aos agrotóxicos. Todos os domingos de manhã comprava verduras e legumes numa feira orgânica no Parque da Água Branca. "Chega com uns agrião pequeninho, umas cenoura mirradinha, mirradinha que dá dó", como dona Iraci explicara a Ana Paula.

— Eu era tão gamada pelo Pingo que fui aprender a cozinhar com a mãe dele. Alcachofra recheada, berinjela à parmigiana, frango com polenta, coelho, cabrito — disse Raquel.

— Coelho? — repetiu Bia, horrorizada.

— Eu conheci a dona Ema. Era uma megera! — disse Lena, lembrando-se da sua reação enfurecida ao descobrir que ela e Pingo namoravam: "Eu não criei meu filho pra ele aos dezesseis anos já estar saindo com mulher!". Lena tinha ficado muito ofendida com a palavra "mulher". "Queria o quê, dona Ema? Que ele saísse com homem?"

Nunca mais pôde estudar na casa dele: "Eu quero ver o diabo, mas nunca mais na minha vida quero ver você!".

— Ela não entendia por que me chamavam de Pingo. "Pingo por que, se você não é um menino miúdo?"

— Engraçado, porque comigo ela sempre foi legal — disse Raquel. — Claro que a fritura dela era muito mais sequinha do que a minha, tudo o que eu fazia ela faria muito melhor, mas não posso me queixar.

— Porque se casou e foi morar no interior! A tua relação com ela só podia ser perfeita — sentenciou Lena. — Mas eu conheci a peça. Catolicona, pudica, vivia batendo no peito, fazendo novena! Recusou-se a cumprimentar o Leo quando descobriu que era judeu. Ela não falava com gente que tinha matado Jesus Cristo.

— Qual foi a reação do Leo? — perguntou Ucha.

— Riu — disse Pingo. — O Leo estava acima dessas coisas! No fundo deve ter ficado com pena de mim. A mãe dele era uma mulher tão amável.

— Pingo, você podia ser um amor e pegar este caldeirão que está muito pesado? — disse Lúcia, desligando o fogão. — Tem um escorredor preparado dentro da pia.

— Quando eu conheci o Leo a mãe dele já tinha falecido — observou Bia.

— A dona Liuba morreu muito cedo — contou Pingo enquanto despejava o macarrão no escorredor.

— A mãe do Leo tocava piano. Tocava Schumann, adorava Schumann — disse Lena, com os olhos fixos na nuvem de vapor que ascendia da pia. — Ela me adorava. A sua mãe me detestava, a mãe do Guto me odiava, e a mãe do Leo me adorava. Não é engraçado? — perguntou.

— Você gostava dela, e isso talvez fizesse a diferença — observou Lu, mexendo com uma colher de pau o molho vermelho-escuro.

— Gostava, admirava. Queria ter uma mãe que tocasse piano, que não se considerasse uma vítima do meu pai e da vida.

— Onde vai o macarrão? — perguntou Raquel.

— Ali — respondeu Lúcia, apontando duas grandes tigelas de porcelana branca. — Você pega o queijo na geladeira, Lena?

— Se a minha mãe soubesse que você coloca o queijo na geladeira, romperia relações! — disse Pingo, distribuindo a massa nas tigelas.

— Pode deixar que eu faço o *tossing* — disse Raquel, pegando a panela de molho das mãos de Lúcia.

— Está cheirando deliciosamente — observou Pingo.

— Sua mãe diria: "Tá gostoso, mas do meu jeito é melhor" — Raquel imitou a voz de dona Ema.

— Algum dia ela chegou a saber por que chamavam você de Pingo? — perguntou Lena.

— Eu contei. Já estava casado, o Chico já tinha nascido. Uma vez vim a São Paulo, e ela tinha brigado com o meu pai porque ele estava arrastando asa para uma vizinha. O velho sempre tinha sido impecável, achei muito legítimo ele se divertir um pouco. Aí ela começou a fazer um sermão sobre adultério e luxúria, e eu perdi a paciência. "Quer saber de uma coisa, dona Ema? Luxúria é muito bom! A senhora também devia experimentar. Graças a Deus eu experimentei cedo! Por que é que você acha que o pessoal me chamava de Pingo? Porque peguei gonorreia com uma puta da rua Guaianazes, aliás uma moça da maior distinção e cultura!" Ela ficou quase um ano sem falar comigo!

— Eu gostava do seu pai — disse Lena. — Gostava do pai do Beny, do pai do Adonis, do Leo, pra mim sempre foi mais fácil me relacionar com homens. Pelo menos naquele tempo — acrescentou.

— Como é? A comida sai ou não sai? — perguntou Caio, entrando.

— Foi ótimo você aparecer! Que tal cuidar dos vinhos?

— Hummmmm! Que delícia! — disse Tito, saboreando o espaguete.

— No socialismo você não teria a menor chance de comer uma comida dessas! — observou Ivan.

— Vocês gostam de me encher o saco!

— Está muito bom — disse Pedro, sorrindo para Lúcia.

— Tem escrito muito? — perguntou Caio enquanto abria uma garrafa de vinho tinto.

— Não muito — respondeu Pedro.

— Apesar das nossas diferenças, admiro você. Aliás, admiro todas as pessoas que continuam se entregando ao exercício de escrever, como a um exercício de resistência! — continuou Caio, provando o vinho.

— Você está se referindo ao retorno financeiro? — perguntou Adonis.

— Estou me referindo a tudo, começando pela língua

em que a gente escreve! Está divino! Ivan, sirva do seu lado da mesa! — disse Caio, passando a garrafa.

— Sabe quantos milhões de pessoas falam português? — perguntou Pingo.

— E quantos sabem ler? E quantos dos que sabem dispõem de poder aquisitivo para comprar um livro?

— Qual é a solução? — perguntou Ucha, timidamente.

— Rezar para nascer num país de língua inglesa na próxima encarnação — respondeu Caio, abrindo a segunda garrafa.

— Em quantos idiomas você foi publicado, Pedro? — perguntou Lena.

— Oito ou nove, o que não quer dizer muita coisa. Os americanos lançaram uma edição do meu primeiro romance, resolveram o seu problema de má consciência e nunca mais se interessaram em publicar meus livros. Vendi um pouco na França, um pouco mais na Itália, bastante na Alemanha Oriental, Polônia, Tchecoslováquia, União Soviética, Hungria e Iugoslávia, mas nunca consegui trazer nenhum dólar de direitos autorais dos países socialistas. Era obrigado a gastar tudo lá.

— No quê? — perguntou Beny. — Se não havia nada pra comprar.

— Vodca, jantares, teatro, balé, esse tipo de coisas, quando ia pra lá.

— Não é curioso que as ditaduras se interessem tanto pelo que acontece nas outras? — indagou Caio. — Eu fico perplexo com a acolhida que os socialistas davam à ficção latino-americana, quando viviam uma opressão tão ou mais cruel.

— Ninguém passava fome nem vivia na rua, não havia analfabetos na Europa do Leste! — exultou Tito.

— Já vi que vamos ter mais de uma daquelas adoráveis discussões sobre política — resmungou Lena.

— Antigamente você gostava de política. Que aconteceu? — estranhou Raquel.

— Amadureci, cansei, acho uma perda de tempo.

— Eu também... — disse Bia. — Capitalismo, socialismo, qual é a diferença?

— Veado incomoda tanto a esquerda quanto a direita, mas eu tenho que reconhecer que sempre me diverti muito mais em Nova York do que em São Petersburgo! — acrescentou Caio.

— Sempre quis fazer uma pergunta. Posso? — disse Pingo, fixando o olhar em Caio.

— Você quer saber se eu trepo muito quando viajo?

— Não. Eu me lembro de você na escola, você nunca deu a menor pinta de homossexual. Quando é que você descobriu que era?

— No colégio, quando percebi que estava apaixonado por você — respondeu Caio, divertido.

— O quê??? — Fulminado por aquela revelação, Pingo quase se engasga com o vinho.

— Você é terrível — Lúcia censurou Caio.

— Mas é verdade! — ele assegurou com uma gargalhada. — Tá duvidando por quê? Todo mundo se apaixonava por você, por que não eu? Você tinha um corpo lindo, um rosto maravilhoso, quem resistia?

— Por que é que você não vai à merda, hein, Caio? Eu ainda sou um cara bonito pra cacete!

— Você está um caco, uma ruína, Pingo. Mas você foi um homem lindo — repetiu Caio, sinceramente, lembrando-se da sua perturbação ao perceber que no vestiário sempre procurava a companhia de Pingo, buscava movimentos em que pudesse resvalar seu corpo, tocá-lo, sentir seu cheiro, deleitava-se quando o via nu, masturbava-se pensando nele e, quando em companhia de Lena, fazia perguntas para sondar a sua intimidade.

— Acho que sou veado — disse um dia a Leo depois de alguns copos de cachaça.

— Muita gente interessante é, por que dramatizar? — respondeu Leo, após ouvir sua torturada confissão. — Talvez seja só uma fase de atração homossexual. Isso costuma acontecer nos colégios ingleses, mas depois as pessoas casam, têm filhos e são infelizes para sempre.

Caio pensou no calvário de Oscar Wilde, no opróbrio, no banimento a que seria condenado por seus colegas, no ridículo, e gritou aterrorizado: "Eu vou arrumar uma namorada! Eu tenho que gostar de mulher!".

Logo depois começou a sair com uma prima de Adonis, que, segundo Leo, não era exatamente uma mulher.

— Que fim levou a Hebe? — Caio perguntou a Adonis.

— Depois que meu tio morreu, assumiu a fazenda.

— Casou? — insistiu Caio.

— Mora com uma moça muito prendada — respondeu Adonis.

— O Leo sempre achou a Hebe a cara da Gertrude Stein! — disse Caio.

— E você? — perguntou Raquel, dirigindo-se a Beny. — Quando descobriu que era homossexual?

— Eu sempre soube que era, eu sou um homossexual genético.

— Ele pensa que é Allen Ginsberg — alfinetou Caio.

— Você escolheu ser homossexual, Beny. É uma missão cármica — disse Bia.

— Eu não escolhi porra nenhuma. Você acha que, se pudesse escolher, teria escolhido ser assim? — disse ele, evocando sua mãe segurando-o pela mão, diante da casa dos pais. Imaginara que a visão do neto os fosse enternecer e ela pudesse novamente ser acolhida. Lembrava-se de uma mulher idosa abrindo a porta e da voz de um homem perguntando alguma coisa em língua estrangeira, lembrava-se da mulher muito aflita, olhando para os dois, sua mãe suplicando que os deixassem entrar, um homem assomando e fechando a porta com estrondo. Beny compadecia-se de sua mãe, mas desprezava o seu gosto por romances sentimentais nos quais esse tipo de reconciliação acontecia.

Lembrava-se de seu pai furioso, "Não lhe chega a minha família?", e ela aos prantos dizendo que não tinha mais família. "Minha única família é o meu filho que também ninguém quer!" Lembrava-se de chegar à casa de seu tio, os primos brincando, e a governanta, incomodada com sua presença, ordenando que eles fossem fazer a lição. "Por que seus filhos sempre têm que fazer lição quando venho com meu filho aqui?", perguntou seu pai. O tio se escusou. Era apenas uma coincidência, mas, para que o irmão não pensasse que era má vontade, permitiu que os meninos brincassem com Beny. Lembrava-se dos primos levando-o para o porão e do jogo de palitinho que decidiu quem seria o primeiro a sodomizá-lo.

— A gente escolhe o próprio destino — afirmou Bia. — É que a maior parte das pessoas opta pelo sofrimento.

— Você acha mesmo que alguém escolhe sofrer, Bia? Tem dó! — censurou Lena.

— Que maravilha! — disse Tito. — Finalmente a resposta a todas as perguntas! Os miseráveis escolheram a miséria, quem mandou? Eu conheço um cara que foi pra Índia, ficou com pena de um homem que estava morrendo na rua, mas o cicerone falou que era carma, se o desgraçado fosse socorrido não se purificava, continuava a voltar desgraçado na outra encarnação.

— É inútil discutir com vocês se não acreditam em nada — argumentou Bia.

— Cada um tem sua crença — disse Raquel. — A sua é essa, a do Tito é o marxismo.

— O marxismo não é uma crença, é uma ciência!

— Pena que não seja muito exata — ironizou Ivan.

— Porque o marxismo verdadeiro nunca foi devidamente aplicado! — defendeu-se Tito.

— Estava tudo errado, começando pela base — observou Ivan. — A não ser que você acredite que se pode transigir com a questão dos direitos humanos e da democracia.

— Não — retrucou Tito. — Mas para mim a ideia de socialismo sempre esteve associada a generosidade e justiça social.

— Que justiça social, Tito? — perguntou Ivan.

— Eu reconheço que muitos erros foram cometidos — disse Tito. — Muita gente morreu, houve intervenções equivocadas, intolerância e excesso de zelo.

— Muita gente morreu, Tito! Só o Stalin sozinho mandou matar quarenta milhões de pessoas — disse Pedro.

"Ah, que esse cara tem me consumido, a mim e a tudo o que eu quis, com seus olhinhos infantis, como os olhos de um bandido", cantava Maria Bethânia.

— Eu disse que houve muita injustiça e crueldade!

— O pessoal do Partidão sempre teve uma puta experiência em engolir sapos! — disse Beny.

— Eu diria que isso se deve a uma compulsão extremada para a obediência — observou Pingo.

— E você? De que lado está, Pingo? — explodiu Tito. — Qual é a opção para o socialismo? O neoliberalismo, milhões de pessoas morando na rua, a ignorância, a indiferença, a violência? Na URSS pelo menos ninguém passava fome nem ficava ao desabrigo!

— A gente conhecia muito bem os problemas da agricultura e da habitação na União Soviética, mas, *grosso modo*, talvez você tenha razão. Ninguém dormia na rua, como aqui. Me serve mais macarrão, Raquel? — pediu Pingo.

— Às vezes ele esquece que eu não sou mais casada com ele — disse Raquel, pegando o prato bem-humorada.

— Não fui eu quem quis a separação.

— Mas fez de tudo pra que isso acontecesse — interferiu Lena.

— Está bom assim? — Raquel perguntou.

— Ótimo. Alguém pode me passar o queijo?

— Será que nascer no Brasil também é carma? — perguntou Ivan.

— E você tem alguma dúvida? — respondeu Bia.

— Você está querendo me convencer de que *eu* quis nascer no Brasil? — gritou Caio.

— Eu não lamento ter nascido no Brasil — disse Raquel.

— Aliás, o que é que você lamenta? — Lena perguntou.

— Caio, acho que é melhor pegar mais algumas garrafas de vinho — disse Lúcia.

"À noite, eu rondo a cidade a te procurar", cantava Carmen Costa.

— Será que aquele japonês tem razão, e a história vai morrer com a morte das ideologias? — perguntou Raquel.

— Não é japonês, é americano — corrigiu Tito. — Morte das ideologias? Mas elas ainda estão aí! E quem pode prever o que vai acontecer no ano que vem? O que significa essa agitação das minorias? Aonde nos levarão essas guerras tribais? Quem pode garantir que o socialismo não vai ser retomado por algumas das repúblicas que integravam a União Soviética?

— Tito, acabou — disse Beny. — O socialismo morreu.

— E qual é a alternativa? — perguntou Tito, cansado. — Me respondam, vamos. Qual é a alternativa?

— A psicanálise pode ser uma alternativa — sugeriu Lúcia.

— Para os que podem pagar por ela — rebateu Beny.

— Você pode — disse Lúcia, maternal.

— Eu estou satisfeito com as alternativas que estão aí.

— E quais são? — perguntou Tito.

— O sexo, as drogas e o *rock and roll* — respondeu Beny, sorrindo.

— A única alternativa digna e aceitável para o ser humano é um novo socialismo capaz de competir com o capitalismo, e isso é absolutamente possível desde que se retomem seus fundamentos originais: a criatividade, a liberdade, a justa partilha do poder entre os vários segmentos da população e, principalmente, o internacionalismo — concluiu Tito.

— Então vamos aproveitar a oportunidade para erguer um brinde ao camarada Trotski! — disse Pedro, erguendo o copo.

— Eu tinha certeza de que você ia fazer alguma observação nesse sentido assim que eu falasse em internacionalismo — retrucou Tito, sorrindo.

— Parece, afinal, que Trotski não estava muito errado.

— Errou no tempo e nos métodos, não no princípio! — argumentou Tito.

— O que não impediu que Stalin o mandasse matar e que você, a vida inteira, tivesse justificado esse crime — continuou Pedro.

— Você nem é mais trotskista, Pedro! Não me venha com cobrança!

— Dois vinhos portugueses e um espanhol! Que tal? — perguntou Caio, entrando com as garrafas.

— Bem-aventurado o capitalismo, onde se pode comprar coisas assim! — disse Ivan para provocar Tito.

— Que tal a gente brindar a todos os profetas traídos, começando por Jesus Cristo?! — propôs Pingo, erguendo a taça.

— Eu acho uma excelente ideia! — Ucha ficou visivelmente aliviada com a possibilidade de a discussão terminar.

— Vocês são um bando de traidores! — disse Tito,

igualmente aliviado de sair da berlinda. — Traíram o sonho, a juventude de vocês!

— A Bia talvez pudesse enriquecer esta discussão com algumas contribuições ecológicas e profundas considerações esotéricas! — disse Pingo. — Principalmente quando se falou das alternativas. A Bia tem o endereço de pelo menos meia dúzia de gurus e diversas opções de doutrinamento coletivo, além das possibilidades de aprendizado e esclarecimento individual com astrólogos, tarólogos, numerólogos e modalidades mais recentes, como a cura pelas cores e pelos cristais.

— Eu conheço um cara que se livrou da dependência de cocaína por meio dos cristais — disse Ucha.

— E quem disse que eu quero me livrar da dependência de cocaína? — perguntou Beny.

"Eu, você, nós dois, aqui neste terraço à beira-mar", cantava Elis Regina.

— Você não tem medo? — perguntou Ivan.

— Medo do quê? Do sexo, das drogas ou do *rock and roll*?

— De si mesmo — disse Lúcia. — Acho que o Ivan perguntou se você não tem medo da sua destrutividade.

— Tenho medo de ser engolido pela mediocridade, pela resignação, tenho medo de desistir, como todos vocês.

— Quem desistiu? — perguntou Lúcia.

— Vocês são patéticos, patéticos, cada um à sua maneira, um bando de tolos se achando muito especiais!

Lúcia balançou a cabeça e sorriu, complacente.

— Começando por você — Beny apontou Pedro —, que sonha com a volta do sucesso e da aprovação geral! Pode esquecer, porque os anos 70 acabaram, e você não tem nem mais fôlego nem juventude pra escrever sobre o tempo presente!

— Eu concedo tão pouca importância ao que você diz que não vou dizer o que penso a seu respeito!

— E eu estou cagando para o que você possa pensar de mim!

— Por que você não gosta mais da gente? — perguntou Pingo, divertido. — Nós sempre gostamos tanto de você, Beny.

— Você está morto e não sabe, Pingo! Você lida com matéria morta, putrefata, entre você e um legista não existe a menor diferença!

— Eu estou pensando em dar um curso sobre poetas alternativos, começando por você — rebateu Pingo. — Será que isso colaboraria de alguma maneira para a minha ressurreição?

— E quem ia assistir a esse curso? — perguntou Caio.

— Por que é que você não dá um curso sobre poetas de cordel, que é muito mais interessante? — sugeriu Lena.

— Sou obrigado a admitir que tenho certa simpatia pelo udigrúdi — prosseguiu Pingo. — Sou do tipo que se enternece quando está numa fila de teatro e algum autor chega vendendo sua obra. Eu sempre compro, embora nunca tenha tempo pra ler. Mas nos últimos tempos andei pensando em avaliar esse tipo de produção e dar um curso a respeito.

— Vai ser uma pena para os autores alternativos, porque tudo o que você toca se transforma em matéria inerte, começando pelas mulheres que você leva pra cama!

— Para com isso, Beny! — advertiu Lúcia.

— É só olhar pra Raquel depois que se separou dele.

— A coisa mais triste nesta história é que não dá nem pra quebrar a tua cara, Beny — disse Pingo, muito calmo. — Eu olho pra você e vejo um cara que vai morrer muito cedo, muito mal e com muito sofrimento!

— Qual é o teu grande projeto, afinal? — perguntou Tito.

— Comungar com os pobres, como você — respondeu Beny. — Cada vez que eu transo com um menino de rua penso na tua obstinação em ficar na superfície. O negócio, Tito, é ir fundo, é o contato íntimo com o próprio corpo da pobreza, o cheiro, as secreções dos humilhados e ofendidos.

— Nunca te ocorreu que isso também é uma forma de exploração e de degradação recíproca? — considerou Tito.

— O sexo é a única chance de desforra que os desfavorecidos têm contra nós. Cada vez que ofereço dinheiro a um garoto pra trepar comigo, ele se dá conta do poder que tem sobre mim e da possibilidade de me punir por meio da recusa, ou da violência. Ele se sente engrandecido, e eu me redimo por ter sido castigado pela classe que oprimo!

— Você se sente muito mal! — protestou Lúcia. — Não me venha com esse palavrório oco de redenção, porque você se sente muito infeliz e muito humilhado!

— Quem sabe ele precisa desse tipo de humilhação? — disse Bia.

— Eu não preciso de nada! Eu sou um cara livre! A grande bronca de vocês a meu respeito é que eu sempre fiz o que tinha vontade de fazer e sempre disse o que quis! Eu sempre caguei pra moral e pras leis de convívio social! Eu não vivo pra fazer concessões, como vocês!

— Uma pessoa assim não devia ser mais feliz? — a voz de Ucha soou límpida como cristal.

— Quem é essa fulana? — perguntou Beny, fulminando Ucha.

— É uma amiga do Leo, está na minha casa e não admito que você se refira a ela dessa maneira! — Lúcia o advertiu impaciente.

— Mas ele sabe quem eu sou! A gente até bateu um papo no cemitério...

— O Beny gosta de *épater*, meu bem. Não liga pra ele — disse Ivan.

— É um tipo um pouco antigo — esclareceu Tito. — Um rebelde sem causa, um personagem dos anos 50.

— E você é personagem de que década, Tito? — rebateu Beny.

— Parece que o negócio agora é comigo — disse Tito a Ucha. — Ele me fez uma pergunta, e eu gostaria que você respondesse por mim.

— Eu??? — perguntou Ucha, assustada. — Mas não entendo metade das coisas que vocês estão falando!

— Isso deve ser um conforto pra você! — observou Ivan, cansado da discussão.

— Parece que ele não gosta de ninguém — disse Ucha, muito desapontada por ter sido referida por Beny como "fulana", depois de imaginar que a conversa no cemitério os tinha aproximado.

— Ouviu, Beny? Parece que a moça ficou muito mal impressionada com você — zombou Tito.

— Parece que temos pelo menos três garotões interessados em você — disse Beny, sorrindo e olhando para Ucha.

— Você é muito filho da puta — defendeu-se Pingo.

— Eu imaginei estar lisonjeando a moça.

— É melhor você não lisonjear ninguém, uma vez que essa não é exatamente a sua especialidade — disse Lúcia.

— Você quer que eu vá embora?

— Ainda não.

— Vamos tirar os pratos? — perguntou Raquel.

— O que é que você quer de sobremesa, Adonis? Tem queijos, compota de goiaba, doce de abóbora, fruta fresca...

— Não quero nada, obrigado — Adonis agradeceu. — Estou satisfeito.

— Inclusive com o papo? — perguntou Lena.

— Eu não estava escutando — disse Adonis.

— Me diga como é que você faz, pra eu aprender — pediu Lena.

— É só escutar a música. Eu estava ouvindo Debussy.

— Mas é a Elis Regina que está cantando — disse Caio, servindo-se de *camembert*.

— Eu estava escutando Debussy. Mentalmente.

Lúcia e Pedro se entreolharam.

— Fora isso, tudo bem, Adonis? — perguntou Pingo.

— Tudo bem. Debussy é ótimo para relaxar.

Confortava-o a suavidade de Debussy cuja sonoridade evocava-lhe as flores aquáticas de Monet, sempre que ouvia *Prélude de l'après midi d'un faune*. Reflexos azuis e cor de malva flutuavam diante de seus olhos. Na faculdade escrevera um conto sobre um personagem que em meio a uma assembleia estudantil sacava sua flauta e tocava melodias japonesas, alheio à discussão.

— Você não disse nada esta noite — observou Pedro. — Como se não tivesse posição.

— Eu acho que nunca tive verdadeiramente uma posição — Adonis respondeu.

— Como não? — perguntou Tito, surpreendido. — A gente sempre achou que você se alinhasse com a esquerda.

— Que esquerda? — indagou Adonis.

— Você não pode estar falando sério? — balbuciou Tito.

— É claro que eu só posso me alinhar à esquerda. Mas que esquerda? A sua, a do Pedro? A minha esquerda só existe na minha cabeça, como tudo o mais.

— Pra falar a verdade, este papo de direita e esquerda já me cansou! — comunicou Pingo, servindo-se de doce de abóbora.

— Outra vez? — perguntou Lúcia, vendo Beny sair do lavabo. Era a terceira vez que ia ao banheiro desde que tinham chegado. E ela sabia por quê. Bastava perceber as pupilas dilatadas, o rosto ainda afogueado e a irritação crescente.

— Mais vinho, Lu? — perguntou Caio.

— Não, obrigada.

— Esta garrafa está divina! Nunca se separe do seu marido, porque você jamais vai encontrar outro que saiba comprar vinhos tão bons! — acrescentou, cortando um pedaço de *brie*.

— Como vai seu colesterol? — perguntou Ivan.

— Eu não tenho colesterol! — protestou Caio enfaticamente. — Nem triglicérides nem nada que possa afetar minha saúde! Aliás, no último exame que fiz, o médico disse que organicamente eu sou um jovem de vinte e cinco anos.

— Há quanto tempo você fez esse exame? — perguntou Tito.

— Posso servir vinho a você, meu bem? — Caio perguntou a Ucha.

— Não, eu acho que já bebi demais!

— O macarrão estava divino — disse Bia.

— O papo também, apesar de tudo — observou Ivan.

— Você sempre foi do tipo que gosta de ver o circo pegar fogo — disse Lena.

— Posso servi-la de vinho, meu bem? — perguntou Ivan, sorrindo sedutor.

— Está tentando me embebedar? — indagou Lena.

— Para ser totalmente franco, adoraria.

— O problema é que você nunca é totalmente franco.

— Ninguém é perfeito, meu bem — disse Ivan, enchendo a taça de Lena. — Beba. Você fica ótima quando bebe.

— O disco terminou. Você pode trocar? — Lena pediu.

— Posso fazer um correio elegante pra você? — perguntou Ivan sem perder o sorriso.

— Pena que a Flora não está aqui — lamentou Raquel.

— Ainda bem que não está — observou Pedro. — Eu me lembro de que ela sofria atrozmente com esse tipo de discussão.

Recordava-se de um aniversário dela, os amigos de Leo querelando na sala, e Flora sentada num banquinho na área de serviço, com um prato de lasanha na mão:

— Me diga uma coisa, Pedro. Isto devia ser uma festa, não é por quê? Por que é que eles têm que ficar se xingando uns aos outros? Por que é que teve gente que chegou e não me desejou sequer feliz aniversário? É o meu aniversário, pombas! Pensei que fosse me divertir.

Pedro sorriu: — Quando você quiser se divertir convide outras pessoas. O conceito de festa dessas que estão aí é esse que você está ouvindo. Polêmica, agressão, sarcasmo, mas no fundo se gostam de alguma maneira.

Flora estava desolada.

— Se o Leo quiser esse tipo de festa no aniversário dele, tudo bem. Mas no meu, ano que vem, quero uma coisa bem diferente.

— Que tal, gostou? — sussurrou Ivan ao ouvido de Lena.

— Você é um grande filho da puta — ela murmurou ao ouvir Bethânia cantar as primeiras estrofes de *Grito de alerta*.

— É uma grande fase de Gonzaguinha. Foi uma grande fase na minha vida. Talvez a melhor.

— "Veja bem, nosso caso é uma porta entreaberta, eu falei a palavra mais certa, vê se escuta o meu grito de alerta..." — cantarolou Pingo, olhando significativamente para Raquel.

— O que é que aconteceu com a música brasileira? — perguntou Tito.

— Acabou, como tudo o que era realmente bom no Brasil — respondeu Pedro. — Dizem que a culpa é das multinacionais do disco, tomara que seja isso, e não o marasmo que tomou conta do país, a falta de vontade, ou de talento, ou de bom gosto. Pra mim a última coisa interessante na música brasileira foi o Cazuza.

— Eu gosto de alguns conjuntos de *rock* que estão aí — disse Raquel.

— O *rock* não é música brasileira — observou Tito.

— Além do que, o *rock* brasileiro não tem a menor qualidade — acrescentou Pingo, desejando alfinetar Raquel.

— Você não entende nada de *rock*, Pingo — ela devolveu. — Podia ser a melhor música do mundo, você ia implicar por causa do Fausto.

— E quem é o Fausto na grande ordem das coisas? — perguntou Pingo. — Um moleque de bosta que toca num conjunto de bosta!

— Eu não vou discutir com você.

— O grande problema do *rock* é que é um som internacional e indistinto. Enquanto a música brasileira tem caráter — observou Caio. — E já que você falou em grande ordem das coisas, pode-se dizer que existe uma música brasileira, como existe uma arquitetura brasileira e uma televisão brasileira.

— Você está querendo dizer que não existe uma literatura brasileira? — perguntou Pedro.

— E você ainda leva a sério esse cara? Isto é frase de efeito, é papo de reunião de grã-fino metido a intelectual! "Literatura brasileira não existe!" — protestou Pingo. — Qualquer país que tenha Machado, Guimarães Rosa, Drummond e Clarice tem uma literatura!

— Existem casos isolados de escritores que produzem poesia e ficção da melhor qualidade, mas a literatura de um país não se faz com cinco ou seis escritores excepcionais. Eu respeito profundamente os autores nacionais, mas não admiro todos. Para falar a verdade, admiro bem poucos escritores.

— Verdade que uma vez você escreveu um livro? — perguntou Pedro.

— Quem não escreveu um livro neste país? O que é que isso tem a ver com o que a gente estava falando?

— Eu não sabia que você tinha escrito um livro. O que era? Ficção, poesia? — indagou Pingo ironicamente.

— Era ficção — disse Adonis.

— Você leu??? — perguntou Caio, espantado. — Onde?

— Li. Não era ruim. Não era brilhante, mas era um bom romance para um autor iniciante. Você devia ter insistido.

— Onde você leu o meu livro? — Caio insistiu, sem disfarçar irritação.

— Na casa do Leo.

— Eu tinha pedido pra ele não comentar com ninguém! — disse Caio.

— O Leo não comentou nada comigo. Simplesmente foi dormir e me deixou sozinho no escritório.

No dia seguinte Adonis perguntara se ele tinha lido.

— Parece que todo mundo está querendo tornar-se escritor, às vezes eu tenho a impressão de que há mais autores que leitores, assim como venho observando que há mais gente querendo fazer teatro do que gente querendo ir ao teatro — Leo dissera, entediado.

Era uma forma de dizer que o livro de Caio não tinha importância nenhuma.

— Eu gostei — observara Adonis.

— Tem algumas coisas interessantes, mas isso não faz um livro, muito menos um escritor. Se ele morasse na França, poderia ser uma espécie de Cocteau, a combinação de algum talento literário com um grande talento social, poderia lhe dar tudo o que ele quer, ou seja, fama e fortuna — dissera Leo.

— Foi isso que você disse ao Caio sobre o livro dele? — perguntara Adonis, considerando o julgamento de Leo demasiado implacável.

— Conversamos hoje. Falei de Cocteau, da mesma habilidade em jogar com as palavras. Ele não gostou. Esperava, no mínimo, que eu dissesse que ia ter um impacto de *Bonjour, tristesse*. Você sabe que o Caio é um mundano, o padrão de sucesso dele é Françoise Sagan, mas eu disse que ele não poderia aspirar ao mesmo impacto. Não é sequer tão jovem para despertar curiosidade. Ele chorou.

— Você não devia ter se deixado levar pela opinião do Leo — disse Adonis.

— Ele tinha razão. O romance era inconsistente. Não ia mudar os rumos da literatura, não ia sequer mudar a minha vida, foi melhor assim. Lembra do que a gente falou a caminho da casa do Leo? — perguntou Caio com um suspiro. — E agora vamos parar com esse papo antes que eu fique deprimido! Lena, vamos dançar! Vamos colocar uma música animada, não esse ritmo cuecão! — disse Caio, levantando-se animado.

"Lança menina, lança todo esse perfume, desbaratina, não dá pra ficar imune...", cantava Rita Lee.

— *Forever young* — murmurou Raquel, observando Caio dançar e motivando Lena para que ela se movesse mais rápido ao som da música.

— Raquel, vem você dançar comigo! — gritou Caio.

— Ele está pensando que eu tenho quinze anos! — disse Lena, voltando para a mesa.

— Você devia parar de fumar — disse Lúcia. — Você e o Caio estão fumando demais.

— Mas parece que sou só eu que perco o fôlego! Olha pra ele!

— Onde será que eles vão buscar tanta energia? — perguntou Pingo, com uma ponta de inveja, vendo Caio dançando com Raquel.

— Eu também estou fumando demais — disse Ucha, acendendo um cigarro.

— Quem é essa fulana, hein? O que é que ela está fazendo aqui? — perguntou Beny, irritado.

— Você é um sujeitinho muito desagradável — disse Lúcia.

"Me vira de ponta-cabeça, me faz de gato e sapato, me deixa de quatro no ato, me enche de amor..."

— Vamos dançar, Tito? — perguntou Bia.

— Dançar? — reagiu Tito, espantado. — Eu não sei dançar!

— Não tem importância. E só mexer o corpo, é legal pra digestão!

— Convida outra pessoa, eu não tenho jeito pra essas coisas — desculpou-se Tito.

— Eu danço com você — prontificou-se Ivan.

— Você é um cavalheiro — disse Bia, levantando-se.

Lena sorriu irônica e trocou olhares com Lúcia. "Ele não é tão ruim", dissera, defendendo Ivan na época em que todos o censuravam por trabalhar na campanha do candidato da direita. Lena sentia-se de alguma maneira culpada pelas restrições que lhe faziam, já que grande parte da má vontade do grupo em relação a Ivan tinha como base o seu caso de amor e suas próprias declarações a respeito dele. Lúcia sempre achara que ela o pintava muito mais cafajeste do que era na verdade. "E Lena, você sabe muito bem que não é uma pessoa fácil." Não, não era. Nem tão boa quanto gostaria de ser. O que, de fato, não perdoava em Ivan não era seu oportunismo, mas o fato de ele não ter deixado a mulher quando ela esperava que o fizesse. "O que é uma mesquinharia, Lu. Afinal, quem era o Ivan quando eu o conheci? Um homem bonito, sedutor. Ele continua sendo bonito e sedutor, foi por isso e não por outras qualidades que me apaixonei. Se eu pretendia alguma grandeza, devia ter escolhido o Leo."

"Diga que me odeia, diga que não vive sem mim, eu sou uma praga, maria-sem-vergonha no seu jardim..."

— Vamos dançar, Lena? — perguntou Pingo. — Eu prometo não exigir de você *performance* de adolescente.

— Como se você pudesse exigir isso de alguém! — disse Beny, abrindo mais uma garrafa de vinho.

— Você está me provocando, Beny? — perguntou Lúcia.

— Não estou provocando ninguém.

— Então por que está testando meus limites?

— O papo de vocês é muito chato, vocês são um porre e eu não sei o que estou fazendo aqui! — disse Beny, pousando a taça.

— Nem eu — disse Adonis.

— Se você quiser que eu vá embora, me mando agora! — gritou Beny, levantando-se.

— Senta aí e não enche o saco! — disse Tito, fazendo-o sentar-se.

— Eu não quero que você vá embora, gostaria apenas que você parasse de beber, de cheirar e de agredir as pessoas — disse Lúcia saindo da mesa para dançar com Pedro.

— Eu também não quero que você vá — disse Tito. — Por incrível que possa parecer, sou muito grato a você. Apesar de tudo o que você diz, apesar do que você apronta, eu não esqueço, por exemplo, que em 75 você foi várias vezes ao DOI e tentou livrar a minha cara por intermédio de um general amigo da sua família.

— Eu não gosto da direita tanto quanto você, Tito.

— Então por que é que se comporta como um filho da puta de um fascista?

— Eu nunca fui fascista! Mas, se tivesse que escolher entre a direita e a esquerda, preferia a direita. Durante a ditadura ninguém me mandou pra um campo de concentração por conduta imprópria, como acontece em Cuba!

— Eu não quero discutir com você, Beny.

— Você é um fóssil vivo, Tito! O que mais precisa acontecer pra você se dar conta de que acabou? Acabou! O grande projeto socialista ruiu! Eu sinto muito que você tenha dedicado sua vida inteira à crença marxista! Eu sei que deve ser uma merda chegar aos cinquenta depois de ter sido preso e torturado por uma causa que não deu certo!

— É claro que deu! — defendeu-se Tito. — Veja o que era Cuba no tempo de Batista e veja agora! Veja a Rússia antes e depois da revolução bolchevique!

— Você não está defendendo um conceito político, Tito! O que você defende é um princípio religioso, e eu não discuto religião!

— Você sabe dançar? — Tito perguntou a Ucha.

— Eu adoro dançar! — respondeu ela, levantando-se prontamente.

— Então me ensina! — disse Tito, pegando-a pela mão.

— Você sabe dançar, Adonis? — perguntou Beny, ao perceber que restavam apenas os dois.

— Não.

— Eu também não. Perdi minha chance quando fui expulso das aulas de madame Poças Leitão. Me pegaram no banheiro com um garoto.

"Se Deus quiser, um dia eu quero ser índio, viver pelado pintado de verde, num eterno domingo..."

— Não é esquisito a gente estar dançando, Pedro? — perguntou Lúcia.

— Não esta música, não com tudo o que a gente viveu. Rita Lee neste momento é uma celebração.

— Eu me lembro daquele *réveillon*! — berrou Lena.

— Quem não se lembra daquele *réveillon*? — sussurrou Ivan ao seu ouvido.

— E a gente que imaginava que ia ser uma década do caralho! — gritou Pingo.

— A gente imaginava tanta coisa — murmurou Bia, vendo a si mesma retornando de Londres com o recente visual *punk*, e o espanto de sua mãe ao voltar das festas de fim de ano em Mato Grosso: "Ai, credo, que horror, sai pra lá que você tá parecendo assombração!". Depois o ultimato: ou mudava de estilo ou mudava de casa. Bia tentou manter-se como atriz, administradora de teatro, *crooner*, divulgadora, e durante seis anos foi mais ou menos feliz. "Mas não era meu carma, o meu resgate é com ela", dizia, referindo-se à mãe, "a inflação e a crise me empurraram de volta para dona Iraci. Se tem que ser assim...", concluía, resignada.

"Se Deus quiser, um dia viro semente, e quando a chuva molhar o jardim, eu fico contente...", cantavam Raquel e Caio.

— Você se lembra? — perguntou Ivan.

— Eu era tão feliz, tão feliz naquela época! — disse Lena com lágrimas nos olhos, recordando os dois dançando abraçados, ela de costas contra Ivan, as mãos dele em torno da sua cintura, o hálito quente em seu pescoço, a língua lambendo-lhe a nuca, o seu desejo publicamente exposto. "Vocês estão dando muita bandeira", advertira Lúcia. "Vocês são obscenos", dissera Leo na cozinha enquanto servia champanhe a ela. "Desculpe, é impossível segurar." Leo não desculpara.

— Por que é que a gente não anunciou aquele dia a todo mundo que estava a fim de ficar junto? — perguntou Ivan.

— A gente anunciou, sim — respondeu Lena. Lembrava-se de Rui fazendo a contagem regressiva, Guto procurando-a pela casa, os gritos, todo mundo cantando *Feliz ano-novo*, Ivan e ela trancados na sala de brinquedos, fortemente abraçados, beijando-se, lambendo-se, sôfregos, ele lhe pedindo com voz entrecortada: "Promete que nunca vai me abandonar", ela mordendo seus lábios: "Não, nunca...".

"Se Deus quiser, um dia eu morro bem velha, e quando a bomba estourar, quero ver da janela..."

— Eu odiei aquele *réveillon*! — disse Raquel. — O Pingo passou a noite inteira cantando a irmã da Lu!

— Vem dançar comigo, vem, Raquel! — suplicou Pingo.

— Você não aguenta mais esta mulher! — gritou Caio, rindo.

— Até parece que você aguenta! Já tá aí bufando, arquejando! Quantos anos você pensa que tem?

— Você gosta mesmo desse negócio? — perguntou Tito, referindo-se à música.

— Gosto! — respondeu Ucha. — Eu dancei muito ao som de Rita Lee! Você também estava nesse *réveillon*?

— Estava, mas não dancei. Eu não gosto muito de dançar — disse, lembrando-se dos esforços de Vânia para conseguir que ele dançasse ao menos a seleção de Carnaval com ela. "Você não tem que fazer nada, Tito, é só pular! Pelo amor de Deus, não me diga que você não sabe fazer isso!"

— No *réveillon* de 80 eu estava em Nova York com o Heitor! Você já esteve lá?

— Nunca!

— Você ia adorar! — assegurou Ucha.

— Duvido! — disse Tito, sem esclarecer que toda vez que pedira o visto para os Estados Unidos ele lhe tinha sido negado. "Por que você tem que dizer que é comunista?", perguntava Vânia, inconformada. Tito achava que a concessão seria demasiada em troca de apenas uma viagem com os filhos à Disneyworld. "Eu nunca fui à Disney e sobrevivi perfeitamente."

— Quer experimentar? — perguntou Beny, oferecendo a Adonis um papelote.

— Por que é que você faz isso? É pra morrer, ou só pra encher o saco das pessoas?

— Você não toma *litium*? Eu cheiro pó! Qual a diferença? É tudo droga! — disse Beny.

Adonis levantou-se sem responder e caminhou lentamente para o jardim.

— Você pode me dizer o que é que as pessoas estão comemorando? — Leo perguntara naquele *réveillon*. — Imaginam que uma era de ouro está se abrindo só porque os exilados começaram a voltar. Você consegue antever algum futuro brilhante para este país?

Adonis dera de ombros. Tudo era possível. Sabia que a amargura de Leo era motivada menos pelo nebuloso destino do país que por uma mágoa pessoal e privada. Até Adonis, que observava tão pouco os movimentos daquelas pessoas, percebera que Ivan e Lena estavam se excedendo.

"Fico pensando em nós dois, cada um na sua, perdidos na cidade nua...", cantava Rita Lee.

— Quer parar? — perguntou Pedro, percebendo a palidez de Lúcia.

— Por favor — ela respondeu enquanto se apoiava nele.

Pedro passou o braço em torno de sua cintura, e Ucha observou que caminhavam enlaçados em direção ao escritório. "Oh, meu Deus, eu tão interessada nesse homem e ele tão interessado nessa mulher", constatou, desolada.

— Tudo bem com você? — indagou Tito.

— Tudo — disse Ucha, forçando um sorriso. "Esse cara está se esforçando para me agradar, mas não tenho nada a ver com ele", pensou, olhando para Tito. "Ele é do tipo que usa meia azul-marinho com sapato preto, e embora magro tem aquela barriga de cerveja, não faz um esporte, não toma sol nunca e deve roncar."

"...empapuçados de amor, numa noite de verão, ai, que coisa boa, meia-luz assim à toa..."

— Está cansada? — perguntou Caio.

— Eu? Imagina! — respondeu Raquel.

— Ela só diz isso pra me encher o saco! — disse Pingo.

— A Raquel não diz nada pra te provocar, quem provoca é você! — Bia retrucou.

— Tito, você se incomoda de trocar de par? — propôs Pingo, arrebatando-lhe Ucha antes que ele tivesse tempo de protestar.

— Desculpe, mas a ideia não foi minha — explicou Bia.

— Eu estava mesmo com vontade de parar — disse Tito, desapontado. — Se você não fizer questão.

— Imagina — ela respondeu, sentando-se.

— Sabe que você é muito parecida com uma pessoa que eu conheço? — disse Pingo, galante.

— Espero que seja bonita — disse Ucha, aliviada por ter se livrado de Tito.

— É uma irmã da Lu. Helô, o nome dela é Helô — gritou para Raquel escutar.

— Às vezes o Pingo é tão infantil... — murmurou Raquel.

— Você se lembra do Bernardo, um cara que te apresentei numa reunião na minha casa? Saí com ele hoje — disse Caio, cúmplice.

— Por que é que você não gosta de uma pessoa legal, para variar?

"Você e eu somos um caso sério, ao som de um bolero, dose dupla, românticos de Cuba, libre..."

— Saudade? — perguntou Ivan.

— Muita — Lena respondeu.

— Vem — disse Ivan, pegando-a pela mão.

— Para onde você está me levando?

— Lembra daquele quarto de brinquedos?

— Não existe mais. Agora é sala de televisão!

— Quer casar comigo? — perguntou Pedro.

— Não posso.

— Me dê uma boa razão para não aceitar minha proposta.

Lúcia sorriu. Não sabia como lhe dizer que todas as grandes alegrias já tinham sido experimentadas e intensamente vividas. Não poderia se casar com ele, no mínimo por lealdade, não queria submetê-lo a comparações, que seriam inevitáveis, não queria pensar "Já vivi isto, só que era melhor", porque com Rui vivera todas as coisas com o sabor da primeira vez.

— Você gosta de mim? — perguntou Pedro, olhando-a nos olhos.

— O bastante para evitar que você seja muito infeliz comigo.

— Você inventou a tua relação com o Rui! A maior parte das coisas aconteceu na tua cabeça!

— É um bom lugar para viver as coisas, de qualquer maneira.

— Eu te amo — disse Pedro, beijando-a delicadamente nos lábios.

— Eu também.

— Isso não muda nada?

— Muda tudo — disse Lúcia, sorrindo. Imaginava-se fazendo amor com Pedro, os dois deitados no chão, em frente à lareira, as mãos dele acariciando seu peito, ela o acolhendo em seu corpo, e sentiu uma intensa alegria. Não era apenas capaz de suscitar o desejo de Pedro, mas de desejar, sentia que sua sensualidade, apagada há tanto tempo, despertava suavemente.

"Nós somos um caso sério, ao som de um bolero, dose dupla, românticos de Cuba, libre, misto-quente, sanduíche de gente..."

— Saudade, estava morrendo de saudade — disse Ivan, acariciando os seios de Lena.

Lena sentiu sua boca se aproximar, ávida, os dentes prontos para mordiscar seus lábios, refazendo uma história familiar de carícias. Ivan beijava-a sôfrego, enquanto suas mãos a despiam, contudo os movimentos de Lena não eram movidos pelo desejo, mas apenas por uma lancinante saudade de si mesma. Perguntava-se se, como ela, Ivan não celebrava um ato ritual, se não estaria, como ela, apenas nostálgico da força e do vigor de seu antigo sentir.

— Era isso que você esperava? — Lena perguntou, afastando-o.

— Eu ainda tenho muito tesão por você — disse Ivan, desviando o olhar.

— Não é o tesão que faz a diferença. É a paixão. Entre todas as perdas da minha vida, nenhuma é tão atroz.

— Você quer demais.

— Pode ser — disse Lena, pensando na sensação dolorosa que foi ter sido beijada e experimentar uma ressonância tão melancólica dentro de si. Ivan continuava sendo um belo homem, mas ela não o via mais com os atributos criados pela sua emoção. Toda a aura havia se dissipado, ele encolhera no horizonte, secara, tornara-se um punhado de pó em suas mãos. "Que grande logro a paixão, que grande e inconsistente tolice", pensou.

— Como é que você consegue viver sem romance, sem ilusões?

— Você está envelhecendo tão esplendorosamente, meu velho — disse Lena, acariciando seu rosto.

— Talvez porque faça concessões. Na medida do possível, me trato muito bem.

— Eu deveria ter aprendido com você, com o Guto. Vocês sempre foram tão mais felizes, tão mais sábios do que eu — disse, beijando-o no rosto. — Volte pra sala. Eu vou ficar mais um pouco.

— Você vai ficar bem? — Ivan perguntou.

— Bem acho que nunca vou ficar.

"Não quero luxo, nem lixo, quero saúde pra gozar no final...", continuava cantando Rita Lee.

"Saúde", pensou Lena ao sair para o jardim. Lembrava-se de que tinha sido ali que Guto havia arrancado a taça de champanhe de sua mão e deplorado seu comportamento naquela noite.

— Enche a cara e fica dando vexame por aí! Onde é que você estava à meia-noite? Te procurei pela casa inteira! Onde é que você se enfiou?

Lena não recordava mais a sua desculpa, podia ser qualquer uma, inclusive a verdade. Guto via, mas não queria acreditar, tamanho era o pavor de perdê-la. Quando se separaram, um ano depois, ele censurou sua infidelidade e desrespeito, aludindo a outras pessoas e situações muitas vezes injustamente. Aquele *réveillon*, porém, jamais mencionou.

— Quer tomar alguma coisa? — perguntou Adonis, aproximando-se.

— Quero — disse Lena.

— Champanhe?

— Por favor.

Evocava Adonis na casa da Granja, recém-saído da clínica, observando-a chegar e cair nos braços de Leo: "Vou casar amanhã. Me salva". Evocava Adonis, levantando-se da rede para fazer um chá de camomila e, muitos anos mais tarde, na casa de Vila Buarque, servindo-lhe chá de ibisco e perguntando-lhe por que não dormia com Leo, e sim com Ivan. Adonis se esforçando para entender de paixão: "Imagino que seja como preencher um enorme buraco".

— Lembra-se de uma frase que você me disse uma vez, Adonis? — perguntou Lena, pegando a taça de champanhe. — O adultério é a maneira mais convencional de sair do convencional, é uma forma de mudar tudo sem mudar absolutamente nada.

— Não é minha, é de Nabokov.

"Estou ficando velho, cada vez mais doido varrido, roqueiro brasileiro sempre teve cara de bandido..."

— Mais uma, só mais uma, Raquel! — pediu Caio.

— Não, pelo amor de Deus. Eu não aguento mais! — ela se rendeu, arrastando-se para o sofá.

— Só *Ôrra meu*, Raquel! É a última música!

— Quantos anos você pensa que eu tenho?

— A idade é um estado de espírito!

— O que é que você está querendo provar? — perguntou Pingo, observando Caio se agitar freneticamente.

— Eu fico cansada só de olhar — disse Ucha.

— Você está bem, Tito? — perguntou Bia.

— Tudo bem, por quê?

— Você ficou triste de repente. Não foi agora, desde que a gente estava dançando, foi como uma sombra que tivesse baixado. Você está pensando no Leo?

— Não. Acho que preciso tomar um copo de água — disse, levantando-se e caminhando em direção à cozinha.

— Por que é que você não se abre comigo, Tito? Foi por causa da Ucha? Você não gostou de ter trocado de par, foi isso? — prosseguiu Bia, decidida a lhe fazer companhia.

— Não é nada disso — desconversou, incomodado com o fato de que seu desapontamento fosse tão evidente.

— Com gelo ou sem gelo?

— Gelada — respondeu Tito, soturno.

— A gente não consegue arrancar uma palavra de você nunca — disse Bia. — Você é tão fechado, fica tão difícil chegar em você...

— Está tudo bem.

— Se estivesse tudo bem você não estaria com essa cara. — Bia estendeu-lhe o copo de água.

— Me excedi no uísque e na comida talvez um pouco demais, é só — explicou depois de beber. — Estou cansado, foi um dia difícil. Estou preocupado com a cabeça das pessoas, do Beny principalmente.

— Por que é que você tem que ser tão Capricórnio? Por que tem tanta dificuldade de falar de você, do que é realmente importante, Tito? Os seus sentimentos. O Beny incomoda, mas não foi ele que deixou você assim.

— Você e essas crendices de horóscopo — desdenhou Tito, sorrindo. — A gente é desta ou daquela maneira não porque nasceu neste ou naquele dia, mas pelo histórico de vida.

— Mas a gente sabe tão pouco de você, Tito. Sei que fez seminário, quase foi padre.

— Eu só estudei no seminário — respondeu Tito, omitindo que dos treze aos dezessete anos, fase em que se imaginava filho dileto de Nossa Senhora, sonhou ardentemente com o sacerdócio.

Nunca lhe diria, como dissera a Leo, ao fim de uma noite de fechamento, no Ponto Chique do largo do Paissandu: "Meu pai não me internou no seminário porque eu queria ser padre. No começo nem pensava nisso. Me internou porque não sabia o que fazer comigo. A minha mãe faleceu quando eu tinha sete anos, a gente morava em Barretos, os parentes moravam no Sul, ele era caixeiro-viajante". E, meia garrafa de vodca depois, revelava o que nunca revelou a ninguém, nem ao seu analista, nas duas únicas sessões que tivera, a pedido de Vânia, para salvar seu casamento. "Uma vez a gente estava indo de

São Paulo pra Barretos de trem, eu e meu pai. Ele tinha enxugado bastante no vagão-restaurante. Era julho, fazia muito frio, eu me encostei a ele e ele me abraçou. Era a primeira vez que meu pai me abraçava, e ele só teve coragem de fazer isso porque estava embriagado."

— Você é tão sozinho, Tito.

— Sou.

— Tem visto a moça do jornal?

— O nome dela é Nilziete. Vejo de vez em quando.

— Sobre o que você conversa com ela?

— A gente não conversa.

— Qual o prazer que você tem em transar com essa moça, como é que você se sente depois, Tito?

— Tenho vontade de que ela suma. É uma merda. Ela tem veleidades românticas. Eu me sinto muito mal — desculpou-se.

— Quer mudar de assunto?

— Por favor.

— Você é uma gracinha.

— Bia, eu odeio quando alguém diz que sou uma gracinha. Vamos para a sala?

— Ele me abraçou, eu adormeci, ele adormeceu, e quando chegamos a Barretos ele ainda estava abraçado a mim. Então o sacudi, porque a gente tinha que sair do trem, e ele acordou e ficou muito sem graça ao perceber que tinha dormido abraçado a mim. Nunca mais isso voltou a acontecer, nunca mais o assunto foi mencionado. Ficou entre nós como um incidente embaraçoso — confessara aquela noite no Ponto Chique.

— Eu podia te sugerir uma terapia, mas nunca fiz terapia, tinha vontade de me submeter à psicanálise, mas não tenho grana. E não sei o que os processos terapêuticos podem fazer por esses danos tão profundos e antigos. Eles são esclarecedores, nos explicamos por meio deles, mas serão — seremos — passíveis de cura? Meu pai não tinha o menor problema em me abraçar. O muro entre nós era de outra natureza. Ele costumava olhar para mim e para si mesmo com muita pena depois que minha mãe morreu — Leo desabafara, enquanto o garçom, sonolento, servia mais uma dose de vodca.

— Você não tem saudade dos velhos tempos, Adonis?

— De algumas pessoas — respondeu Adonis, pensando em Leo.

— Eu tenho saudade da época em que a categoria realmente era uma fraternidade — disse Tito. — Saudade das nossas mobilizações, das assembleias dos anos 70, das coisas claras, ninguém tinha dúvidas de quem era o mocinho e o bandido da história, as pessoas não se orientavam por modas, mas por princípios, ninguém dizia que o socialismo morreu. Mas não é só da política que tenho saudade, é da gente, dos corredores da editora, do café, das pessoas incríveis que trabalhavam conosco. O Narciso Kalili morreu outro dia, a imprensa deu uma nota de merda, e ele foi um dos que revolucionaram a imprensa deste país, porra! Trabalhamos juntos na primeira fase da *Realidade*, você se lembra do que representou a revista *Realidade*! Você se lembra das inovações do *Bondinho*! Eu não posso aceitar que a imprensa diga apenas que faleceu Narciso Kalili, jornalista, que trabalhou aqui e ali e foi detido em 1974. É a minha geração que está morrendo, uma geração talentosa, que lutou e morreu pela liberdade, porra! Por que não dizem isso? Por que não explicam por que fomos presos, por que querem retirar de nós a nossa história? Nós fomos muito importantes, porra!

— Não sei se somos tão importantes, mas acho que fomos uma geração consciente — disse Adonis, tocado pela emoção de Tito. — A gente se culpa demais, cobra demais, presente e passado, em nome do que fizemos e do que não estamos fazendo mais. O que estamos vivendo é um desencanto proporcional às nossas expectativas. A gente pensava que era genial, que podia tudo, infelizmente não foi bem assim.

— Não sei se éramos geniais, mas éramos informados, criativos, tínhamos cultura geral, sabíamos das coisas.

— Não se angustie, Tito. Nós fizemos o que deu pra fazer.

— E agora, em homenagem aos velhos tempos, vamos escutar o Queen! — gritou Caio.

— Que energia extraordinária! — considerou Ivan, sentando-se ao lado de Ucha.

— Vem dançar comigo, Lena! — chamou Caio. — É uma música lenta, vem que estou com vontade de dançar abraçado a alguém!

— Não deveria vir, depois que você me repudiou — disse Lena, caminhando em direção a ele.

— Pare de choramingar e me abrace, que eu estou muito carente...

— Você está suando em bicas! — observou Lena.

— Como foi o encontro com o seu amor? — sussurrou Caio, enlaçando-a.

— Não é mais meu amor.

— E você lamenta?

— Profundamente.

— Não adianta chorar sobre o champanhe derramado, meu bem. "We are the champions, my friends..." — cantarolou. — Você tem um lenço? Estou suando muito.

— Quer tomar um pouco de ar fresco?

— Não.

— Tem certeza? — perguntou Lena, enxugando-lhe o suor e percebendo que Caio estava lívido e gelado. — Você está bem?

— Estava até há pouco — disse Caio, desabando no sofá. — Acho que me excedi um pouco.

— O que é você está sentindo? — perguntou Lena, preocupada.

— O coração um pouco acelerado... não é nada, já senti isso outras vezes — acrescentou, sentando-se.

— O que é que você tem? — perguntou Adonis, aproximando-se.

— Aquela taquicardia boba — Caio respondeu.

— Eu vou buscar um copo de água com açúcar — disse Lena e correu para a cozinha.

— Você está passando mal? — perguntou Raquel, ajoelhando-se a seu lado.

— Não, é só cansaço.

— Também ficou dançando feito um maluco, quer o quê? — censurou Pingo.

— Ele dançou porque estava com vontade, não seja punitivo! — repreendeu Raquel.

— Dançou porque queria se exibir, esse cara tem sempre que provar que é mais resistente que os outros — Pingo se afastou, resmungando.

— O que é que você está sentindo? — perguntou Adonis ao ver Caio colocar a mão no coração.

— Não é nada — respondeu Caio, estirando-se no sofá.

— Deita tua cabeça aqui — disse Bia e lhe estendeu uma almofada.

— Obrigado... — Caio agradeceu com um fio de voz.

— O que está acontecendo? — perguntou Lúcia ao entrar na sala e se deparar com as pessoas em torno do sofá.

— O Caio não está se sentindo muito bem — respondeu Bia.

— Bebe um pouco — disse Lena, aproximando-lhe o copo dos lábios.

— Lena, chama um médico. Eu estou morrendo... — balbuciou Caio.

— Você já sabe quem vai chamar? — perguntou Lúcia.

— O irmão da Flora é cardiologista. — Lena correu até o telefone. — Ele mora aqui perto, na Vila Madalena.

— Isso é fita. — Beny se aproximou. — Ele tinha que ser o rei da noite. Todo mundo em volta, preocupado.

— Beny, pare de cheirar, antes que a gente também tenha que chamar um médico pra você! — repreendeu Lúcia.

— Flora... te acordei?... — Lena perguntou quase se desculpando.

— Pelo amor de Deus, por que você tinha que acordar a coitada? — disse Lúcia.

— É o Caio, a gente não sabe o que é, liga pro teu irmão e manda ele aqui, por favor! Fala que é urgente.

— Se eu soubesse que você ia incomodar a Flora, teria ligado direto para um pronto-socorro — insistiu Lúcia.

— Ela não estava dormindo. Disse que não conseguiu pegar no sono. Vai ligar pro Renato e depois vem pra cá.

— Caio, o que é que você tá sentindo? É dor? — perguntou Bia, aflita.

— Quanto menos ele falar, melhor — aconselhou Ivan.

— Caio, um pouquinho só, vai... — disse Raquel, erguendo a cabeça de Caio e lhe aproximando o copo de água com açúcar dos lábios.

— Eu vou morrer.

— Eu também, todo mundo vai — disse Beny.

— Quer calar essa boca, por favor? — gritou Tito.

— Vocês não têm o menor senso de humor — disse Beny, sentando-se e percebendo que Pedro saía do lavabo. — Chegou a tempo de ver o final do primeiro ato de *Le malade imaginaire*!

— O que é que está acontecendo? — perguntou Pedro.

— O Caio diz que vai morrer — respondeu Beny, apontando na direção do sofá.

— Já chamamos o médico — disse Lena.

— Ele vai demorar muito? — murmurou Caio.

— Não — disse ela, segurando sua mão e percebendo que Ivan a observava com expressão compadecida. Ela sorriu ternamente, querendo lhe dizer: "Não é isso que eu quero, mas é isso que vai acontecer, já está acontecendo, meu velho. Eu sozinha, envelhecendo ao lado de amigos sós, alternando solidariedade, esperando que, ao chegar a minha vez, alguém se ocupe de mim". E Ivan, sorrindo, lhe dizia: "Mas ainda é tão cedo, você ainda é tão jovem!". Nessas horas, em que pareciam restabelecer uma comunicação tão profunda e fraterna, Lena se dava conta de que valera a pena ter vivido uma paixão com Ivan.

— Não deixa me entubarem — balbuciou Caio.

— Não — assegurou Lena.

— Que foi que ele falou? — perguntou Lúcia.

— Não quer ser entubado — respondeu Raquel.

— Então é a primeira vez! — disse Beny, rindo.

— Talvez fosse melhor a gente se afastar um pouco para ele poder respirar melhor — sugeriu Lúcia ao mesmo tempo que fulminava Beny com o olhar.

— Que mais que a gente pode fazer? — perguntou Bia.

— Nada, a não ser esperar — respondeu Lúcia.

— É este o álbum que tem aquelas fotos de vocês? — perguntou Ucha.

— É — Lúcia respondeu.

— Posso ver?

— Claro.

— Quer ajuda? — ofereceu Ivan. — Vai precisar. Algumas pessoas estão tão diferentes que você não vai reconhecer.

"Felizmente ele se recupera depressa das frustrações", pensou Lena enquanto observava Ivan se sentando ao lado de Ucha e se insinuando. Invejava-o pela capacidade de se defender do desprezo, da dor, das contrariedades. "*Carpe diem*, ele diz. Eu queria ser assim, perder o hábito de encarar tudo, ter essa agilidade para converter todas as coisas a meu favor."

— Você está bem, Lu? — Pedro perguntou em voz baixa.

— Muito bem — ela murmurou.

— Te amo — sussurrou Pedro.

— Eu também — disse ela, sinceramente.

— Gozado morrer no meio de tanta gente — disse Caio.

— Você tem muito bom gosto para nos obrigar a ir ao cemitério dois dias consecutivos — Lena tentou gracejar.

— Não quero ser enterrado. Quero ser cremado.

— O crematório de Vila Alpina é tão longe, por que é que você não deixa barato e permite que te enterrem no Araçá?

— Porque o túmulo da minha família é no Cemitério da Quarta Parada. Tem coisa mais brega? — perguntou Caio, sorrindo.

— Mas até na hora de morrer esse cara se preocupa com besteiras — disse Tito.

— Ele não vai morrer! — protestou Bia.

— Como é que é mesmo aquela oração a santa Rita de Cássia, Bia? A oração dos milagres impossíveis? — balbuciou Caio.

— Eu não sei de cor, mas não faz diferença. Faça uma prece mental, peça-lhe uma graça, prometa-lhe uma rosa vermelha se ficar bom.

— Cinco dúzias, de cabo longo — disse Caio.

— Sobre o Bernardo — disse Lena. — Se você achar que é bom pra você, vai firme. Eu não vou mais encher o teu saco por causa dele.

— Eu tenho que te dizer uma coisa. Nem todas as vezes que eu liguei pra te convidar para algum programa desejava realmente a tua companhia. Só não queria ficar sozinho.

— Eu não devia começar perguntando há quanto tempo você não se confessa? — perguntou Lena, rindo nervosa.

— Só me confessei uma vez. Quando a minha mãe insistiu que eu tinha que fazer primeira comunhão. Não lembro mais como é. Chama o Tito.

— Tito! Tem uma pessoa aqui querendo um confessor!

— Posso escutar? — perguntou Raquel, aproximando-se.

— Todo mundo pode escutar — disse Caio.

— Será que você devia falar tanto? — perguntou Lúcia, preocupada.

— Eu preciso falar — Caio insistiu. — Cadê o Tito?

— Aqui — respondeu Tito, colocando-se à sua frente.

— Você se lembra do ritual?

— Eu não posso confessar você, não fui ordenado padre.

— Nem *in extremis*?

— Para com essa bobagem, Caio! — gritou Lena, angustiada.

— Acho que Deus não vai me perdoar porque eu mesmo não me perdoo do pecado da maledicência, de que padeço, e como padeço!

— Quase todo mundo aqui padece — completou Lúcia.

— Você deve pensar que gosto muito de vida social, mas não é inteiramente verdade. Eu só não consigo ficar sozinho. Não tenho o menor interesse pelo que as pessoas têm a dizer, mas não prescindo de companhia, a mais tola, a mais supérflua. Eu preciso de gente, preciso falar, falar e falo inconsistências, nada de real, sincero, falo sem parar, cortinas de palavras vãs, e o que sobra de tudo isso é apenas um vago sentimento de não estar só.

— Quer parar com essa bobagem, Caio? — advertiu Lena.

— Tito, sinto saudade do tempo em que a gente era amigo.

— Eu também — disse Tito. — Tenho saudade das piadas idiotas, da vida de todos passada a limpo, daquela espécie de adolescência revivida, do afeto que nos unia, da família que éramos. Quando nos separamos, eu perdi a família.

— Eu sou uma pessoa muito só — disse Caio.

— Você é um sucesso — confortou Tito.

— Onde está o Pedro? — Caio perguntou.

— O que é? — indagou Pedro se aproximando.

— Eu preciso que você me perdoe.

— Tá perdoado — disse Pedro, embaraçado.

— Eu não sacaneei você.

— Tudo bem, Caio.

— Nós temos que ficar juntos. Nós, que apesar de todas as diferenças nos queremos tanto, por tudo o que vivemos, pela cumplicidade que muitas vezes não é verbal, mas que se expressa na nossa afetividade, na agressão, no carinho que temos uns pelos outros, que é o carinho pela nossa juventude, nós não podemos romper, nos afastar.

— Que grande teatro! O que será que o Leo diria de tudo isso? — perguntou Beny, rindo.

— Para, Beny! — gritou Lúcia.

— Em todo caso eu tenho que admitir que ele tem algum estilo.

— Quer calar essa boca? — advertiu Pedro.

— Não me diga que você vai sentir muito se ele se for desta para uma melhor — disse Beny, olhando zombeteiro.

— Por que é que você não diz agora o que pensa de mim? — perguntou Caio. — É o momento exato.

— Pode ser em inglês? — perguntou Beny.

— Claro...

— *Suck my dick*!

— Quer dar o fora daqui? — gritou Pingo.

— Beny, por favor — Lúcia fez um gesto indicando a porta.

— Tudo bem. Ninguém precisa me acompanhar. Eu sei o caminho! — disse Beny ao sair.

— Está afastada a possibilidade de infarto? — indagou Lúcia.

— Não, ele não teve infarto — disse Renato, examinando o eletrocardiograma. — Mas gostaria que ele se internasse amanhã de manhã pra fazer alguns exames.

— E se eu morrer até lá? — disse Caio.

— Acho que você não vai morrer — observou Renato com um sorriso tranquilizador. — Passou a taquicardia com a medicação que lhe dei?

— Está passando. Eu nunca senti isso antes.

— Por que é que não diz a verdade? — perguntou Adonis.

— Senti uma vez, mas não foi tão forte — disse Caio, evitando o olhar crítico de Adonis. — É que dancei demais, reconheço que me excedi, confesso que esta noite me excedi.

— Muito bem — disse Renato. — Agora vá pra casa, durma bem e amanhã esteja cedo no hospital. A gente tem que descobrir a causa dessa taquicardia.

— Lena, eu não quero ficar sozinho.

— Eu fico com você.

— Eu também — disse Flora.

— Pelo amor de Deus, você está mais morta do que viva. Olhe pra você. Melhor ir pra casa, tomar um antidistônico e dormir — aconselhou Lena.

— Eu quero ficar com você — retrucou Flora, definitiva.

Lena olhou para Flora sem entender, mas, antes que pudesse perguntar por que sua resposta tinha sido tão enfática, voltou-se subitamente para Lúcia ao ouvir um tiro.

— Que foi isso?

— Parecia um tiro — disse Pingo.

Lúcia estremeceu.

— Veio de perto. Veio do jardim — acrescentou Tito, precipitando-se para fora.

— Pedro, você vem comigo? — perguntou Lúcia.

— Beny, Beny! — gritou Lúcia, debruçando-se sobre o corpo caído no chão do quarto de televisão.

Da têmpora direita escorria um filete de sangue.

— O que é que esse idiota fez? — perguntou Tito, abaixando-se e pegando no pulso de Beny.

— Eu não devia ter mandado ele embora, não devia! — Lúcia desatou a chorar.

— Está vivo — disse Tito.

— Claro que estou — disse Beny abrindo os olhos, perplexo.

— Você tem merda na cabeça? — vociferou Pedro. — Se queria se matar, por que não foi pra sua casa e deu um tiro na boca, como o Hemingway e as pessoas que querem se matar de verdade?!

— Ele não queria se matar — disse Tito enquanto lhe retirava o revólver da mão. — Só queria nos assustar, chamar atenção.

— Não é verdade — disse Beny, olhando para o teto com a expressão apagada. — Não é verdade — repetiu.

— Se você queria roubar o show do Caio, conseguiu, Beny — disse Raquel. — Estou tremendo até agora!

— Eu quero ficar sozinho — pediu Beny.

— Estou com vontade de te dar uma surra — ameaçou Pingo.

— Levanta daí, vai! — Pedro gritou.

— Não foi brincadeira — disse Beny.

— Vão pra sala. Me deixem sozinha com ele — pediu Lúcia, tomando o revólver das mãos de Tito.

— Você vai devolver a arma pra ele? — perguntou Adonis.

— Não — respondeu Lúcia. — Vou guardar em lugar seguro. Esta arma é do Rui. Onde será que ele pegou?

— No seu quarto — disse Beny.

— Esse cara realmente merecia um soco no meio da cara. — Pingo saiu, arrastando Raquel.

— Está tudo bem — disse Lúcia com voz controlada.

— Melhor botar um band-aid no ferimento — sugeriu Tito antes de sair.

— Quer que eu coloque essa arma em algum lugar? — perguntou Pedro.

— Não. Pode ir — respondeu Lúcia.

Pedro olhou para Lúcia e para Beny, ainda com os olhos fixos no teto, e afastou-se com Adonis.

— Você não pode brincar assim com a vida — advertiu Bia.

— Já está tudo sob controle. Pode sair, Bia — retrucou Lúcia, traindo sua irritação na voz pausada.

— Eu vou fazer uma prece, vou rezar por ele.

— Saia, por favor — disse Lúcia com firmeza, olhando para Beny.

— Já saíram todos? — perguntou Beny.

— Já — respondeu Lúcia ao ver Bia cruzar o jardim e entrar na sala, certamente magoada com o tom exasperado com que lhe pedira para se retirar.

— Melhor assim — disse Beny.

— Melhor assim, o quê? — gritou Lúcia, fechando a porta. — Por que a arma do Rui, por que a minha casa? O que é que você pretendia com essa molecagem? E se você morresse?

— Mas era isso que eu queria fazer. Desculpe se falhei.

— O que é que você pretendia? — berrou Lúcia, sacudindo-o energicamente. — Me complicar, complicar a minha família, transformar a minha casa no cenário da sua morte, num lugar insuportável pra eu viver? Queria impor sua presença definitivamente nesta casa da maneira mais cruenta e perversa?

— Eu só queria me matar, Lu — disse Beny, soluçando.

— Você é um mau-caráter, um irresponsável, eu estou cheia de você, cheia!!! — Lúcia o golpeava no peito e nos braços com os punhos cerrados. — Até onde você imaginava que ia a minha paciência? — perguntou, explodindo num pranto convulso. — Você não é meu filho! Se dei essa impressão, fique sabendo que as minhas tetas secaram pra você!

— Eu estou mal! Estou sofrendo, preciso de você, porra!!! — gritou Beny, levantando-se e tomando o revólver da sua mão.

Lúcia recuou assustada e por um momento pensou: "Ele vai me matar e se matar". Via-se deitada no caixão, Rui olhando seu cadáver com um misto de dor e reprovação e sussurrando junto ao seu rosto rodeado de crisântemos: "Eu avisei".

— Você está com medo de mim? — perguntou Beny, magoado.

— Estou — respondeu Lúcia, recuando, os olhos arregalados.

— Eu nunca mataria você — disse Beny, colocando a arma sobre o televisor. — Eu te amo, Lu. Eu posso me destruir, mas jamais destruiria você...

— Seu idiota! — disse Lúcia, abraçando-o. — Por que você faz essas coisas comigo? Por quê?

— Quero ir pra casa — disse Caio.

— Eu também — disse Tito. — Foi um dia muito longo, muito tenso.

— Flora, você vai dirigindo o carro do Caio, está bem? — perguntou Lena. Eu vou com ele no meu.

— Você me coloca na cama? — perguntou Caio, levantando-se.

— Claro, meu bem. Apesar de ser ariana, eu tenho um sentido maternal muito aguçado.

— Está com frio? — perguntou Bia.

— Quer uma manta, um cobertor? — Raquel ofereceu.

— Estou me sentindo o Fellini naquela famosa cena de *8 1/2*, cercado e cuidado por todas as mulheres da sua vida.

— É o sonho de todos os homens — observou Ivan.

— Você está bem pra caminhar sozinho? — perguntou Tito.

— Quer se apoiar em mim? — indagou Pingo, colocando o braço de Caio no seu ombro.

— Espero que você não se incomode de ser cuidado também por todos os homens da sua vida — disse Ivan.

— Meu amor — disse Caio, apoiando-se em Pingo e Ivan —, este é o sonho de todos os veados.

— Ele vai ficar aqui? — perguntou Pedro, referindo-se a Beny.

— Preciso ter uma conversa muito séria com ele — respondeu Lúcia.

— Quer que eu fique com você?

— Não. De qualquer maneira, o Igor e a Camila não devem demorar.

— Te ligo amanhã — disse Pedro, beijando Lúcia suavemente nos lábios.

— Antigamente era assim, lembra? — perguntou ela, aludindo ao fato de que, durante anos, costumavam se cumprimentar com um beijo na boca. Esse hábito fora interrompido quando perderam a naturalidade. Lúcia evocava os dois abraçados no escritório, e ela lhe explicando por que não deviam fazer amor, apesar da excitação que experimentavam. "Amantes há muitos, relações muito intensas, mas muito tênues. Amigos, amizade como esta, é muito raro. A paixão, no nosso caso, pode ser uma cilada."

— Quer ir comigo, Adonis? — perguntou Pedro.

— Se você não se incomodar, eu aceito uma carona.

— Você tem compromisso com algum roqueiro esta noite? — perguntou Pingo.

— Às vezes você é tão cansativo!

— Posso dormir na sua casa? Eu prometo que não perturbo você.

— Tá legal — disse Raquel, divertida. — Eu arrumo pra você o sofá da sala.

— Eu me ajeito em qualquer lugar, mesmo com o meu problema de coluna.

— Não sabia que você tinha problema de coluna.

— Escoliose, sinto dores atrozes nas costas.

— Então é melhor você dormir no chão — disse Raquel, piscando para Ucha.

— Você gosta de tripudiar sobre o meu cadáver, não é?

— Vamos, que amanhã cedo tenho que ir pro Rio — disse Raquel, arrastando-o pela mão.

— Bom, pessoal, foi um prazer. Espero que nos encontremos em situações mais auspiciosas — despediu-se Pingo na porta. — No enterro do Beny, por exemplo.

— Vá se foder! — gritou Beny.

— Tudo igual como sempre foi — Bia comentou, sorrindo.

— Você vai embora com quem? — perguntou Ivan.

— Eu posso chamar um táxi — respondeu Ucha.

— Absolutamente, eu faço questão de levá-la — disse Ivan, gentil.

— Se não for desviar do seu caminho...

— Eu já não tenho mais caminho, meu bem. Vivo cada dia, como bom hedonista, sem muitos planos, sem muito empenho. Aceito o que vem.

— É isto que dizem todos os gurus: aceite o que vem — disse Ucha. — Não ofereça resistência, esse é o nome do jogo. Eu tive um mestre de *tai chi* que dizia que as pessoas deviam imitar os movimentos da língua, em vez de se comportar como dentes. Os dentes são duros, não cedem, e poucas pessoas chegam ao fim da vida com eles. A língua é sinuosa, maleável, e todos morrem com ela.

— Que homem sábio! Gostaria de conhecê-lo — disse Ivan, muito interessado.

— Posso levar você lá, na hora que quiser.

— Amanhã, por exemplo. Você tem compromisso? — ele perguntou.

— Não — respondeu Ucha, lamentando que Ivan fosse casado. “É um homem tão atraente, tão cavalheiro. Não. Desta vez, não vou me apaixonar.”

— Vamos, Bia? — perguntou Tito. — Estou exausto.

— Eu também. Tchau — disse Bia, beijando Lúcia. — Você vai ficar bem com o Beny? — sussurrou.

Lúcia sorriu.

— Se ele me estuprar, eu grito por socorro.

— E você se comporte, seu irresponsável — advertiu Tito com o dedo em riste. — Dar aquele susto na gente, porra!

— Tito, me fala um coisa: você sentiria realmente a minha morte?

— E o idiota ainda tem coragem de perguntar! É claro que sentiria! Você é meu amigo, porra!

Beny sorriu.

— Apesar de eu dizer que o socialismo morreu?

— Morreu porra nenhuma. Imagine o capitalismo sem uma face socialista. Seria a exploração mais hedionda, a completa escravidão. Não esqueça que, antes das leis sociais, trabalhava-se dezesseis, vinte horas por dia. Não foram os capitalistas que fizeram as leis sociais.

— Tito — disse Beny —, adoro você. Mas se você um dia tomasse o poder, me mudava pra Miami.

— O que é que eu faço com você? — perguntou Lúcia.

— Me põe na cama e diz que gosta de mim.

— São quase duas horas. Pegue aquele telefone e chame um táxi.

— Você me deve uma prenda. Ninguém quis cobrar

prenda de ninguém, mas eu estou a fim de cobrar. Afinal, você era das que diziam que o romance do Leo existia.

— Aonde é que você está querendo chegar? — perguntou Lúcia, desconfiada.

— Me deixa dormir aqui, Lu. O quarto da Laura está vazio.

— Isto está fora de cogitação, Beny. Eu não quero criar mais um caso com meu marido, entendeu?

— Ele não precisa saber, Lu — suplicou Beny. — Eu não quero voltar pra casa, não quero ficar sozinho. Por favor!

— Por que é que você insiste em testar os meus limites? Por que, depois de tudo, imagina que eu vou deixar você dormir em minha casa?

— Por favor, Lu. Pode não parecer, mas a morte do Leo mexeu comigo pra caralho. Eu estou mal, não quero ficar sozinho.

— Vamos, suba — disse Lúcia, rendida. — No armário do banheiro tem uma escova de dentes que não foi usada.

— Obrigado — disse Beny. — Eu prometo que não vou me matar.

— Vá dormir, Beny. Não foi só pra você que o dia foi pesado.

— Você acha mesmo que o Beny tentou se matar? — perguntou Pedro, ligando a chave de ignição.

— Acho, mas uma coisa é o que ele quer, outra é o que ele pode — respondeu Adonis com um bocejo. — No instante derradeiro, a mão obedeceu não à sua vontade, mas ao seu medo, e o cano deslizou. Melhor assim. Dois suicídios num único dia ia ser demais.

— Esse cara é um tremendo irresponsável — comentou Pedro, pensando em Lúcia. — Já imaginou se ele acerta, a confusão que ia ser? Não resta a menor dúvida: quando Beny decide jogar merda no ventilador o estrago é geral.

— Eu não gostaria que o Beny morresse. Sentiria muito — disse Adonis, abrindo a janela para receber o ar da noite.

— Não sei se sentiria tanto quanto você. Por mais estranho que possa parecer, sentiria mais a falta do Caio — disse Pedro, lembrando-se de Caio muito pálido deitado no sofá, o olhar suplicante ao lhe pedir que o perdoasse. Tinha sido fácil perdoá-lo, porque ao longo dos anos de afastamento, embora estivesse pleno da razão dos justos, embora se sentisse sinceramente prejudicado, sentiria falta de suas gargalhadas, de suas gabolices, dos comentários fúteis, da sua maledicência inteligente, daquilo que para a maior parte das pessoas constituía os defeitos de Caio, ainda que fosse a melhor face dele, uma face social que havia inventado para tornar sua vida, e a daqueles que gravitavam em torno dele, mais amável.

— Sabe por que o Caio não insistiu em ser escritor? — perguntou Pedro. — Porque preferiu viver a ficção.

Ele jamais construiria um personagem tão interessante quanto ele mesmo.

— Você acha que o Caio simulou a taquicardia?

— Não. Mas o tempo todo tive a sensação de que não era real, de que ele estava representando a si mesmo tendo uma taquicardia.

— De certa maneira estava. Ele nunca vai conseguir deixar de ser histriônico. Nem na hora da morte.

— Não é isso que me incomoda nele — Pedro continuou, pensando que o único e fundamental defeito de Caio, sua falha trágica, era a obsessão por *status*, o terror de perder o que conseguira obter durante tantos anos de trabalho: o apartamento, a possibilidade de viajar para o exterior na época das grandes feiras de livros em Frankfurt, Bolonha e Nova York, a infinidade de *kits* eletrônicos, as relações sociais. Por isso fazia qualquer coisa para se manter no cargo, rendia-se ao brilho dos ricos e famosos, cortejava estrelas ascendentes, evitava as estrelas cadentes, curvava-se aos caprichos e às prioridades de um empresário que não amava os livros como ele e, cedo ou tarde, venderia a editora para ampliar sua próspera cultura de laranjas.

— Por que o teu livro se chama *A história mais chata do mundo*? — perguntou Pedro.

— Porque é mesmo. A segunda parte trata exclusivamente das hipóteses sobre a má sorte do Brasil. Cento e trinta, para ser exato — respondeu Adonis.

— Tudo isso?

— Podia ir mais longe, se quisesse.

— E qual é o segredo da má sorte do Brasil?

— Vou deixar a revelação para o terceiro volume. Por enquanto, me contento em formular hipóteses, entre elas, a de que o país já nasceu morto e podre. É uma criação não capitalista do capital. Você sabe, o capital só se instalou aqui para que os europeus pudessem comer açúcar e tomar café. É claro que também me debruço longamente sobre a cultura e a *intelligentsia*. Um personagem diz num determinado momento que um dos segredos da má sorte do país é que a cultura nacional é uma imensa tradução malfeita, e outro, que o papel dos intelectuais no Brasil é eminentemente higiênico.

— Você não se considera um intelectual? — perguntou Pedro.

— Sou apenas um observador.

— Outro dia me perguntaram por que, em vez de eu perder meu tempo na criação literária, não o invisto na criação publicitária, que é muito mais charmosa e bem paga — disse Pedro.

— Se você não tem problemas de consciência.

— Qual é o publicitário que não tem? Estou falando de gente com a nossa formação. A dramaturgia brasileira dos anos 70 abordou algumas vezes essa temática.

— Esta bem pode ser outra hipótese sobre a má sorte do Brasil: os publicitários estabelecem para a massa condições de vida que eles mesmos consideram abomináveis.

— Sabe o que eu acho, Adonis? O Brasil gosta de abrir as pernas e ser fodido. É uma puta que vem sendo comida há séculos e nem faz questão de cobrar.

— Ou, quem sabe, a razão esteja com os astros, como diz a Bia.

— O que diz a Bia? — perguntou Pedro.

— O mapa do país não é mau, o problema é a casa dos governantes.

— Tito?

— Hein?

— Tá com sono?

— Morrendo, Bia.

— Posso te pedir uma coisa?

— Hum.

— Posso dormir com você?

— ...

— A gente se aquece, se consola, dorme de mãos dadas.

— Tá bom.

— E, Tito: quando você estiver com vontade de transar, pensa em mim.

— Afinal, existia o livro — Flora declarou.

— Que livro? — perguntou Lena.

— Um diário. Dois cadernos, mais de mil laudas datilografadas, o registro de toda a sua vida naquele período que passou na Granja.

— Ah, meu Deus! — disse Lena, sentando-se.

— Por que é que você não me disse que dormiu com ele na véspera do seu casamento? — perguntou Flora.

— Porque isso é tão irrelevante.

— Para ele não foi. Ele menciona isso muitas vezes, muito angustiado, muito emocionado.

— Ele não pode falar apenas sobre isso, porque isso não foi o mais importante que aconteceu naquela noite — disse Lena, acendendo um cigarro e olhando para fora.

O relógio da avenida Paulista indicava 3:42. Lena sentia-se cansada, intoxicada, perdera a conta do número de cigarros que havia fumado nas últimas vinte horas, queria deitar-se numa cama, num sofá, e dormir. Mas Flora lhe dizia que havia um diário, fazia perguntas. Agora Lena sabia por que ela não tinha conseguido pegar no sono, sabia por que atendera tão prontamente quando ela ligara para saber o número do telefone de Renato, por que acorrera à casa de Lúcia e por que, enfim, lhe dissera tão gravemente: *Preciso muito falar com você.*

— É muito difícil pra você falar sobre isso? — perguntou Flora.

Lena olhou para a mesinha à sua frente, que subitamente se interpunha como um obstáculo entre ela e Flora. Do quarto de Caio chegavam os ruídos de seu forte ressonar.

— Não é que seja difícil, apenas não tenho palavras. Algumas experiências são impossíveis de descrever, seria necessária outra linguagem, essa que a gente usa é muito precária, muito imprecisa.

— Para o Leo, a experiência não foi inominável — disse Flora, lembrando-se de algumas frases de Leo no dia seguinte. Ele queria que Lena ficasse, que o levasse para as profundezas, e depois para muito alto, para aquele ponto do espaço de onde a Terra se mostra como um lugar tão agradável de viver.

— Num determinado momento, ele pergunta: "Por que meu amor não te comove, é incapaz de contagiar você?".

— Ele diz isso? — perguntou.

— Fala da doença incurável, do seu mal inoperável, que era o amor por você.

— Isso é uma imagem de Proust, de *No caminho de Swann*.

— É uma linda imagem — disse Flora.

Lena sorriu.

— Por que acabou fazendo amor com o Leo, se não queria nada com ele, Lena? Por que o confundiu, se no dia seguinte você vinha pra São Paulo pra se casar com o Guto?

— Eu não sabia se ia casar com o Guto. Foi por isso que fui pra Granja. Eu estava muito confusa, não sabia direito o que queria.

— Mas parece que você se decidiu rapidamente.

— Flora, houve um momento naquela noite em que eu não apenas queria, mas precisava transar com o Leo. Houve um momento em que achei que o Leo era o cara certo pra mim.

— E por que tão subitamente mudou de ideia?

— Medo. Eu tive medo, Flora. Muito medo. É só o que posso dizer.

Lembrava-se do instante soleníssimo do orgasmo, o êxtase de Leo cortando a noite como uma navalha, ela bêbada de luz, no rosto dele o estreito clarão que a separava de sua própria sombra. Não era mais a ele que via, mas a si mesma, a sua face, no seu prazer e angústia se reconhecia, a sua identidade com Leo era aterrorizadora. Como explicar o que sentira naquela noite, perguntava-se Lena, lembrando-se de Leo sentado na cama imerso nas trevas, olhando para o mesmo túnel de seus ancestrais, embora não tivesse mais olhos, apenas duas órbitas vazias, pois só enxergava através de seu horror e de sua solidão. Nenhum som, nenhum rumor, Lena sentia-se numa câmara escura, suspensa, densamente ocupada pelo espírito da morte. Podia sentir seu hálito, tal a proximidade. Ela estava ali quieta, segura, paciente, infinita. Por alguns momentos, Lena pareceu destacar-se de seu corpo e flutuou imaterial. Viu a si mesma deitada na cama, Leo a seu lado, hirto e gelado, a mão se movendo em direção ao criado-mudo, a luz do abajur se acendendo, e ele lhe perguntando se queria um cigarro. Então, subitamente, seu corpo resgatou seu espírito suspenso, Lena ouviu latidos de cães, miríades de ruídos de insetos noturnos, o apito distante de um guarda-noturno. Os sons do mundo e da noite a reconciliaram com a ideia de se casar com um homem que sabia rir.

— Que mais que ele dizia no diário? — perguntou Lena. — Certamente eu não ocupei todos os pensamentos do Leo enquanto ele estava na Granja.

— Escreveu sobre literatura, filosofia. Fala da correspondência de Flaubert com Turgueniev, de Hemingway, Walter Benjamin e outros suicidas, da sua incapacidade de escrever a obra definitiva e do seu suicídio inevitável. Lendo o que ele escreveu, é perfeitamente possível prever o que aconteceria. Foi por essa razão e nenhuma outra que ele ocultou os diários de vocês.

— Ele escreveu isso? — perguntou Lena.

— Na última página, ele diz que seria só uma questão de tempo. "Como meu pai e meu avô."

— Era só uma questão de tempo — repetiu Lena, cansada. — Embora, à sua maneira, ele tivesse resistido. Talvez eu fosse um elemento dessa resistência, pelo menos na cabeça dele — acrescentou, pensando em si mesma, aos quinze anos, naquele piquenique, no modo incansável com que Leo a tinha perseguido e capturado naquelas fotos a sua alegria e irreverência. "O que Leo procurava era a vitalidade. Foi isso que vislumbrou quando me viu no pátio da escola, a gargalhada fácil, os olhos cheios de luz, a esperança explodindo dentro de mim. Ainda havia muita sede de vida na minha opção por Guto, ainda estava muito viva quando me rendi à paixão por Ivan." — Eu vou lhe dizer quando o Leo deixou de me querer, Flora: foi quando comecei a morrer, quando deixei de ser o seu contrário e passei a ser mais um a refletir sua sombra. "Tanta coisa a reparar", pensou Lena. "Onde foi que me perdi? Faria qualquer coisa para recuperar a minha paixão pela vida, aquele fogo que me moveu e movia as pessoas na minha direção. A minha fúria era só um tempero naquela irresistível exuberância, não foi ela que afastou os outros de mim, mas a minha morte. Todos os dias me levanto, engulo uma xícara de café e vou para o túmulo. Estou me decompondo miseravelmente diante das pessoas." — Que foi que aconteceu com a gente, Flora? Temos que fazer alguma coisa. Essas mortes têm que nos sacudir, nos modificar, nos levar a tomar decisões.

— Eu só queria ser como a Raquel — disse Flora.

Lena abriu as cortinas, olhou para baixo e respirou fundo.

— Sabe o que vou fazer, Flora? Parar de fumar — decidiu, atirando o maço pela janela.

Suplemento de leitura

Em *Aos meus amigos*, Maria Adelaide Amaral usa o suicídio de um homem problemático de meia-idade para discutir os anseios, frustrações e problemas de toda uma geração: a dos jovens, durante as décadas de 1960 e 1970, que, além de viverem a realidade de uma ditadura militar no Brasil, também testemunharam os grandes movimentos culturais da época, o último fôlego das utopias, a revolução sexual e a Guerra Fria. Através de diálogos às vezes cínicos, outras bem-humorados, sempre reveladores e sugestivos, ficamos sabendo o percurso que as pessoas tomaram, as inevitáveis separações e sobretudo o enrijecimento das sensibilidades, antes afloradas (uma das personagens principais se chama Flora...), hoje quase adormecidas pelas circunstâncias que cada um enfrentou depois da juventude.

Parte grande do livro se passa durante o velório e enterro de Leo, um homem recluso, inteligente mas com dificuldades para concluir qualquer coisa. Os antigos amigos, reunidos pela iniciativa de Flora, ex-mulher de Leo, aos poucos vão chegando e uma lembrança conduz à outra, exatamente como funciona o mecanismo da memória. Entre eles há uma modelo, um professor universitário, um jornalista, enfim, forma-se uma espécie de microssociedade cuja principal função, além de fazer a última homenagem ao amigo, é recompor os anos passados. Como essa geração passou por momentos agudos da história recente, além da composição de personagens interessantes, *Aos meus amigos* acaba formando uma espécie de painel não só geracional, mas do passado imediato do Brasil.

I. Texto

1. O enredo de *Aos meus amigos* se passa no Brasil contemporâneo. No entanto, em muitos momentos, as personagens evocam acontecimentos históricos das décadas de 1960 e 1970. Na maior parte das vezes, isso se dá ou com amargura ou ironia. É possível dizer que esses sentimentos negativos tenham se dado, também, devido aos rumos que o mundo tomou depois dessas duas décadas? Por quê?

2. Um dos pontos fortes de *Aos meus amigos* é a composição das personagens. Trace três características de cada um dos citados a seguir:

a) Flora
b) Beny
c) Pingo
d) Ucha

3. O trecho a seguir discute um dos principais tópicos da literatura. Que tópico é esse? Ele pode ser encontrado em outros trechos do livro?

"Flora tinha sido o que se chamava de uma linda morena brejeira, agora era apenas morena, a brejeirice havia se apagado. Ela mesma, tão orgulhosa dos seus olhos claros, quando se olhava no espelho via dois pontos desbotados e sem brilho. Até seu porte sobranceiro e os movimentos suaves de quem estudou balé a maior parte da vida refletiam seu abatimento."

4. Uma das personagens mais intrigantes do livro é Leo, cujo suicídio acabou reunindo os antigos amigos. Pode-se dizer que ele atraía ao mesmo tempo repulsa e admiração, raiva e pena.

Você concorda com essas afirmações? Justifique-se utilizando elementos retirados do texto.

5. A depressão é um dos principais problemas do mundo contemporâneo. É possível afirmar que ela abate várias personagens de *Aos meus amigos*. Retire do trecho a seguir alguns sintomas de depressão:

"Na verdade, saía raramente e não fazia nada, exceto assistir à televisão. Ia para a cama cedo, abria um livro e dormia no primeiro parágrafo. Dormia imediatamente e cada vez mais e mais."

6. *Aos meus amigos* tem três partes de tamanho desigual. Quais mudanças ocorrem de uma para outra e o que, na sua opinião, justificaria essa divisão?

7. No início da primeira parte, a autora coloca uma epígrafe interessante: "Matou-se e não morreu". Pode-se dizer que isso tenha acontecido com Leo, já que o suicídio acarretou uma enorme discussão sobre a sua vida. Além disso, uma descoberta no final do livro revela algo que os amigos não esperavam. Que revelação é essa? Por que ela faz, mesmo que apenas para os amigos, a vida de Leo prolongar-se um pouco mais?

II. Linguagem:

8. *Aos meus amigos* é formado sobretudo por diálogos. São poucas as descrições e a própria narrativa se constrói a partir da conversa entre as personagens. Você acredita que a autora tenha utilizado esse recurso para enfatizar as relações entre as personagens? Por que o diálogo seria adequado para isso?

9. Leia o trecho a seguir e depois responda às perguntas:

"Eu tive um mestre de *tai chi* que dizia que as pessoas deviam imitar os movimentos da língua, em vez de se comportar como dentes. Os dentes são duros, não cedem, e poucas pessoas chegam ao fim da vida com eles. A língua é sinuosa, maleável, e todos morrem com ela."

a) Você concorda com a comparação?

b) Quais características tornam a língua sinuosa e maleável?

III. Redação:

10. O livro termina com um diálogo melancólico entre Flora e Lena. A certa altura, Lena diz que as mortes recentes no grupo de amigos, sobretudo a de Leo, deveriam servir para sacudir os outros, para lhes dar mais ânimo para a vida. Relembre certas circunstâncias do livro (tais como o estado de espírito de muitas das personagens), coloque-se no lugar de Lena e escreva uma carta a Leo dizendo que sua morte inspirou enormes mudanças na vida dela. Não deixe de dizer quais mudanças foram essas e por que elas são importantes.

IV. Pesquisa:

11. Como você já sabe, *Aos meus amigos* trata da geração de pessoas que viveram os acontecimentos agitados das décadas de 1960 e 1970. Procure conhecer mais sobre esse período histórico e depois componha uma cronologia da época, destacando dez acontecimentos importantes ocorridos no Brasil e depois outros dez, no resto do mundo.

V. Atividade Interdisciplinar:

12. Além da agitação política, os anos 1960 e 1970 foram muito animados para a arte. A música popular foi um dos gêneros que mais se destacou no Brasil. Além do surgimento de vários artistas, que fazem sucesso até hoje, os festivais de música agitavam a televisão. Pesquise alguns sucessos dessa época e tente contextualizá-los a algumas passagens do livro. Você pode, inclusive, compor um pequeno acervo de músicas.

VI. Sugestões de Leitura:

ANGELO, Ivan. *A festa*. São Paulo: Geração Editorial, 2004.

BRANDÃO, Ignácio de Loyola. *Zero*. São Paulo: Global, 2001.

CALLADO, Antonio. *Reflexos do baile*. Rio de Janeiro: Nova Fronteira, 2002.

GULLAR, Ferreira. *Rabo de foguete*. Rio de Janeiro: Revan, 1998.

GABEIRA, Fernando. *O que é isso, companheiro?* São Paulo: Companhia das Letras, 2009.

SIRKIS, Alfredo. *Os carbonários*. Rio de Janeiro: Record, 2008.

VII. Sugestões de Filmes:

Nós que nos amávamos tanto. Ettore Scola, 1975.

O primeiro ano do resto de nossas vidas. Joel Schumacher, 1985.

O declínio do império americano. Denys Arcand, 1986.

As invasões bárbaras. Denys Arcand, 2003.

Este livro, composto nas fontes
Fairfield e Helvética e paginado por
Entreletra Produção Gráfica, foi impresso em
Chamois Fine 67 g na Imprensa da Fé.
São Paulo, Brasil, no outono de 2009.